O SEGREDO DO OCEANO

NATASHA BOWEN

O SEGREDO DO OCEANO

NATASHA BOWEN

Tradução

Solaine Chioro

Título original: *Skin of the Sea*

Editora responsável **Paula Drummond**
Assistente editorial **Agatha Machado**
Preparação de texto **Isabela Sampaio**
Diagramação e adaptação de capa **Renata Zucchini**
Projeto gráfico original **Laboratório Secreto**
Revisão **Bárbara Reis e Camila Cerdeira**

Texto fixado conforme as regras do Acordo Ortográfico da Língua Portuguesa (Decreto Legislativo nº 54, de 1995)

CIP-BRASIL. CATALOGAÇÃO NA PUBLICAÇÃO
SINDICATO NACIONAL DOS EDITORES DE LIVROS, RJ

B896s

Bowen, Natasha
O segredo do oceano / Natasha Bowen ; tradução Solaine Chioro. - 1. ed. - Rio de Janeiro : Globo Alt, 2021.

Tradução de: Skin of the sea
ISBN 978-65-88131-37-4

1. Mitologia iorubá - Ficção. 2. Ficção inglesa. I. Chioro, Solaine. II. Título.

21-73795 CDD: 823
CDU: 82-3(410.1)

Meri Gleice Rodrigues de Souza - Bibliotecária - CRB-7/6439

1ª edição, 2021

Direitos de edição em língua portuguesa para o Brasil
adquiridos por Editora Globo S.A.
R. Marquês de Pombal, 25
20.230-240 – Rio de Janeiro – RJ – Brasil
www.globolivros.com.br

Para minha mãe, que não lia muito bem,
mas fez questão de que eu o fizesse.

NOTA

Antes de começar a ler, por favor, esteja ciente de que partes deste livro podem ser gatilhos para alguns leitores. *O segredo do oceano* mistura história do século xv com fantasia e retrata violência, escravidão, morte e suicídio.

CAPÍTULO 1

Contorno o navio com os tubarões, deslizando entre as ondas escuras. A água tem camadas de correntes geladas, criaturas marítimas e um navio que atravessa com o porão repleto de pessoas sequestradas. Nado sob a oscilação do mar, longe da vista dos homens e fora do alcance das mandíbulas.

Esperando.

O casco da embarcação é uma sombra acima de mim, e enquanto sigo a linha da quilha, meu peito se aperta, uma raiva escaldante cresce entre minhas costelas. Giro para longe enquanto um peixe me volteia e estico os dedos na direção dos raios de sol na água. Fazia semanas que não sentia a quentura do sol do meio-dia. Sinto falta de me deleitar em sua luz e deixar o calor adentrar meus ossos. Fechando os olhos, busco uma lembrança que se remexe e recolhe como fumaça. *Estou sentada em uma terra avermelhada sob a sombra salpicada de um mogno, fachos de sol em minha pele quente*. Com empolgação, procuro por mais, mas, como de costume, a visão desaparece.

Meu estômago se revira com uma pontada de decepção tão afiada quanto um coral vermelho. Toda vez, a perda tem a mesma sensação, como se uma parte de mim estivesse ao meu alcance, só para se dissolver como uma névoa sobre as ondas.

Eu me viro na água, um balanço de pele e cachos, de cabelo e escamas que cintilam como um tesouro enterrado. Aproveitando a corrente, deixo as algas passarem pelas minhas mãos, sentindo a nuvem de lembranças desaparecer. Paro por um momento quando um cardume mais uma vez me cerca, reluzindo amarelo com delicadas listras cor-de-rosa, e deixo a beleza dos peixes me acalmar.

Mergulhando, me afasto ainda mais do navio. Sei que vou precisar voltar, mas por ora fecho os olhos no aveludado escorregadio da água, sua frieza percorrendo minha pele. Essa parte do mar é mais escura, e me permito ser encoberta por uma escuridão envolvente.

Abaixo de mim, uma enguia se esgueira pelas profundezas, seu corpo muscular apenas um pouco mais escuro do que a água que a cerca.

Vai, digo para a criatura, e uma sombra deslizante se afasta de mim. Eu afundo ainda mais, o bastante para o frio penetrar meus ossos. O bastante para o brilho da minha cauda ser engolido pela escuridão.

Sinto a correnteza puxando e, por um momento, considero deixá-la me levar, mas então me lembro do navio e levanto a cabeça para a superfície, para o sol e o domínio dos humanos que respiram ar. Nado para cima de novo, com minha tarefa renovada em minha mente, enquanto vejo o casco de madeira do navio arando o oceano. Reluto em me aproximar muito caso seja vista por um humano; em vez disso, observo da parte mais escura do mar, com as barrigas dos tubarões--brancos lampejando sobre mim. Eles mergulham juntos, os olhos escuros fixos e os dentes a postos. Estremeço, me afastando dos corpos largos que acompanham o navio, embora eu esteja fazendo o mesmo. Nós buscamos aqueles que entram em nosso domínio.

Enquanto o rangido do navio ecoa nas profundezas, eu aliso a corrente de ouro que está pendurada em volta do meu pescoço, seu toque gelado contra minha pele. Meus dedos se movem por cima da safira que cintila na escuridão.

E então, lá está, a água sendo partida e sibilando com a força de um corpo a adentrando. Bolhas sobem e estouram, ficando apenas a descida de membros estirados e pele com manchas vermelhas. Nado mais rápido quando um tubarão dispara na frente. Sangue se desenrola no mar, faixas vermelhas descem. Me forçando a subir, tento ignorar a coloração cobre na água ao nadar entre as criaturas brancas e cinzentas.

Esperem, ordeno enquanto o corpo afunda. Eles circulam impacientes, os olhos escuros brilhando. Eu me viro para a pessoa, observando rapidamente os olhos que não enxergam e a boca aberta, machucada e inchada.

Uma mulher, sua pele um marrom-escuro na água. Mechas pretas de cabelo flutuam na correnteza, revelando mais machucados na lateral do rosto. Ela gira lentamente na água, e algo nas marcas no corpo dela me comove. Aquela não havia sido uma morte fácil, penso, fechando os olhos por um breve momento. No entanto, nunca é.

Enquanto seguro a mão do mesmo tamanho da minha, a raiva infla com a ideia de outra morte escondida pelo mar. O corpo da mulher se choca contra o meu quando a seguro firme, bem firme, até que nossos cabelos se entrelaçam. Levanto seu queixo, encaro o rosto dela e estaco.

O contorno de sua boca é familiar, com lábios generosos emoldurados por bochechas cheias. Seu cabelo flutua livre das tranças do estilo kọ̀lẹ́sẹ̀, cachos pretos que quero tocar, ajeitar. Olho de novo e uma lembrança se agita. Ela me lembra... Tento focar, provocar a memória para deixar algo escapar, mas não vem nada e os tubarões pairam mais perto. Eles não vão me obedecer por muito tempo.

Passo os olhos pela mulher mais uma vez, porém, o sentimento de familiaridade já passou. Deixo para lá e lembro a mim mesma que isso não importa. É melhor assim, penso, ecoando as palavras de Iemanjá. Não lembrar o que fui antes. Chegando mais perto, foco minha atenção no pequeno brilho que emana das costelas quebradas no peito da mulher. Eu alcanço as espirais douradas que ficam mais brilhantes ao sair do corpo dela. Quando as pontas dos meus dedos tocam a essência, fecho os olhos para me preparar.

— *Mo gbà yín. Ní àpéjọ, ìwọ yóò rí ìbùkún nípasẹ̀ẹ̀ Ìyá Yemoja tí yóo ṣe ìrọ̀rùn ìrìn àjò rẹ. Kí Olodumare mú ọ dé ilé ní àìléwu àti àláfíà* — digo, e depois repito a prece que vai recolher a alma da mulher: — Eu a recebo. Recolhida, você será abençoada pela mãe Iemanjá, que trará alívio para sua jornada. Que Olodumarê te leve para casa em segurança e paz. Revele-se.

O calor da vida da mulher inunda minha mente. Eu a vejo criança, rindo ao enlaçar os braços no pescoço da mãe. Então ela está mais velha, os olhos iluminados com um tipo diferente de amor enquanto entrega um pote de arroz e bagre apimentado. Com uma pele escura brilhante e um vasto sorriso com covinhas, o homem diante dela é lindo. Sinto o coração dela palpitar quando ele pega a comida e os dedos deles se tocam. Mais tarde, ela está lavrando um pequeno terreno ao lado de um vilarejo. Os dedos salpicam as sementes pelos sulcos que fez na terra, enquanto ela canta para Okô, orixá da agricultura. Sua voz é doce e alta, subindo junto com o calor do dia. E depois ela está segurando um bebê com o sorriso igual ao dela. Ela pressiona o rosto no pescoço da menina, inspirando o cheiro de leite da criança. Sorrio, sentindo toda a alegria que ela sentiu e o amor que preenche sua alma.

Quando abro os olhos, a essência da mulher paira entre meus dedos. Eu me concentro na alegria de suas lembranças ao atrair sua alma, guiando-a na direção da safira do meu colar. A pedra absorve a essência dela, ficando mais quente no meio da minha clavícula. Mantenho as imagens da vida da mulher na minha mente e me pergunto se o vilarejo de onde ela veio ainda existe. Se o povo dela ainda a espera, conferindo o horizonte todo dia para ver se vai voltar.

Farrapos de sua túnica boiam na água, um laranja apagado que um dia foi tão brilhante quanto o sol do meio da tarde. Olho para a mão dela ainda na minha, com as pálidas unhas quebradas e as cicatrizes salientes. Ela receberá a bênção de Iemanjá antes de voltar a Olodumarê; essa é a única coisa que sou capaz de fazer por ela.

Que você fique em paz, irmã. Iemanjá facilitará sua jornada de volta ao lar.

Soltando os dedos da mulher, eu me viro sem ver o corpo dela afundando nas profundezas.

Filha, esposa, mãe.

Minhas lágrimas se juntam ao sal do mar.

***

Iemanjá só pode ser convocada no sétimo dia, mas nado para sua ilha na tarde anterior. Um pequeno afloramento de terra, rocha e tufos de árvores que me garantirá um breve descanso do mar e tudo que por ele é tragado. Eu ainda gosto de sentir o sol nas minhas pernas, no meu cabelo, de dormir e às vezes sonhar.

Vejo a barbatana de uma cauda que me faz parar quando me aproximo da ilha. Eu paro, e a safira no meu colar brilha gentilmente para me indicar que outra de minha espécie se aproxima.

— Simidele. — A voz é como uma videira, serpenteando pela água e provocando um princípio de sorriso em mim.

Eu me viro, deslizando os braços na água em um arco, observando o roxo-escuro das escamas e o rosto redondo de Folasade. Transformada por Iemanjá quando os primeiros povos foram sequestrados no início do ano, Folasade é pequena, mas seu sorriso é grande, seus olhos refletem cada sentimento que ecoa dentro dela.

— É bom ver você, Simidele — ela diz, pressionando a mão contra o peito quando as pontas de nossas caudas se tocam gentilmente na água, as escapas cintilando. — Embora sua busca não costume incluir esta parte do mar.

Eu imito seu gesto de boas-vindas antes de segurar com delicadeza minha joia.

— Eu sei. Estou voltando com uma alma para ser abençoada.

Folasade assente, seus cachos curtos formam uma suave auréola preta.

— Louvada seja Iemanjá por seu amor ilimitado. — Ela toca a safira igual a minha em seu pescoço e entorta a cabeça, me olhando atentamente. — Qual o problema? Você não parece... você mesma.

— É só que...

Mas as palavras não saem e, em vez disso, me vejo não dizendo nada, tentando impedir meus lábios de tremerem. A safira é fria na minha mão quando a olho, me lembrando da mulher.

Folasade mergulha para mais perto e meu cabelo flutua à nossa frente.

— Posso? — ela pergunta.

Assentindo, permito que Folasade afaste meus cachos para que fiquemos frente a frente. Os olhos dela são quase pretos na água, mas brilham com uma reverência que sei que falta nos meus.

— Sei que acha isso difícil, Simidele. — Folasade para, pensando cuidadosamente antes de falar de novo. — Mas recolher as almas daqueles que morrem no mar é uma forma de honrá-los e abençoar suas jornadas de volta ao nosso criador, Olodumarê. — Ela balança a cabeça, me encorajando, seu sorriso é piedoso. — É importante focar nisso e não se distrair por outras dúvidas.

— Sim — digo, mas meus olhos não encontram os de Folasade, e ainda há ecos do luto em mim.

— Para onde está indo agora? Não é o sétimo dia, ainda não pode convocar Iemanjá.

— Eu sei, mas estou indo para a ilha dela. Para... — Me interrompo, sabendo o que Folasade vai dizer, o que ela já me disse antes.

— Você vai se transformar, deitar na areia e ficar pensando nas lembranças da sua vida de antes. Por que você continua fazendo isso, Simidele? Já faz três meses desde que foi transformada.

— Eu gosto de me sentir… como eu mesma.

Tento manter a petulância longe do meu tom, mas sei que ainda está lá. Nenhuma outra das seis Mami Wata se transforma a não ser que precise.

— Você quer dizer que gosta de fingir que ainda é humana — diz Folasade com os lábios franzidos.

Fico em silêncio, olhando para a luz do sol na água lá em cima. Eu ainda desejo o calor na minha pele e a forma que se aconchega nos meus ossos.

— Mas você não é mais uma garota. — Folasade segura meu ombro, me forçando a encará-la. — Você é mais que isso. Nós somos mais que isso. Fomos criadas com o propósito de recolher almas para abençoá-las. É mais fácil deixar quem você foi para trás. Alegre-se com isso, irmã. Deixe o mar tragar suas lembranças e abrace quem você é agora.

Levanto o queixo e assinto. Penso na mulher de novo, nas memórias dela, na sua família. Folasade está certa.

— Eu só te lembro disso para facilitar as coisas. Todas as outras concordam, Simidele. — Ela me abraça apertado antes de me soltar, flutuando para trás, mesclando-se com a escuridão. — Abandone seu passado.

A fé de Folasade em Iemanjá, no nosso trabalho, deveria me inspirar. Eu deveria me afundar, deixar que as profundezas me aliviem até que seja hora de convocar Iemanjá.

Mas não o faço. Não posso. Espero até não conseguir mais ver o roxo das escamas dela ou o preto de seu cabelo, e então olho para o sol que perfura a superfície. Com um impulso da minha cauda, eu me lanço na direção da luz.

Minha cabeça rompe a superfície plana da água, revelando a ilha. Nado até a praia, me arrastando com cuidado através das ondas, e me deito na areia, deixando o sol me secar. Duas pernas surgem da curva da minha cauda enquanto as escamas douradas-rosé se alongam, transformando-se em um tecido que envolve meu corpo. Pequenos pés completam minha forma humana, um marrom-escuro que combina com o restante da minha pele.

Pisco contra o brilho claro do dia, pensando sobre a mulher que encontrei na água. Havia algo nela que me fez lembrar de tecidos fiados em ouro e do gosto de batata-doce, de vozes intensas ecoando na noite.

Estico o cabelo pela areia clara e fecho os olhos. Com o sol queimando minha pele e minhas mãos apertando a areia, me deixo sonhar de uma forma que nunca consigo no mar.

Passo os dedos pelas paredes irregulares da minha casa, quentes pela temperatura do dia. O chão foi limpo recentemente, e quando vou para fora, o sol vermelho incendeia o resto da cidade. Não consigo ver ninguém, mas posso ouvir as vozes que pairam na brisa fresca da noite e sei onde todo mundo está.

Serpenteio pelas ruas bem-cuidadas, sentindo o contentamento que vem com a segurança. A cidade é envolvida pela floresta, planejada nas espirais concêntricas que começam no palácio do Alafim e terminam na grande muralha que cerca tudo. Quando chego no complexo externo do palácio, sou recebida pela visão do povo. A maioria está sentada em torno das pequenas fogueiras ou reunida em grupos, conversando e rindo antes da contadora de histórias começar seus contos do dia.

Os companheiros da minha idade se reúnem em volta do mogno no centro da área de encontro. As garotas com os cabelos no estilo ìpàkọ́ ẹlẹ́dẹ̀ torcem as pontas de suas tranças para cima, afastando das testas brilhantes, enquanto os garotos agacham-se para jogar Ayòayò. Tudo encanta em tecidos amarelos, índigo e vermelhos. Os mais velhos se sentam perto do fogo, a maioria segurando papaia desidratada e banana-da-terra frita, petiscos noturnos ofertados pelo mercado do Alafim, que enchia o ar com tempero. É apenas quando me aventuro a seguir em frente pela multidão, mais perto do décimo sétimo portão, que vejo minha mãe. Ela está de pé contra a árvore, iluminada pela chama. Sua túnica é azul como a noite com estrelas cintilando em prata e dourado, repetindo padrões que brilham no último raio de sol do dia. Como a principal contadora de histórias, ela contará a história de Olodumarê esta noite. Ela sempre usa essa roupa quando fala sobre o Deus Supremo, me dizendo que o tecido faz o povo se lembrar de quando o mundo foi criado.

Ela me vê atravessando a multidão e me recebe com um sorriso enorme, bochechas cheias emoldurando lábios largos, os olhos castanhos grandes como os meus.

— O que é, Simidele? A roupa está suja?

Ela estica o pescoço, virando para conferir as laterais e a parte de trás.

— Não. Você está linda, ìyá.

Ela caminha até mim, levantando as mãos para segurar meu rosto.

— E você também, ọmọbìnrin ìn mi. — Me soltando, minha mãe gira para se afastar, olhando por cima dos ombros. — Você vai ficar para minha apresentação esta noite?

Faço que sim e ela sorri de novo, covinhas surgindo na maciez de suas bochechas, uma marca bonita próxima dos cantos de sua boca. Observo enquanto ela se posiciona diante da multidão, juntando as mãos e elevando o queixo.

— Aqui vai uma história, e uma história que assim diz...

***

Tem cachos cobrindo o céu e sal na minha boca quando acordo no sétimo dia.

Minha mãe.

A mulher de quem colhi a alma era muito parecida com ela.

O cabelo desliza do meu rosto enquanto olho para o rosado nebuloso do crepúsculo, e as feições de minha mãe estão estampadas em minha mente. Na terra, a memória não foge de mim, e eu a seguro firme, lembrando de seu sorriso e das covinhas que afundavam em suas bochechas quando ela ria.

Minha mãe.

À minha frente, o mar se estende, cheio de ondas. Eu me sento, sorrindo para os ossos dos meus joelhos, feliz ao me lembrar dela, mesmo que por um momento. Seco o brilho do suor do rosto e olho para o mar aberto onde o céu paira mais baixo, as nuvens roçando nas ondas. Poderia me levantar se quisesse, mas não o faço. Em vez disso, fecho os olhos, estico a mão e traço a curva das bochechas que imagino na minha mãe, a peculiaridade de seus lábios. A vertigem da lembrança quase me faz esquecer do motivo pelo qual estou aqui.

Mas o mar me lembra, e a aproximação e o quebrar de ondas enormes me trazem de volta. Respiro fundo, guardo a lembrança e torço para que fique ali. Torço para que, quando estiver de volta na água, ainda possa me lembrar do rosto dela. Torço para que o mar não o apague, mesmo que ele sempre o faça.

CAPÍTULO 2

Estou de pé com o sol nas minhas costas e as ondas atrás de mim enquanto encaro a fileira de árvores. A safira no meu colar brilha quando foco meus pensamentos na alma dentro dela. E então eu me mexo novamente, fazendo o necessário para abençoar a essência da mulher.

Folhas de bananeira recaem sobre os troncos marrons, e o verde é de um tom vívido contra o branco da areia. Ignorando-os, me curvo na direção dos arbustos baixos, com suas folhas espinhosas e flores brancas e azuis.

As cores de Iemanjá.

Cada flor tem um toque de dourado no centro e um cheiro adocicado de mel que se intensifica quando toco as pontas dos meus dedos na pétala cerosa, acariciando a maciez. Com cuidado, colho sete das flores, quebrando seus caules grossos e as segurando delicadamente para que não desmanchem. A caminhada de volta ao mar é lenta, minhas pernas não estão acostumadas com o movimento que agora é esperado delas. Nós honramos o povo cujas almas recolhemos abençoando-os na forma humana, então não reclamo ao sentir o estalo dos pequenos ossos que acompanham cada passo. Paro quando chego na firme areia úmida, a brisa vinda do oceano balançando meus cachos. Quando solto as flores na água rasa, levanto a cabeça para o céu, com lábios franzidos. Orixás só podem ser convocados com certas orações e oferendas. Se não for assim, eles continuam escondidos dos olhos humanos, concedendo bênçãos quando acham pertinente, governados apenas por Olodumarê.

— *Yemoja, mo bu ọlá fún ọ pẹ̀lú àwọn òdòdó wọ̀nyí* — clamo, minha voz alta o suficiente para ser ouvida por cima das ondas inquietas. — *Jọ̀wọ́ bùkún ùn mi pẹ̀lú wíwáà rẹ. Fi ore-ọ̀fẹ́ fún mi pẹ̀lú ìfẹ́ tí o ní fún gbogbo àwọn ọmọ̀ọ̀ rẹ. Ẹ tẹ̀ s'íwájú.*

As flores caem na água, cada broto flutua gentilmente na maré. Dou um passo para trás, afundando os dedos dos pés na areia quente, e repito o clamor:

— Iemanjá, eu a honro com estas flores. Por favor, me abençoe com sua presença. Agracie-me com o amor que tem por todos os seus filhos. Apareça.

Cinco outras vezes digo isso, sete ao todo, até que a maré sobe e depois recua, retirando-se da terra como se escaldasse. Conchas, algas e caranguejos salpicam a areia descoberta quando passo os olhos pelas rochas pretas reveladas. Meu coração acelera um pouquinho mais, como acontece toda vez que me preparo para encarar Iemanjá. Eu o acalmo respirando fundo o ar úmido, saboreando a sensação que não terei quando voltar ao mar. A areia exposta está marcada com redemoinhos complexos, feitos pela maré e agora vistos pelo sol. As ondas recuam mais e mais, e eu examino a descida da praia, estonteada por sua beleza, como sempre.

Espero enquanto a linha da água, agora distante, começa a aumentar e crescer. A joia no meu pescoço fica pesada. Passo a unha sobre a faceta, me lembrando do cabelo descoberto da mulher, das memórias que a alma dela me mostrou. Um lampejo de luto me incendeia. *Ela será abençoada*, prometo, e coloco a safira contra o calor da minha pele. Jogando os ombros para trás, combino minha postura e expressão em sinal de respeito.

Mantenho essa posição quando o mar alcança a altura das bananeiras antes de disparar para a frente. A onda é um gigante rolo azul-esverdeado, índigo e turquesa ao se apressar na direção da orla. Uma cacofonia de água e rochas preenche o ar, bloqueando o canto dos pássaros e, por um momento, até mesmo o sol. O dia escurece momentaneamente, e minha pele pinica com o calor. O mar me chama, prometendo me acalmar com sua frieza, e eu reprimo a vontade de correr adiante, de mergulhar contra o muro de água. Preciso estar pronta para receber Iemanjá. E assim que parece que a onda quebrará contra a orla, destruindo tudo em seu caminho, a água pulsa e depois recua, voltando em uma marola gentil que cobre o leito rochoso, batizando a areia com espuma branca e algas encalhadas.

A praia cintila, sua vasta decoração nova indo até a translúcida água rasa. Eu observo a repentina superfície calma do mar, procurando, prendendo a respiração ao ver a marola que vai ganhando corpo. O mar se ondula, mudando e se curvando quase como uma serpente. E então eu vejo. A ponta de uma coroa dourada. Ela corta as ondas gentis, seguida pelos cachos pretos brilhando com água. A orixá se aproxima da orla ao emergir do mar. Os ombros fortes e a pele de ônix irradiam no sol quando ela caminha na areia seca, e suas escamas azul-marinho se transformam numa túnica branca e índigo, com cordões de ouro por sua extensão.

— Simidele. — A voz dela é tanto grossa quanto suave, como cetim, areia e fumaça.

Dois pentes seguram o volume do cabelo dela, enquanto um véu de pérolas esbranquiçadas esconde o meio de seu rosto. O cheiro de coco e violetas preenche o ar. Ela está tão perto que posso ver os búzios e os dentes de tubarões que pendem seus cachos.

Coloco a mão no peito antes de me curvar bastante, minha testa quase pressionando a areia quente.

— Mãe Iemanjá.

Quando arrumo a postura, a orixá sorri, com dentes afiados surgindo de sua boca generosa. Ela me chama para mais perto, e o delicado ouro branco em volta de seu pulso e os cordões na parte de cima de seus braços cintilam.

— Sou abençoada por ver você. Faz um tempo desde que me convocou — diz Iemanjá ao dar um passo até mim, as pérolas tilintando. Ela sorri, mostrando os lábios arredondados. — Graças a Olodumarê.

Olho para cima; o brilho de seu olhar preto e prateado chega em mim enquanto aperto meu colar. A joia está quente na minha palma, a única pista do que contém ali. Quando a orixá estica a mão na direção da safira, eu me lembro dos olhos da mulher, tão parecidos com os da minha mãe.

— Algo te perturba — Iemanjá murmura, retraindo a mão. Sua cabeça inclina para o lado, o cabelo cai por cima dos ombros, uma esmeralda bulbosa cintila nos cachos.

Por um momento, não consigo falar. Tudo em que consigo pensar é no rosto da mulher e nas suas memórias de vida.

— Esta alma… — digo, engolindo com força. Penso nos olhos castanho-escuros da minha mãe, no seu lábio inferior carnudo. — Ela me lembra alguém.

Iemanjá se aproxima, o aroma de violetas desabrochando fica mais forte.

— E isso deixa você chateada.

Ela não me pergunta quem a mulher me lembra e eu não digo. Em vez disso, olho para meus pés descalços, embora eu saiba que meus sentimentos estejam lá para serem percebidos na dureza das minhas palavras.

— Sim — consigo dizer ao me agarrar na lembrança que tomei como minha e mantive comigo. Da minha mãe com estrelas espalhadas por sua túnica e do seu sorriso.

Iemanjá levanta meu queixo com um dedo esticado, virando meu olhar para o dela. Seus olhos ficam mais suaves com compaixão, o prateado mais claro agora.

— Tenho certeza de que se recorda do que te falei quando você foi transformada há apenas alguns meses, mas deixe-me lembrá-la. — A voz da orixá fica mais baixa quando ela abre as mãos, as palmas voltadas para o sol. — Os òyìnbó vieram pela primeira vez às nossas terras este ano, ávidos por poder e recursos. Eu observei enquanto eles começaram a capturar pessoas, levando-as para longe em seus navios enormes. Então abandonei rios e córregos de nossas terras e fiz do mar o meu lar, seguindo as pessoas que tiveram as vidas rompidas, tomadas, e foram forçadas em um tipo diferente de jornada… — Iemanjá hesita, sua voz falhando com a dor. Ela espera um momento, respira fundo enquanto as pérolas em seu véu balançam levemente. — Uma jornada que é eternamente horripilante. Escravizados e privados de sua terra natal… Quis garantir que aqueles que perderam suas vidas no mar recebessem consolo e nossas preces antes de retornarem ao lar para se juntarem a Olodumarê. Isso eu consigo fazer através da criação de Mami Wata. — Quando ela abaixa o olhar para mim, seus olhos brilham com fervor. — Não é tudo, mas é alguma coisa. É nossa honra.

As dúvidas aumentam na minha cabeça com as palavras dela. Por que não quebramos os navios em pedaços? Por que não arrastamos aqueles que os navegam para a parte escura do mar? Iemanjá sempre falou com clareza, deixando pouco espaço para discussão, mas agora abro a boca para falar. A intensidade do olhar da orixá me impede.

— Me diga, Simidele: confia em mim e na tarefa que dei a você? — Iemanjá me encara, seus cachos escuros balançam com a brisa.

Faço que sim. Minha fé na orixá não tem limites, mas é sempre mais fácil sucumbir aos seus conselhos no mar, quando minha memória recua, tragada pela correnteza. Ela passa a mão no meu braço, suavemente arranhando a pele com suas unhas longas.

— Você entende tudo o que peço de você?

Os dedos dela afundam na pele macia embaixo do meu queixo de novo, mas não faço careta nem me afasto, encarando a orixá. Suas pupilas estão dilatadas, um corte em seus olhos metálicos.

— Sim — digo.

Percebo que minhas mãos estão fechadas em punhos e me forço a abri-las.

— Isso é bom — fala Iemanjá, me puxando para ela e pressionando os lábios na minha testa, me mantendo no lugar com suas mãos. — Tudo o que você precisa fazer, tudo o que deve fazer, é recolher qualquer alma daqueles que morrem no mar, e nós faremos uma oração para abençoá-las na jornada de volta a Olodumarê. Esse é nosso propósito. Nada mais, nada menos. — A orixá se afasta e me encara. — Preciso saber se você compreende isso, Simidele. É importante.

— Nada mais, nada menos — repito, assentindo e abaixando o olhar em respeito.

— Ótimo — diz Iemanjá, seus olhos pretos e prateados ainda em mim. — Agora, deixe a água levar suas memórias flutuando. Deixe-a libertá-la da dor do passado, do que um dia aconteceu. Concentre-se na sua tarefa.

As pérolas do véu dela se chocam umas contra as outras quando ela me abraça forte, tão forte que meu peito fica pressionado e, por um momento, não consigo respirar.

Escuridão surge nos cantos da minha visão e estrelas prateadas, no mesmo tom dos olhos de Iemanjá, cintilam no preto que surge aos poucos. Sei que ela está certa.

— Claro. — Usando o que sobrou da minha voz, reúno um sussurro rouco. — Abençoar as almas é uma honra.

A pressão desaparece quando a orixá me solta. Meus pulmões se enchem novamente. Olho para a curva da boca de Iemanjá enquanto ela sorri para mim, mostrando as pontas afiadas de seus dentes.

— Palavras, de fato, verdadeiras, Simidele. Agora venha, vamos fazer uma oração para libertar esta alma juntas.

Iemanjá para diante de mim, e o branco de sua túnica se ilumina no sol. Ela estica as mãos grandes, me chamando para perto. Dou um passo à frente e depois outro, até a orixá fazer sombra sobre mim. Ela prende uma unha na corrente do meu colar para que a safira penda entre nós. A pedra gira preguiçosamente no sol, brilhos se espalham por minha pele. A orixá pressiona os dedos na gema e eu faço o mesmo. Juntas, nós seguramos a joia, seu azul mais brilhante do que o céu sobre nós.

Ao pensar na alma sendo abençoada, sinto uma calma se espalhar por mim. Melhor assim, penso. Melhor facilitar a jornada dela. Iemanjá sorri e eu a acompanho.

— Está pronta? — pergunta ela.

— Sim, mãe Iemanjá.

— Então vamos começar. — A orixá inclina a cabeça para os céus, sua voz encorpada fica ainda mais forte. — *Arábìnrin a gbà ẹ́. Àláfíà ni tìrẹ báàyí.*

— Nós a recebemos, irmã. A paz está com você agora — repito, pensando na túnica laranja desbotada da mulher.

— *Olodumare ń pè, pẹ̀lú àdúrà yìí, á ṣe ìrìn-àjò rẹ padà sí ilé ní ìrọ̀rùn, adẹ́dàá rẹ, ìbẹ̀rẹ̀ àti òpin ìn rẹ.*

— Olodumarê está chamando, e, com esta oração, nós facilitamos sua jornada de volta para casa, para o Deus Supremo, para o começo e o fim.

Lembro dela beijando a criança.

— *A bùkún fún ọ arábìnrin.*

— Nós a abençoamos, irmã — murmuro de novo e de novo, até a safira liberar a alma ali de dentro, um brilho dourado claro, uma essência reluzente que paira no ar acima de nós.

— Que Olodumarê a abençoe — terminamos, enquanto a alma se afasta em espiral de nós e uma sensação de calma envolve a ilha.

Com nossas palavras, a mulher é mandada para Olodumarê, o Deus Supremo.

***

A joia parece mais fria no meu pescoço quando Iemanjá vira para mim. Seu sorriso é intenso sob o véu, mas sua voz é suave. Ela acaricia a safira do meu colar uma vez e depois se curva para me abraçar.

— Que Olodumarê abençoe sua busca, Simidele.

Antes que eu possa responder, a orixá caminha para o mar em um clarão de ouro, pérolas e braços marrons que partem a superfície. Tudo o que resta é o aroma de violeta e coco, uma doçura que permeia o ar enquanto meu olhar vaga sobre a água. Os traços dos cachos de Iemanjá, espalhados pelas ondas, são as últimas coisas que vejo quando ela afunda para a profundeza.

Fico de pé na areia quente enquanto o sol desliza pelo céu, coroando meu cabelo com luz. Suspirando, agradeço a Olodumarê. Abençoar a alma da mulher de alguma forma me acalmou, mas, no momento em que comtemplo o mar à minha frente, penso um pouco mais na lembrança que a mulher invocou.

As estrelas na túnica azul como a noite e os olhos cintilando com amor. Bochechas redondas e uma voz que tece palavras como seda.

Minha mãe.

Caminho na direção do mar, mantendo o rosto dela em mente. Enquanto a água lava meus pés e as escamas começam a se formar, sinto os detalhes escorrendo. O tecido dourado e cor-de-rosa se transforma em escamas, e não consigo mais me lembrar da cor da túnica dela. O mar chega na minha coxa, roubando minha pele e pernas, assim como o vasto sorriso de minha mãe. Quando afundo sob as ondas, o som da voz dela desaparece e eu abraço a frieza, um bálsamo na minha pele queimada pelo sol.

O mar me acolhe e eu o deixo, mas desta vez não permito que ele leve tudo. O castanho dos olhos de minha mãe fica comigo. Eu o pego e o guardo bem longe, soterrado no fundo da minha mente, e torço para que, se quiser, se precisar, eu possa voltar para ele. E assim, me junto às correntes salgadas e às criaturas com as quais agora pertenço.

CAPÍTULO 3

Não existe hora de dormir para mim quando estou no mar, por isso, quando rompo a superfície em busca de navios, o sol e a lua são minhas companhias constantes. Às vezes, nado para baixo, sendo consolada pela profundeza, pela sua escuridão e pelo peixe-víbora que costuma fugir.

Ocasionalmente imagino ver lampejos da túnica coberta por estrelas, me lembro do fluxo suave das palavras que tecem imagens nas mentes. Mas nunca dura muito tempo. Em vez disso, meus pensamentos se mantêm simples, misturando-se ao mar e às criaturas de lá. É mais fácil nadar entre o azul inconstante, rodear os golfinhos que me empurram, me chamando para brincar antes de eu voltar para o céu e para o ar em minha busca.

No último dia antes do sétimo dia de Iemanjá, eu subo das profundezas e descubro que o mar e o céu decidiram conspirar um com o outro. As nuvens se abaixam contra as ondas cinza-ardósia que se levantam e caem em picos crescentes, e tem algo de espesso no ar, um novo cheiro de almíscar que quase posso sentir. Quero mergulhar de novo, ignorar a tempestade que piora e o caos que ela traria, mas é aí que vejo as velas. Um lampejo branco na luz escassa.

Um navio.

Eu boio por um momento, deixando que a ondas me levem para cima. Mesmo de longe posso ver que o barco é maior do que o que encontrei antes. A vela principal estala com o vento quando balança de um lado para o outro.

Engulo em seco enquanto meu coração cambaleia com o mar.

A ventania aumenta, derramando uma chuva fina como agulhas que perfuram minha pele. Eu espero, e o peso do meu cabelo molhado é como um manto nos meus ombros.

As palavras de Iemanjá ecoam em minha mente. Honra. É uma honra para nós.

Nado na direção do navio, lutando contra a forte correnteza, escolhendo deslizar logo abaixo das ondas, onde a chuva rompe a superfície, mas não machuca minha pele. Tubarões mergulham abaixo de mim, contorcendo-se e girando, mas não presto atenção neles, nem eles em mim. Não sou eu que eles querem.

Quando emerjo, o vento está mais forte, crescendo com o topo das ondas que aumentam, ficando do tamanho de pequenas montanhas. O barco está à minha frente, a curva de seu casco escuro marca a superfície ao cortar a água. Gritos fracos são carregados pelo vento, e eu faço questão de me manter perto do navio, apenas o suficiente para observar sem ser vista.

E espero.

O dia se retira, nuvens e ondas colidem a ponto de ser difícil dizer onde o céu termina e o mar começa. Continuo em posição, observando enquanto as ondas, permeadas com espumas brancas, se rebatem contra o navio sem descanso. Quando passo pelas enormes ondas, observando o volume de água em movimento, me pergunto se o barco inteiro afundará. Estremecendo, imagino os pedaços de mastros, velas, membros e sangue no mar.

Uma correnteza repentina me leva para mais perto no momento em que um grito rompe o ar. O trovão estronda, seguido pelo raio que parte o céu, atravessando as nuvens para cair a bombordo do navio. O vento traz mais gritos quando sou carregada por outra correnteza. Luto contra ela, me empurrando para longe do puxão da profundeza, ficando na superfície, os olhos presos no navio. Há movimento a bordo, mas ainda estou longe demais para ver propriamente. Hesito, querendo me aproximar, querendo ver. Mas sei que é muito arriscado, então nado para baixo, logo abaixo das ondas, ao alcance do casco.

Enquanto gritos abafados se infiltram por cima do mar, eu pairo sob o fundo de madeira do navio. Encrustado com cracas e algas, seu comprimento perpassa apenas uma fração das baleias com as quais estou acostumada. Penso em flutuar na superfície do outro lado do barco, mas paro quando a escuridão se move. As nuvens devem ter se separado por um momento, porque uma grande fresta de luz recai na água. Eu disparo naquela direção logo que a profundeza é preenchida por uma grande colisão e bolhas sobem e estouram. Quando as pequenas bolsas de água se dissipam, eu vejo.

Um corpo.

A pele negra escura brilha ao abrir caminho pelas camadas do mar.

Um menino, um homem… Não, algo no meio disso.

Eu chego na mesma hora em que ele rompe a água, o navio já se afastando, lançando a carga sob as ondas. Correntes pretas estão penduradas na pele ensanguentada, arrastando-o para baixo enquanto bolhas continuam a surgir e subir. Nado para cima à medida que ele afunda, meu olhar preso nas solas claras de seus pés e depois pelo comprimento de seus dedos. Há dor em cada traço de seu corpo, e eu sinto no meu coração. Deixo isso de lado e me concentro nele, em honrar sua vida.

Com gentileza, seguro um pé, puxando-o para mim. As correntes colidem contra a lateral do meu corpo quando envolvo meus braços em volta dos músculos da barriga dele. Sua pele está quente no gelado da água, e o mar fica cor-de-rosa por causa de seu sangue.

Muito sangue.

Meu coração saltita quando pressiono meu peito ao dele. Sua pele combina com a minha em temperatura, e eu sei que a vida deve ter acabado de deixar seu corpo. Coloco meus lábios perto da orelha dele, e os cachos de meu cabelo preto roçam em nossas peles. O corpo dele fala do sol e dos enormes mognos, com um marrom delicado sob a casca. Eu o viro para que ele me encare, meus dedos deslizam por suas costelas quando abro a boca para dizer as palavras de Iemanjá. Mas antes que eu comece, seus olhos se abrem, as pupilas pretas engolem o branco.

Em choque, empurro o garoto para longe de mim. Ele flutua para trás, na direção da escuridão do mar, debatendo-se na água.

Eu não esperava encontrar alguém com vida. Nunca encontrei alguém com vida.

O garoto olha para mim com olhos enormes.

Enormes olhos castanhos.

A cor chama minha atenção. Um tom rico que me lembra algo... alguém. A água explode ao meu redor, puxando a lembrança, mas, pela primeira vez, eu puxo de volta.

Uma túnica azul como a noite. Estrelas cintilam no tecido luxuoso. A lembrança ainda está ali. Posso senti-la enquanto o mar nos abraça. Uma voz tão suave quanto seda.

Aqui vai uma história, e uma história que assim diz.

Os mesmos olhos castanhos, salpicados com âmbar escuro, e também a mesma pinta, essa logo acima da sobrancelha esquerda em vez de perto dos lábios.

Minha mãe.

Lágrimas escapam de meus olhos, juntando-se instantaneamente com o mar enquanto um tubarão nada mais perto. Seguindo meu instinto, estico o braço para pegar o pulso do garoto e o puxo de volta para mim. Os olhos que estavam abertos começam a tremular quando a última respiração escapa de sua boca. Ele vai morrer se eu não fizer algo. Sou invadida pelo pânico e o seguro com mais força. Com um impulso, nos lanço na direção do sol que está brilhando pela água, balançando em pequenas ondas.

Um largo sorriso. Repleto de alegria, de amor. Eu me agarro à lembrança, deixando-a me preencher enquanto nado com força e mais rápido.

Quando rompemos a superfície, eu ainda o seguro, mantendo sua cabeça contra meu peito. A água está agitada quando emergimos juntos, e ele inspira profundamente.

Ele está vivo.

O ar ainda está denso com o peso e o tormento do trovão, mas as nuvens se movem rapidamente na direção da linha vermelha do horizonte. A pele do garoto está gelada agora, seu peito se enche intermitentemente. Olho para seus cachos apertados quando as mãos dele seguram minha cintura sem força.

Ele está vivo.

É tudo o que consigo pensar quando levanto o rosto para o céu. Abençoada seja Iemanjá.

O mar fica mais frio enquanto nado pelas ondas, meus braços preenchidos com o peso do garoto. Ele ainda está respirando, mas não por muito tempo, não se eu não conseguir tirá-lo da água. *Pense*, digo a mim mesma ao olhar de novo para o grosso cabelo preto dele.

E, então, vejo a barbatana que fende o mar.

O tubarão mergulha de novo, mas eu já o vi. E agora que olho com atenção a água atingida pela chuva, consigo ver mais, pelo menos três.

Não, digo para eles. *Saiam*.

Um vai embora, mas os outros dois ficam. Nado mais rápido e puxo o garoto para mais perto. O sangue dele escorre para minhas mãos desesperadas quando uma forma escura corta o oceano na nossa direção. Eu aperto o corpo quente do garoto contra meu peito e tento olhar sob as ondas.

Os tubarões não estão obedecendo.

CAPÍTULO 4

Nado para longe das barbatanas escuras e da água agitada. A chuva não está mais agredindo a superfície, mas o garoto nos meus braços agora está gelado, sua temperatura roubada pelo mar. Nós atravessamos as ondas altas, e faço o possível para manter a cabeça dele acima da água.

Se eu não o levar para um lugar seguro, ele vai morrer. Penso na única terra por perto, a ilha de Iemanjá, assim que uma barbatana afiada rompe a água. Outra faz o mesmo, e eu me forço a parar por um momento para pensar. Segurando o garoto o mais alto que consigo com um braço, mergulho o rosto no mar e olho para as profundezas. Consigo ver as costas azul-cinzentas de dois tubarões que circulam lá embaixo. *Não*, digo a eles. *Vão embora. Esse não*. Observo enquanto uma das criaturas presta atenção no meu aviso e mergulha para longe, mas a outra, a maior, fica.

Colocando os braços do garoto sobre meus ombros, nado mais rápido, arrastando-o, mal respirando agora, pela água. Eu consigo, penso ao ver as rochas na enseada de Iemanjá.

A água se agita e o garoto grita, mas não ouso parar para ver. Coloco toda minha determinação no meu próximo comando.

Vai. Agora! Não espero para ver se minha ordem funcionou. Foco meu olhar no pedaço de terra logo além das rochas. Perpasso as águas calmas da enseada, e é apenas quando o arrasto pelo raso que realmente penso no que fiz. Respiro fundo com dificuldade e fico atordoada.

Eu peguei um garoto do mar.

Salvei o garoto.

Minha barriga se contorce quando penso no que Iemanjá me disse há apenas alguns dias. *Tudo o que você precisa fazer, tudo o que deve fazer, é recolher qualquer alma daqueles que morrem no mar, e nós faremos uma oração para abençoá-las na jornada de volta a Olodumarê. Esse é nosso propósito. Nada mais, nada menos.*

Era para eu ter recolhido a alma do garoto, não seu corpo. Isso me foi reforçado e eu concordei. Mas ele estava vivo. Eu deveria ter esperado até ele morrer? Nadar pela trilha de seu sangue enquanto seus pulmões se enchessem de água? Balanço a cabeça, um pensamento, não, uma lembrança, surgindo em minha mente.

A dor tão forte quanto a chama vermelha e os grilhões de ferro em volta das minhas costelas. A pressão no meu peito piora quando a água me puxa para baixo e eu afundo, com as mãos se debatendo nos tons escuros de azul, por mais que eu esteja contente de estar no mar, longe dos òyìnbó. Lá em cima, uma visão arrebatadora. O navio, com casco preto e largo, deslizando pela superfície, me deixando para trás. A sensação de paz que isso me causa enquanto minha visão estremece e meu peito se contrai, meus olhos arregalados e minhas pernas chutando contra a escuridão das profundezas.

Uma explosão memorável de morte sopra ao meu redor e dentro de mim. Com o corpo mole do garoto apoiado em meus braços, lembro-me de seus olhos castanhos, o tom vívido mesmo tão fundo no mar, e sei que não poderia vê-lo morrer. Com certeza Iemanjá não esperava isso de mim. De qualquer Mami Wata.

Nado na direção da terra, ansiosa para levá-lo em segurança à orla. Mas enquanto o puxo pelo raso, seu corpo comprido raspando nos bancos de areia por onde passa sob a água límpida, me pergunto o que fazer com ele agora.

O garoto perdeu a consciência durante o trajeto, os membros e a boca estão moles, feridas escuras de açoite marcam sua pele. Uma túnica azul-escura está amarrada em sua cintura, cobrindo suas coxas. Eu o coloco com cuidado sobre a areia branca, enquanto a água lambe seus pés, e me inclino para examinar seu rosto. Com lábios carnudos e bochechas bem-torneadas, suas feições parecem uma escultura majestosa em terracota. Estico a mão na direção dele e então me contenho, antes de tirar a areia de seus cachos curtos, quando percebo que seu peito permanece estático.

Depressa, eu o coloco de lado para que a água salgada saia de sua boca. Meu alívio ao vê-lo arfar desaparece quando olho para suas costas. Pedaços de pele descascam para revelar o branco gorduroso do músculo. Bílis queima minha garganta e eu a engulo, incapaz de afastar o olhar. Posso ver agora por que os tubarões estavam tão ávidos. É muito pior do que a ferida acima de seus olhos, que ainda se esvai em sangue. A raiva pulsa quando contemplo as lesões em suas costas, reconhecendo as feridas como as marcas de chicotes que eram, sabendo o que foi infligido a ele. Meus dedos hesitam sobre a pele machucada quando o garoto tosse. Quero pedir para ele tomar cuidado com as feridas, mas antes que eu possa, ele se vira e me encara.

Seus olhos castanhos me lembram de novo de minha mãe, das estrelas da noite na túnica índigo, e eu deslizo pelo resto da água rasa sem pensar, o sol se derramando em minha cauda. Enquanto as escamas cor-de-rosa e douradas se tornam pele negra e uma túnica, suave contra a areia, vejo o garoto encarar as formas de minhas pernas, joelhos e pés. É tarde demais para me forçar a voltar ao mar. Seus olhos se arregalam ao passo que ele admira o comprimento do meu corpo, o tecido que se formou e está envolto a mim e o emaranhado do meu cabelo. Iemanjá nos alertou sobre nos revelarmos aos humanos, mas isso não é diferente? Ele não tinha me caçado ou me descoberto. Não acho que poderia me machucar mesmo se quisesse. Além do mais, penso enquanto o garoto continua me encarando, ele já tinha me visto como Mami Wata.

Eu não tinha estado tão perto assim de alguém desde que fui transformada, e não consigo deixar de me aproximar, observando os pequenos nós em seu cabelo, a pele seca acinzentada ao redor dos cotovelos. Ele está fraco, posso ver pela forma que se porta, com um ombro caído, torto. O garoto me olha enquanto encaro seus pés, tão maiores que os meus, e depois de novo seu rosto. O corte sobre seu olho está aberto e em carne viva. Estico a mão, sem nem saber por quê. Ele recua, levantando os punhos, os nós dos dedos já arranhados e inchados, os elos dos grilhões de ferro tilintando quando ele ajeita a postura, um vestígio de violência em seu olhar. Vacilando, dou um passo para trás, meus próprios dedos se encolhendo. Nós dois estamos respirando forte, nos encarando com cautela. Penso na dor que ele está sentindo, no que foi feito com ele no navio e antes disso. Segurando as lágrimas, quero dizer para ele que entendo, que não o machucaria, mas não falo nada. Eu me afasto para dar espaço e o garoto abaixa as mãos, os ombros curvando com o esforço.

— O que você é? — As palavras dele são roucas, deslizando entre seus lábios incrustados, brancos do sal do mar.

Ele fala iorubá, acredito. Mami Wata, Iemanjá encarnada, sereia, sinto vontade de dizer, mas, em vez disso, respondo:

— Meu nome é Simidele. Por favor, descanse.

Ele se arrasta até a sombra de uma grande bananeira, o mais longe de mim possível, antes de ficar inconsciente mais uma vez.

***

Andando pela faixa de areia da praia, ainda estou trêmula, as juntas de minhas pernas e calcanhares estalam enquanto se ajustam ao caimento do chão. Eu cambaleio, quase caindo, desacostumada a dar mais do que alguns passos. A areia, branca e quente pelo calor do dia, queima meus dedos, deslizando entre eles para escaldar o resto do meu pé.

Chego até as marolas e mergulho entre as ondas do mar, libertando minha cauda e apreciando a leveza que a água me dá. Olho de novo para a orla, para a forma escura do corpo do garoto. Não tenho certeza de quanto tempo ele vai dormir ou se ele sequer vai acordar. Iemanjá só aparecerá quando convocada, mas ainda assim uma onda de incerteza me percorre.

Eu nunca tinha encontrado alguém vivo antes.

Talvez eu devesse tê-lo deixado no mar. E então penso no seu corpo machucado e minha decisão se torna um pouco mais certa. Tem havido muitas mortes. Mais almas nas últimas semanas. A vida dele é um presente, digo a mim mesma, mas o que deveria fazer a seguir, eu não sei.

O mar me leva, a correnteza forte puxa meu corpo. Eu permito. Poderia nadar agora e continuar nadando até que a ilha seja um monte no horizonte. Ele está vivo. Eu poderia abandoná-lo lá e não ter mais nada a ver com isso.

Enquanto mergulho na água cristalina da enseada, me permito lembrar do castanho dos olhos do garoto, da pinta bem acima de sua sobrancelha. Ele vai morrer se eu deixá-lo sozinho, e então, salvá-lo terá sido em vão. Mas o que mais posso fazer? Eu raspo em um recife de corais, e minha recente raiva e frustração combinam com a irritação do machucado. Lembro da pele esfolada do garoto, dos seus olhos arregalados e sua pele violentada. Eu poderia levá-lo ao continente, mas é muito longe. Ele não sobreviveria à maré e ao frio por muito tempo. Se eu o escondesse na ilha até que ele estivesse forte o suficiente para viajar, teria que garantir que nenhuma das outras Mami Wata o visse se viesse convocar Iemanjá amanhã.

Suspiro na água. Apesar de meu receio crescente, sei que não posso abandoná-lo.

Dando uma cambalhota no mar, me viro de volta para a ilha, decidida. Vou ajudá-lo a se curar e depois vou levá-lo ao continente. Ele precisará de água e comida, e vou tomar cuidado para garantir que não seja visto. Chamo um peixe que nada descuidado perto de mim, lançando-o para pegar algumas sardinhas de um cardume. Me arrastando do raso, eu os limpo e os corto com uma pedra afiada antes de colocar suas carcaças perto do garoto para que ele tenha comida quando acordar. Mantenho a pedra comigo, suas pontas serradas me trazem conforto.

Eu observo o garoto enquanto ele dorme, trançando uma cesta de folhas, deixando-o apenas para pegar mais água de um pequeno lago bem atrás da fileira de árvores. A pele dele é de um tom marrom-escuro avermelhado que quase brilha. Com ombros largos e pernas longas, o garoto parece ter aproximadamente minha idade, não mais do que dezessete ou dezoito anos. Eu examino suas mãos grandes, e quando meu olhar encontra seus pulsos, engulo em seco. As correntes escuras são elos grossos que enlaçam a pele machucada. Ele deve estar com dor. Eu não posso tirar os grilhões, mas posso ajudar com as feridas.

Deixando o pote de água e o peixe envolvido em uma folha de bananeira, vou um pouco além da fileira de árvores. A alface selvagem está onde me lembro, folhas verdes compridas e algumas flores roxas. Colho todas que posso carregar e volto para a praia. O peito do garoto ainda sobe e desce enquanto ele dorme. Com as pernas elevadas para cima e enroladas de um jeito protetor, ele ainda parece grande.

Com cuidado, quebro as folhas e vou depressa até ele, gentilmente dobrando a alface sob os grilhões de ferro. Há espaço o suficiente, e enquanto coloco o último pedaço sob a algema, o garoto acorda de repente, mexendo-se mais rápido do que deveria ser capaz. Antes que eu possa me afastar, ele segura meu pulso com a outra mão, apertando meus ossos com força. Eu grito e tento puxar o braço para longe, mas ele me puxa para perto, o cheiro de sal, suor e sangue espesso entre nós. Procuro pela pedra afiada, mas ela está perto da cesta que estava trançando, muito longe, e sinto o pânico crescer em meu peito. Abro a boca para falar e os olhos dele estão presos em mim, ganhando foco.

— O que você está fazendo? — ele sibila, os olhos firmes enquanto examina o arredor. — Onde estou?

Eu levanto as folhas, mostrando-lhe, mas é apenas quando examina seu outro pulso, cheio de plantas quebradas, que ele me solta. Eu cambaleio para trás, incapaz de impedir minha queda na areia, me sentindo boba e constrangida. Nós nos encaramos, meus olhos estreitos pela dor e os dele escurecidos com arrependimento.

— Eu... — O garoto esfrega as mãos na cabeça, olhando para o mar. — Me desculpe — ele diz para as ondas. Sua voz sai áspera, agarrada nas feridas de sua garganta. O som que vem de alguém que gritou até doer.

Eu me sento na areia por mais um momento enquanto meu coração se acalma, absorvendo as desculpas dele. Ficando de pé novamente, recolho as folhas.

— Isso vai ajudar. Com a dor e na sua melhora.

O garoto olha para mim e deixamos o silêncio se estender entre nós enquanto avaliamos um ao outro. E então ele balança a cabeça. Eu me aproximo lentamente, tentando ignorar a sensação de desconforto nas solas dos meus pés. Ele estica o pulso para mim, me deixando colocar a última planta sob as correntes.

— Me deixa ver suas costas — peço, usando suas desculpas como uma oportunidade para fazê-lo me deixar cuidar de suas feridas.

O garoto se vira rigidamente, e eu reprimo uma arfada quando vejo suas omoplatas e a pele que se estende por sua coluna. Há três cortes profundos. Franzo a testa, e minha raiva flameja com força de novo, antes de aplicar o resto das plantas partidas nas feridas. Ele não se mexe nem faz nenhum ruído, mas posso ver a lateral de seu maxilar contraído. Quando termino, ele não agradece, e não consigo deixar de trincar os dentes.

Ele está com dor, digo a mim mesma. *Seja paciente*. Eu empurro a cesta com água e o peixe embrulhado na direção do garoto. Ele desliza o olhar do mar, passando-o rapidamente sobre mim.

— É para você — digo simplesmente, cutucando a comida e entregando a água para ele.

O garoto aceita a cesta, sem tirar os olhos de mim enquanto bebe avidamente e a água transborda por suas bochechas. Quando desembrulha o peixe, ele o remexe, quase o derrubando na areia. Pegando-o em suas mãos grandes, ele come com cuidado e devagar, mastigando para valer cada mordida. Quando termina, deixando apenas a cabeça do peixe, ele tira a pele dos dentes, limpando a boca.

— Foi você que me tirou da água, não foi? — Um brilho de curiosidade ilumina seus olhos quando ele muda de posição. — Onde está sua cauda...? — Eu não digo nada enquanto ele lança o olhar pelo meu tecido cintilante e pelos meus joelhos. — Virou pele e pernas?

Considero não responder, mas sei que ele me viu me transformando mais cedo.

— Sim.

Quando a palavra sai de minha boca, penso de novo no que Iemanjá diria sobre eu me revelar para um humano. Outra onda de culpa me perpassa.

Ele abre a boca para fazer mais perguntas e então para. Nós nos encaramos, o garoto e eu, ambos molhados com a água do mar. Seus ombros ainda estão encurvados, e um franzido surge em seu rosto, mas ele relaxa o suficiente para beber outro gole de água. Quando cutuca as folhas em volta de seu pulso e olha para mim, seu rosto se ilumina em surpresa.

— Já parece melhor.

— Não toque — digo, virando de costas para ele.

Ele ainda não tinha agradecido. Ele me achava tão monstruosa assim? E então penso sobre como ele me viu, uma sombra no mar entre os tubarões, puxando-o pelas ondas, e me viro para o garoto.

— Tem mais — digo, oferecendo outra sardinha.

Quanto mais rápido ele se curar, mais depressa posso tirá-lo da ilha.

O garoto assente e os olhos se relançam pela praia vazia. Eu levanto outro peixe do meu lado, abrindo-o com os dedos, colocando as entranhas para fora. A comida parece boa, mas não vou guardar nada para mim. Ele precisa mais do que eu. E se ele se curar rápido, talvez eu possa levá-lo ao continente de noite.

— Nós deveríamos limpar suas feridas adequadamente.

O garoto balança a cabeça e espera enquanto eu destripo o peixe com a pedra afiada. Eu me inclino para a frente para lhe entregar, mas quando ele recua, embalo o peixe em outra folha e o coloco na areia. É apenas quando me afasto que o garoto pega a sardinha, abarrotando a boca com os pedaços de carne branca.

— Você não quer que eu fique perto de você — falo, enrolando meu cabelo úmido em volta dos dedos, esticando os cachos e mantendo a pedra por perto.

— Posso dizer o mesmo sobre você — ele rebate, e então para, catando a carne da espinha do peixe. A comida parece ter lhe dado coragem para falar, assim como a tão necessária força. — Mas não é isso.

No entanto, é isso, sim, penso, me virando para olhar o horizonte, tentando ignorar como me sinto. Como se eu fosse algo a ser temido. Ele não é também? Com seus punhos e a raiva que ainda sinto nele? Esfrego meu pulso, com pequenos hematomas em volta dele.

— Onde estamos? — Desta vez o garoto fica consciente por tempo o suficiente para ouvir minha resposta. — Qual é nossa distância do Império de Oió?

— Esta aqui é uma... ilha pequena. Estamos a um dia do continente.

— Por que você estava lá? No mar... — O garoto tosse, a voz ainda rouca.

Eu me viro para encará-lo, vendo que seu rosto está mais suave agora. A ansiedade ainda está ali, mas não tão vívida. Ele faz uma careta e se mexe na areia, seus lábios se levantam de um lado pelo desconforto.

— Estava lá para ajudar.

Coloco o cabelo sobre um ombro e penteio as pontas emaranhadas com os dedos.

— Ajudar?

Eu paro, com cachos de cabelo preto em minha mão, pensando no que dizer. Mas ele já tinha visto demais, então não vejo perigo em dizer algumas verdades.

— Para abençoar a jornada daqueles que morrem no mar.

— Para coletar os mortos?

Uma túnica laranja-manga, pele negra machucada e cabelo solto das tranças.

— Se quiser descrever dessa forma.

— Iemanjá — ele sussurra pelos lábios ressecados, os olhos em mim.

— O que você disse? — pergunto, minha voz mais alta em surpresa. — O que sabe sobre Iemanjá?

— Eu sei que ela é mãe de todos os orixás. — Ele está sentado agora, os dedos úmidos por causa do peixe, salpicados com areia. Fico impactada com sua completa inexpressão, com as bordas definidas de suas bochechas e com a curiosidade em seu olhar. — Sei que ela é protetora e... devastadora. — O garoto está me avaliando de novo, os olhos brilhando agora, mas de um jeito calculista. — Ouvi histórias sobre Mami Wata. Iemanjá te transformou nisso? — Ele ajeita a postura, porém ainda se mantém distante. — Quem você era... antes?

As palavras dele me enchem de irritação, e enquanto meus dedos se prendem nos nós do meu cabelo, faço um muxoxo de raiva. Por que ele tinha que fazer tantas perguntas? Eu me concentro em desfazer o embaraçado e não o encaro. Não digo para ele que não consigo me lembrar muito bem, que faz parte de tomar essa forma dissolver quem e o que eu fui antes. Que mais lembranças minhas voltam quando tenho pernas no lugar de cauda, e que é por isso, diferente de outras Mami Wata, que me transformo mesmo quando não preciso. Porque quero me lembrar de quem fui.

— Isso não importa — respondo, decidindo tornar tudo simples. — O que importa é ajudar as almas a voltarem para Olodumarê.

— Então sou grato por você ter me encontrado — o garoto diz na última luz do dia, inclinando-se para a frente. — Não preciso fazer o retorno ainda, mas preciso de outra coisa. — Ele levanta a mão e eu me afasto, me lembrando do jeito forte que me segurou antes. Percebendo meu movimento, o garoto para, vendo parte da minha carranca, e então se recompõe, recuando. — O que quero dizer é: você pode me ajudar?

— Já fiz isso.

Paro por um momento, lembrando-me do choque ao ver seus olhos se abrindo, de encontrá-lo vivo na água e trazê-lo aqui para a ilha de Iemanjá.

O garoto volta a se aproximar mais, e os grilhões em seus pulsos fazem um som estridente. Ainda tomando cuidado para manter distância, seus olhos estão repletos de um desejo que só pode querer dizer que ele quer algo mais.

— Simidele, por favor. Preciso ir para casa. — É a primeira vez que ele fala meu nome, a primeira vez que um humano o diz em meses. O som abre uma ferida dentro de mim e me vejo querendo ouvi-lo dizer de novo. — Me leve até Iemanjá. — Sua voz baixa serpenteia ao meu redor como fumaça, um fio de medo e anseio entrelaçado a isso.

Perplexa, estico a coluna.

— Por quê?

Estou tentando mantê-lo *longe* de Iemanjá, não o levar até ela.

— Ela é uma orixá poderosa?

— Sim — respondo inquieta, lançando um olhar para a baía tranquila, meio que esperando por águas se abrindo, uma pele de ébano e uma coroa de ouro rompendo a superfície.

— Então com certeza ela vai ter pena de mim e vai me ajudar a ir para casa — ele explica, a voz baixa e os olhos brilhando na luz do sol. — Estou te implorando. Por favor. — O garoto está atônito, e uma lágrima solitária escorre pelo declive de suas bochechas antes de ele secá-la bruscamente. — Eu preciso voltar para minha família. Caso contrário, era mais fácil você ter me deixado morrer no mar.

CAPÍTULO 5

Eu já o salvei e agora ele pedia mais de mim? Me levanto, cambaleando, meu peito apertado ao pensar em ajudar este garoto a convocar Iemanjá. Afundo meus dedos dos pés na areia. *Você não sabe como Iemanjá vai reagir*, digo a mim mesma, embora uma onda de inquietação passe por mim. *Talvez ela fique orgulhosa de você por salvar uma vida*. Então me lembro da forma como a orixá me abraçou quando falamos sobre minha tarefa, o aperto firme de seus braços, e como perdi o ar quando ela me apertou forte. É melhor correr o risco de escondê-lo na ilha até estar pronto para partir. O garoto se mexe, aproximando-se mais de mim, o mais perto que esteve até ali. Olho para seu rosto, para os traços desejosos nas linhas das sobrancelhas erguidas.

— Qual o seu nome? — pergunto, encarando-o. O eco de suas palavras desesperadas se prende ainda mais sob minha pele, lutando contra meu pânico.

O garoto franze a testa, a boca forma uma linha instável.

— Adekola. Kola.

— Kola — digo, vibrando o nome na boca ao olhar para o mar se tornando escuro. Estou ávida por suas ondas frias e sua profundeza simples em vez de pensar nos olhos metálicos e na curva rígida da boca da orixá. — Não posso ajudá-lo a convocar Iemanjá, mas quando se recuperar um pouco mais, vou levá-lo ao continente.

— Não. — Kola levanta os punhos, estremecendo quando a pele das costas se repuxa. — Isso não é bom o bastante. Vai levar muito tempo. Preciso estar lá logo, eu… — ele sibila, a boca tremendo, e então balança a cabeça. Fechando os dedos em punhos, que bate contra a areia.

Consigo não me retrair, mas me asseguro de ficar longe do alcance de Kola. Com sua respiração alterada e os punhos afundados na areia, eu examino o garoto que parecia tão indefeso um pouco antes. A dor o envolve pelos ombros e no ângulo de sua cabeça.

— O que aconteceu com você? — pergunto baixinho. — Por que precisa voltar para casa tão depressa?

Kola fica em silêncio por um momento e depois suspira, esfregando a palma da mão no cabelo e escorregando pelo rosto.

— Eu fui capturado e… vendido. Me colocaram no navio òyìnbó há algumas semanas. Foi desse navio que fui jogado quando você me encontrou.

Suas palavras despertam algo em mim. Uma lembrança de gritos, cordas e rostos pálidos. Tento desvendá-la, mas ela foge de mim e sou deixada com um embrulho no estômago.

Eu me viro para Kola e vejo a mesma forma de sofrimento em seu rosto quando ele remexe os pulsos para longe, pressionando as correntes. Quero pedir para ele parar, avisar que isso vai piorar as feridas, mas não digo nada.

— Se eu não voltar logo para casa... coisa pior pode acontecer. — Suas palavras são tecidas de forma firme, com um sofrimento que espelha aquele enterrado dentro de mim.

Kola fecha a boca ao dizer as últimas palavras, o maxilar trincado, mas vejo seus lábios tremendo, sinto a ansiedade que vem dele quase em ondas perceptíveis. Tem mais, penso, mas não o obrigo a dizer. Não mudaria o jeito que ele se sente, o risco que está disposto a correr.

Tento pensar no que Iemanjá vai dizer, no que ela vai fazer se eu o levar até ela. Ela vai me punir? Ou a ele? Me imagino tentando escondê-lo e Iemanjá descobrindo de qualquer maneira. Certamente ela vai saber se alguém além das Mami Wata está em sua terra sagrada. Parece que, de qualquer maneira, a orixá vai descobrir que Kola está presente, o que eu fiz.

Toco a safira no meu pescoço, pensando na mulher que afundou sob as ondas e nos lampejos de sua vida. Eu fui capaz de abençoar a alma dela, mas isso foi tudo. Com Kola, tenho a chance de fazer mais.

— É um risco para nós dois. — Respiro profundamente, deixando as palavras fluírem por meus lábios antes de pensar mais no assunto. — Mas vou ajudá-lo a convocar Iemanjá.

Kola levanta o olhar, o último raio de sol ilumina o brilho de alegria em seus olhos.

— Agora?

Balanço a cabeça, me esticando na areia.

— Precisamos esperar até amanhã.

Pelo menos terei mais tempo para pensar no que direi a Iemanjá. Kola se levanta depressa de um jeito desajeitado, os olhos caídos.

— Por quê? — pergunta ele, o tom amuado e cheio de raiva.

Faço um biquinho e estalo a língua nos dentes. Ele não só não tinha sido muito grato até agora, mas também não parecia ter nenhuma paciência. Me pergunto como ele vai falar com Iemanjá e sinto outra onda de dúvida sobre o que tinha prometido.

— Temos que esperar pelo sétimo dia ou ela não virá.

Kola puxa uma pedrinha da praia e a lança, mesmo que o movimento lhe cause dor.

— Não posso me dar ao luxo de esperar! — diz ele.

— Você está longe de casa há semanas — declaro com firmeza, e a irritação deixa mais alta minha fala. — Uma noite não vai fazer diferença.

— Vai, sim! — O peito de Kola sobe e desce enquanto ele tenta se acalmar. — Vai, sim — ele tenta de novo, mais baixo desta vez.

Eu me afasto, chutando a areia. O tom de Kola é parecido com o de uma criança mimada, e suas ordens estão desgastando a pouca paciência que ainda me resta. Quando caminho firmemente até ele, o garoto permite que eu me aproxime o suficiente para ver os sulcos do franzido de sua testa.

— Amanhã é o dia da orixá, o único em que ela pode ser convocada — explico, e a irritação torna minhas palavras mais ríspidas. — Uma noite. Eu não estou no controle. É isso ou nada.

Kola não responde, mas percebo suas narinas infladas e seus punhos grandes. Eu me afasto de sua raiva, cuidando da minha própria e deixando uma extensão de areia e ar fresco entre nós. O garoto finalmente assente antes de sair pisando firme por cima das rochas altas, lascadas e cinza-escuras. Ele sobe na massa escura, aconchegando-se sobre a areia enquanto as ondas quebram contra a orla.

A frustração de Kola é palpável, mas eu ainda me retraio quando ele desce os punhos contra uma rocha de novo e de novo, batendo a corrente preta dos grilhões contra a pedra afiada. Deve machucá-lo, mas ele não para, deixando a raiva o estimular, movendo a mão para baixo uma última vez antes de romper o ferro. O contorno de Kola e dos grilhões viram silhuetas contra a lua lá atrás, e, então, ele os joga no mar com um grito esganiçado de raiva.

Depois disso, seus ombros se curvam, cansados do esforço. Não uso sua raiva contra ele. Os grilhões são lembretes do que ele tinha passado, e fico contente de vê-lo jogá-los no mar. A parte mais escura do céu noturno recai sobre nós quando o garoto volta para a praia. Ele se estende na areia perto de mim, a respiração ainda pesada, encarando o mar escuro.

— Então... amanhã? — ele pergunta, e eu interpreto suas palavras, seu tom suave, como um ato de conciliação.

— Sim.

Kola não fala por um instante, e nós ouvimos o som das ondas se quebrando contra as rochas.

— Não achava que um dia fosse conhecer uma Mami Wata. — Ele se vira para me encarar, o rosto encoberto por sombras.

Não digo nada por um momento, puxando um cacho.

— Descanse. Vai te ajudar a melhorar.

Kola me observa por mais um momento antes de se afastar, dobrando o espaço entre nós, usando o cotovelo de almofada e a areia de cama. Não é muito depois que seus ombros tensos relaxam. Eu o vejo respirando e me lembro do pulsar de seu peito quando pressionei minha mão contra ele, o calor de seu sangue sendo bombeado sob a pele. Então me ajeito na areia fria, tentando impedir meus olhos de se fecharem até não conseguir mais.

O navio range ao meu redor, as ondas balançando de um jeito violento e incomum. Está escuro e o fedor combina com o luto e o horror preso ao ar fétido. Um medo escaldante adentra cada parte de mim. Não sei dizer onde ele começa e eu termino. Abro a boca para gritar, os lábios espaçados, as mãos em volta da boca e...

— Simidele. Simi! Acorde.

Eu me forço a abrir os olhos e encontro um céu preto salpicado de estrelas. Kola está inclinado sobre mim, sua mão balança meu braço. Eu me sento e, com as mãos, confiro minhas pernas, dobro os joelhos para cima e os envolvo com meus braços.

— Eu estou bem.

— Você estava gritando — diz Kola enquanto eu o afasto.

As lembranças que retornam nem sempre são dos tipos que quero. Algumas eu deixaria com prazer o mar levar. Nós nos sentamos na escuridão aveludada, escutando as ondas quebrando na orla. Eu continuo em silêncio, deixando a brisa da noite recair sobre mim, respirando profundamente, apertando as mãos ao redor dos joelhos para não as sentir tremer. Kola não me toca de novo, mas ainda consigo sentir a pressão de seus dedos na minha pele.

— O que é? — Ele está perto o suficiente para que eu possa ouvir sua voz falhando.

— Você esteve em um navio — digo, alisando a areia com meus dedos. — Você sabe.

CAPÍTULO 6

Kola cochila enquanto o sol nasce em tons de pêssego e carmim, transformando o mar de um violeta-escuro em um azul-prateado. Eu não voltei a dormir. Não consegui. Em vez disso, usei o frio da noite para me manter acordada e me concentrar no arrebentar das ondas até as lembranças fragmentadas desaparecerem.

Ao meu lado, Kola se mexe. Ele se senta e então se retorce, olhando para os pulsos. A cataplasma havia secado e estava apenas presa em sua pele em lascas.

— Vou pegar mais para você — digo, me levantando antes que ele possa protestar. — Espere aqui.

Quando volto, Kola me olha com cautela. Diminuo os passos, estendendo as folhas verde-escuras quase como uma oferenda, me perguntando se ele vai me deixar aplicá-las.

— Posso...?

Ele me observa quando paro diante dele, me ajoelhando para ficarmos olho no olho. Levanto as mãos e depois paro, esperando. Kola olha para a alface selvagem que seguro e então para mim. Tento abrir um pequeno sorriso e lentamente estico a mão para seus pulsos. Quando ele não recua, solto um suspiro.

— Como você sabe o que usar?

Eu paro. Não consigo me lembrar, e isso pesa sobre mim com uma força devastadora que me faz sentir uma exaustão repentina. Mas nada disso tem relação com Kola, então dou de ombros e continuo a apertar as folhas até que fiquem macias e maleáveis antes de colocar tiras em volta das feridas abertas na pele dele.

— Obrigado. — A palavra sai baixa, mas firme, e se aloja em mim. — Me desculpe de novo. Por... te segurar com força. Por...

— Você quase morreu afogado — eu o interrompo e começo a aplicar as plantas cortadas na pele, mas suas desculpas remexem algo dentro de mim ao passo que faço o possível para ser delicada.

Quando termino os dois pulsos, cubro os machucados em suas costas, que ainda estão com dificuldade para cicatrizar, antes de me sentar na areia, ainda longe dele.

— Simidele, vamos conseguir convocar Iemanjá agora?

Arregalo os olhos. Lembro a mim mesma que não há outra opção, mas pensar no que a orixá pode dizer ou fazer cria torções de apreensão que se contorcem em minha barriga.

— Ela pode não conceder o que você deseja — eu o alerto, os dedos no meu cabelo trançando de um jeito frouxo até onde alcanço. Minha voz vacila um pouco. — Nunca trouxe mais do que almas para ela.

Kola se vira para mim e mais uma vez fico impactada com seus olhos, castanhos e permeados por ocre. Sua expressão é sincera, porém penetrante, e embora sua altura signifique

que ele é bem maior do que eu, a barba escassa em seu queixo e as bochechas macias entregam sua idade.

— Você vai se encrencar?

A preocupação no tom de Kola me deixa inquieta. Me lembra da ternura que quase vi nele quando me acordou do pesadelo. Seus dedos contra minha pele. Não importa, quero responder. É tarde demais agora.

Virando as costas para o mar, aponto para onde as árvores crescem perto da praia, arbustos e flores recaindo na orla.

— Você vai precisar colher sete daquelas. Pegue apenas as cores de Iemanjá, as brancas e as azuis.

Assentindo, Kola vai na direção na qual apontei. Ele leva tempo escolhendo as flores e, quando está satisfeito com a colheita, ele volta, carregando-as no cerco de suas mãos. Gosto da forma que ele as segura, com delicadeza para não quebrar nenhum dos brotos.

— Você deve ofertá-las ao mar — digo, dobrando os dedos enquanto penso em como Iemanjá vai reagir quando vir o garoto que eu trouxe até ela.

Kola pisa no raso, andando até a água atingir seu joelho antes de deixar as flores caírem, uma a uma. Elas flutuam na água cristalina, subindo no pico de cada pequena onda antes de afundar.

— Repita estas palavras — digo, tentando manter a voz calma. — Precisa dizer sete vezes. *Yemoja, mo bu ọlá fún ọ pẹ̀lú àwọn òdòdó wọ̀nyí. Jọ̀wọ́ bùkún ùn mi pẹ̀lú wíwáà rẹ. Fi ore-ọ̀fẹ́ fún mi pẹ̀lú ìfẹ́ tí o ní fún gbogbo àwọn ọmọ̀ọ̀ rẹ. Ẹ tẹ̀ s'íwájú.*

Ele assente e repete o que eu disse.

— Iemanjá, eu a honro com estas flores. Por favor, me abençoe com sua presença. Agracie-me com o amor que tem por todos os seus filhos. Apareça.

Kola enraíza as pernas firmemente no leito do mar, a água bate na barra de sua túnica enquanto suas palavras ressoam pelo mar. Ele repetiu o encantamento mais seis vezes, em tom decido. Há coragem, penso, em ficar de pé na água convocando a deusa do mar.

Quando a enseada permanece calma, um semicírculo azul, Kola atravessa a água para voltar à praia e parar ao meu lado.

— Eu falei do jeito certo? — ele pergunta.

Então as ondas recuam, uma retirada repentina que assusta uma revoada de pássaros do topo das árvores, mandando-os em voo disparado pelo céu, seus pios altos na calmaria. A água rasa recua na baía, o vento empurra meu cabelo para a frente do rosto. Fico esperando, meus cachos obstruem minha visão da praia até que a brisa vai embora, deixando um silêncio que carrega o peso da expectativa. Eu me forço a ficar ereta, impedindo que minhas pernas tremam, mas meu coração ainda bate forte, uma pulsação ruidosa nos meus ouvidos.

Kola olha para a frente, a única insinuação de seu medo aparece na postura defensiva de seus ombros, enquanto uma onda que ganha altura e ímpeto passa pela entrada da enseada. A água retorna e o garoto se retrai. Nós observamos juntos enquanto a onda quebra contra a orla com um poder que sinto profundamente.

— Fique calmo — sussurro com hesitação quando Kola dá um pequeno passo para trás, embora me veja querendo fazer o mesmo.

Uma figura emerge do mar. Iemanjá para, seu cabelo forma um manto preto em volta dos ombros, os cachos cintilam sob a coroa, distinta, dourada e brilhando no sol. Ela caminha até a praia, sua túnica na forma perfeita de dobras brancas e azuis, cada movimento sinuoso a trazendo para mais perto de nós.

— Faça o que eu mandar — sussurro ao me ajoelhar, abaixando o olhar e tudo mais, pressionando a testa na areia quente. Tento engolir, mas minha boca está seca. Vejo movimento perto de mim quando Kola se inclina em uma reverência.

— Não fale a não ser que Iemanjá mande ou eu peça.

Dedos de um pé de pele negra chegam na areia branca à minha frente quando o perfume de violetas e coco toma conta de mim. Levanto o olhar, deslizando rapidamente pelas pernas musculosas, pelo branco ofuscante da túnica, com azul-royal nas beiras e perpassado por linhas delicadas de ouro, até o colar grosso de pérolas bulbosas.

— Simidele?

O tom baixo de sua voz já me faz não querer levantar a cabeça para encarar a orixá. Mas eu o faço. Seu véu balança, a boca é um pedaço de lábios carnudos pressionados em uma linha. Levanto o olhar para a luz de seu olhar, que lampeja em um tom prateado intenso.

— O que significa isso, minha filha? — Iemanjá pergunta, virando a cabeça para ver Kola.

Ao meu lado, o garoto fica de pé, limpando areia das palmas na túnica esfarrapada presa ao redor de sua cintura. Ele olha para mim e eu pigarreio, pressionando os dedos trêmulos nas laterais do meu corpo. Pelo menos ele ainda não está com a boca aberta para fazer pedidos.

— Mãe Iemanjá — começo, mantendo um tom respeitoso. — Adekola gostaria de pedir sua ajuda. Ele...

A orixá levanta a mão, me interrompendo. Anéis de ouro adornados por diamantes brutos e esmeraldas cintilam em seus dedos. Ela inclina a cabeça para o lado.

— Como ele veio parar aqui, me convocando?

— Eu o salvei. — Passo a língua pelos lábios, sentindo gosto de sal. — Eu o retirei do mar.

Iemanjá vira a cabeça rapidamente na minha direção, as pérolas de seu véu tilintando bem alto.

— Você fez o quê?

— Eu estava prestes a coletar sua alma, mas... ele ainda não tinha morrido.

A orixá girou para me encarar por completo.

— Você não se lembrou da sua tarefa? — Suas palavras saem baixas, mas afiadas como agulhas.

Balançando a cabeça, eu formulo minha próxima frase com cuidado, tentando manter a confusão crescente que se mistura com raiva longe da minha voz. Eu salvei uma vida em vez de uma alma. Certamente salvar alguém é uma coisa boa, não?

— Eu não me esqueci, mas não podia deixar o mar e os tubarões tomarem posse dele. Você fala de meu propósito, mas ele estava *vivo*. Deixá-lo significaria a morte.

Iemanjá olha para minhas pernas e para a túnica brilhante.

— E então você se revelou para ele e o trouxe aqui?

O sibilo em sua voz me faz recuar. Eu olho para Kola e me lembro de seu rosto quando me viu trocar a cauda, as escamas que se derreteram em pele. Naquele momento, não estava pensando, aflita pelo esforço de arrastá-lo para algum tipo de segurança. Vergonha e calor crescem e se espalham pelo meu peito, subindo para o pescoço. Mas, então, lembro de Kola jogado na areia, da comida que ele devorou, e um pouco da culpa se esvai.

O rugido repentino que a orixá solta me faz tropeçar na areia, perdendo meu equilíbrio, o que me faz cair feio. Meu coração bate forte contra a túnica enrolada fortemente contra meu peito quando me curvo diante dela. Iemanjá levanta as mãos aos céus, as unhas formam garras quando ela grita de novo. Kola cobre as orelhas quando o som aumenta, perpassando o ar. Escuto as ondas quebrando contra as rochas da enseada, e, quando ouso olhá-la, Iemanjá me encara, uma parede de água atrás dela. A massa azul reluzindo, seu peso sendo retido pela orixá. Por um momento, penso que ela vai soltar, abatendo a praia e nós. Dou uma rápida olhada para Kola, querendo que ele chegue para mais perto de mim. Ele nunca sobreviveria.

— Mãe Iemanjá — digo, levantando a mão com a palma para cima. — Por favor. Quando ele estiver curado, posso levá-lo ao continente e então ninguém mais vai precisar saber.

A orixá estremece, o cabelo cor de obsidiana cai em cascata pelos ombros em um volume pesado enquanto ela me encara. Iemanjá vacila, os músculos torneados em seus braços estão tensos quando ela levanta os pulsos acima da cabeça. Ela olha para mim, os lábios se retorcendo em um grunhido, mas em seus olhos há um lampejo de medo.

— Por favor. — Eu me levanto e coloco a mão sobre meu coração. — Achei que estivesse fazendo o que era certo.

A orixá me observa em silêncio por segundos que se alongam por mais tempo do que achei ser possível. E então ela abaixa as mãos e as coloca para trás, a água caindo, recuando para a baía. Eu respiro profundamente, conferindo se Kola ainda está por perto. Os ombros dele estão tensos, mas seus olhos são intensos e vigilantes. Os dedos de Iemanjá se contraem e o mar se torna plácido mais uma vez. Os ombros dela caem quando se afasta de nós.

— Você não...

Mas a orixá não termina de falar antes de cambalear e colidir no chão.

Iemanjá se senta na areia branca, sua túnica se espalha ao redor como as pétalas das flores que colhemos para convocá-la. Seu rosto está voltado para baixo, na direção de seu colo, os cachos são uma mortalha escura que a protege do meu olhar.

— Simidele — ela diz suavemente, me encarando através do cabelo. Seu véu brilha, fios iridescentes de pérolas que traçam firmemente seu nariz e suas bochechas. Uma lágrima escorre sob seus orbes esbranquiçados. — O que você fez causará nossa morte.

CAPÍTULO 7

— Como assim? — pergunto a Iemanjá com a voz falhando.

Ela não me responde. A curva da coluna da orixá, encortinada pelos cachos pretos, estremece mais uma vez enquanto ela permanece debruçada. Eu me aproximo, mas a única coisa que vejo com clareza são as mãos trêmulas de Iemanjá, os longos dedos esguios adornados com as joias dos anéis que capturam a luz do sol. Eles estão presos na areia, as unhas partindo a brancura enquanto a orixá começa a lamentar. O choro começa de repente, repleto de luto, raiva e medo, seu corpo tremendo ao jorrar em sua forma arqueada.

Iemanjá pode ser morta? O *nossa* se referia a todas as Mami Wata? Sei que somos fortes no mar e mortais quando humanas, mas não tinha pensado sobre o que podia nos aniquilar. O medo encontra morada em mim, empurrando com força meu interior. O que poderia ser tão ruim para Iemanjá estar reagindo assim? Olho para Kola, mas ele está com a testa franzida e coçando a nuca. O pranto da orixá atinge o ápice em um soluço estendido que lentamente silencia quando me agacho ao lado dela, tão perto que posso sentir o calor de sua pele.

— Mãe Iemanjá?

A coluna da orixá se endireita quando a ouço inspirar, e ela se vira para me encarar, afastando as lágrimas que escapam por suas pérolas.

— Me ajude — ela diz simplesmente.

Seus olhos estão brilhando, mas ela levanta a cabeça e estica a mão que ainda treme.

Enquanto me coloco de pé, vejo Kola do outro lado da orixá. Nossos olhos se encontram por um segundo, e então nós dois nos curvamos, segurando Iemanjá e levantando-a para ficar de pé.

— Eu falei da minha dor pelo que está acontecendo, mas o que você precisa entender é a ordem das coisas. A vontade de Olodumarê e o decreto que deve ser seguido. — Iemanjá ajeita os trançados dourados em seus braços antes de continuar, sua voz se assemelha a um veludo preto. — Falhar em seguir essa ordem seria um grande risco. Um preço que em parte eu já paguei.

— Eu não entendo.

Iemanjá suspira e se vira para me encarar, os lábios pressionados.

— Deixe-me tentar explicar. Em Ifé, a primeira cidade da terra, todos os homens foram criados em igualdade, mas eles queriam diferenças e imploraram ao Deus Supremo por isso. No final, Olodumarê deu o que queriam; roupas, idiomas e terras separadas. — A orixá para e me olha diretamente. — Consegue adivinhar o que aconteceu?

— Caos — respondo simplesmente, e a palavra desabrocha em minha mente.

— Exatamente. Guerra e desigualdade se seguiram, e ainda é assim. A humanidade briga por causa das mesmas diferenças que antes imploraram para Olodumarê lhe dar. — Iemanjá para e eleva a mão depressa para o alto. Uma onda logo abaixo do raso se eleva em resposta. — E então Olodumarê decidiu que os humanos teriam que achar o caminho sozinhos, aprender suas próprias lições e decretar seus próprios destinos. Até mesmo os orixás foram impedidos de intervir com as vidas e mortes dos homens. Isso foi esclarecido para todas as entidades. Você nunca se perguntou por que sua tarefa é apenas coletar as almas?

— Nós as abençoamos em suas jornadas — falo, com a voz baixa quando penso naqueles descartados no mar.

— E por que acha que eu nunca destruí os navios? Ou mandei as sete Mami Wata que criei fazerem isso?

Não digo nada. Penso em sua dor, a mesma emoção que sinto toda vez que abençoamos uma alma. Lembrar de seu tormento me queima por dentro, semelhante à dor que aperta meu peito no mar.

— Criar sete Mami Wata foi... arriscado. Olodumarê viu como uma quebra no decreto. Não passou despercebido, e mais uma vez fui lembrada sobre a decisão da humanidade de ter livre-arbítrio. — Iemanjá suspira, as mãos vão para a brancura de seu véu. — Olodumarê viu as criações como uma... linha tênue. Um desrespeito às regras que foram impostas.

— O que isso quer dizer? — pergunto. Um receio intenso toma minha respiração, espalhando-se pelas veias e fazendo meu coração bater mais forte. — O que aconteceu?

— Talvez seja mais fácil lhe mostrar.

Os dedos de Iemanjá acariciam os grampos dourados de ambos os lados de seu véu. Ela desfivela o prendedor ornado em joias, seus olhos prateados em mim. Por um momento, ela hesita, e eu sinto uma onda de apreensão. Tenho a sensação de que não vou querer ver o que está ali embaixo, mas sei que não tenho escolha. Vejo Iemanjá segurar os dois lados de sua máscara de pérolas e os abaixar.

O grito que sai de mim é agudo, e não consigo parar. Iemanjá inclina o queixo e o raio do sol acaricia sua pele com um tom dourado suave que decora o terror no seu antes escondido rosto. Expiro com força e me forço a olhar, a não desviar. Os declives das bochechas de Iemanjá estão marcados com profundos arranhões verticais, três de cada lado de seu rosto. As ranhuras irregulares se repuxam e se arrastam por sua pele, começando abaixo dos olhos e terminando um pouco antes da boca. Coloco a mão no peito, pressionando contra a batida forte do meu coração.

— Não é tão ruim — Iemanjá diz suavemente, dando um passo para mais perto de mim. — Por favor, não fique chateada, Simidele. Essa foi minha punição e eu a recebi de bom grado. Em troca, Olodumarê permitiu a existência das Mami Wata e a tarefa que lhes dei. Mas é permitido que façam apenas isso.

Sinto um toque no meu braço e, sem olhar, sei que é Kola. Ele deixa a mão ali por um momento, mas não me permito sentir qualquer consolo em sua palma ríspida. Eu o afasto.

— Olodumarê fez isso? — pergunto à orixá com a voz falhando.

Não consigo imaginar o Deus Supremo tratando humanos ou orixás assim. Distante, mas amoroso, tudo que Olodumarê fez foi criar e abençoar a todos. Isso não faz sentido.

Iemanjá balança a cabeça, seus cachos balançam.

— Não, sinto apenas amor sincero pelo Deus Supremo — diz a orixá, com um sorriso nos lábios. — Embora eu saiba que Olodumarê ficaria furioso se eu o desafiasse de novo, minha gratidão é eterna.

— Então quem fez isso com você? — pergunto, e a fúria borbulha em mim.

Os olhos de Iemanjá escurecem quando ela franze a testa, o prateado lampejando por eles.

— Foi Exu.

Exu. O mensageiro de Olodumarê. Conhecido por ter duzentos nomes, o que mostra suas muitas facetas, sua habilidade de mudar de forma e dominar qualquer linguagem. Tremo quando me lembro de seu papel como conterrâneo dos ajogun, os oito guerreiros malignos que querem a ruína da vida na Terra. Apenas Exu pode mantê-los sob controle. Apenas por esses motivos, Exu tem poder como nenhum outro orixá.

— Foi ele que contou para Olodumarê sobre a criação das Mami Wata. — Iemanjá aperta o véu, observando as pérolas reluzirem enquanto fala. — Embora tenha certeza de que se fosse algo que ele conseguisse fazer, seu ponto de vista sobre isso seria diferente.

— Ele estava com inveja?

Iemanjá ri de repente, um ruído ríspido que corta o ar.

— Exu cobiça o que os outros têm. Sua busca por poder é insidiosa e constante. De roubar os entes queridos de reis e rainhas a usar outros orixás por seus poderes, na esperança de ganhar mais para si.

— Então ele usou o decreto de Olodumarê para te machucar?

— Tudo que sei que é Exu teve inveja por eu ser capaz de criar vocês. Depois de dizer para Olodumarê o que eu fiz, ele veio dar voz ao Deus Supremo. Veio entregar a mensagem de desagrado e as consequências. — Ela para, tocando uma das cicatrizes com uma das unhas afuniladas. — E para infligir a punição.

Eu a vejo prender o véu de volta no lugar, mas as cicatrizes salientes ficam marcadas em minha mente. Compreensão recai sobre mim como uma pedra.

— Então, pegar Kola do mar...

Iemanjá franze a testa e junta as mãos, entrelaçando os dedos.

— Isso contradiz o que foi posto por Olodumarê. Suas ações quebraram o decreto com o qual me comprometi. O decreto com o qual *nós* nos comprometemos. E um que Exu ficará nada mais do que ávido em reforçar de novo. Especialmente se isso significar o fim das Mami Wata.

Eu olho para Kola, que me encara de volta. Minha garganta está seca e cada gole faz um ruído desconfortável enquanto me lembro de como ele me agarrou e a forma como exigiu ver Iemanjá. Por ele, eu arrisquei muito. Como se pudesse ouvir meus pensamentos, Kola abaixa o olhar e a postura de seus ombros de um jeito estranho.

— Mas por que você não me contaria? — pergunto, e minha voz fica mais alta pela frustração que está coberta de raiva.

— Não era para ser necessário! — Iemanjá sibila, as mãos em garras rígidas, suas unhas compridas brilhando. — Você se esqueceu do seu lugar e do tom apropriado, Simidele. Você é minha criação, minha filha. Tudo o que precisa fazer é me escutar e completar sua tarefa!

Fico em silêncio e as palavras se constroem, o desespero forma uma onda descontrolada dentro de mim. Iemanjá deveria ter me contado sobre o decreto. Como posso fazer a coisa certa se não a conheço por completo? A respiração rápida combina com as batidas apressadas do meu coração enquanto luto para me controlar.

— As outras Mami Wata fazem o que lhes é pedido, nada mais. Elas não saltitam pela minha ilha na forma humana, *fingindo*. Elas não me questionam. E não achei que fosse necessário...

Suas palavras libertam a correnteza de raiva em mim e eu a interrompo, com a voz pungente de ira:

— Você deveria ter me falado!

Iemanjá olha furiosamente para mim, seus olhos ressaltam a cor prateada e a raiva.

— Eu a criei e te dei uma tarefa. — Ela dá um passo para perto de mim. — A tarefa que você concordou em fazer há apenas alguns dias.

— Simi... — Kola começa a dizer.

— Fique quieto — disparo contra ele.

Se ele não estivesse aqui, se eu não o tivesse arrastado pelo mar e o trazido para a ilha, nada disso estaria acontecendo.

Mas então me lembro dele na água escura. Do branco de seus olhos quando ele os abriu, do meu primeiro instinto de chegar perto e arrebatá-lo.

Ele teria morrido afogado.

Abro os punhos lentamente. Mesmo se Iemanjá tivesse me dito para nunca interferir na vida de uma pessoa, sei que nunca teria conseguido deixá-lo no mar. Minha raiva tem uma camada de culpa, mas nenhum de meus pensamentos está manchado com arrependimento de verdade. Eu me apego à raiva, em vez disso, tentando tirar consolo de sua quentura.

— Mãe Iemanjá, eu deveria tê-lo deixado morrer? — pergunto, me virando para encarar a orixá.

Momentos se passam enquanto Iemanjá olha fixamente para mim, mas sem responder. Kola engole em seco e demonstra coragem ao se colocar entre nós, desconfortável com sua posição.

— E agora? O que podemos fazer para consertar isso?

— Talvez eu devesse ter te contado. — Os ombros de Iemanjá se curvam, mas ela estica a mão para mim. — Precisamos colocar nossa raiva de lado. Agora não é o momento para nos dividirmos, filha.

Seus anéis cintilam em cada dedo e sua palma, em um tom de marrom mais claro, se estende para o sol. Eu sei que o que ela fez, o que ela faz, é para ajudar. Iemanjá, mãe de todos os orixás. Ela é resplandecente e magnífica, disposta a arriscar tudo para acalmar a dor daqueles escravizados, e sua compaixão é universal. Eu me recordo de suas cicatrizes grandes, e minha raiva diminui para uma vibração enquanto a vergonha se acomoda dentro de mim.

Posso ter salvado Kola, mas, ao fazer isso, eu falhei com ela.

— Mãe Iemanjá — sussurro, segurando a mão estendida para mim. — Me desculpe. O que posso fazer?

Iemanjá me puxa para o calor e a firmeza de seus braços, e é como ser abraçada tanto pelo sol como pela lua, como fogo e gelo. Quando me solta, ela toma um momento para se recompor, ajeitando a postura, reorganizando os cachos de seu cabelo preto.

— Olodumarê descobrirá em algum momento. Desde a criação de vocês e da minha punição, Exu tem me vigiado ainda mais de perto. Nós vamos precisar informar Olodumarê e pedir por absolvição. — A orixá sustenta meu olhar. — Depois da criação das Mami Wata, temo não restar muita da graça do Deus Supremo para mim. — Ela roça os dedos contra os prendedores de seu véu. — Já que não fui eu que quebrou o decreto, Simidele, é você que precisa pedir por perdão.

Olho para Kola e de novo para Iemanjá, pensando nas outras Mami Wata. Se existe um jeito de salvá-las, eu o farei.

— O que eu preciso fazer?

***

A necessidade de consertar tudo martela dentro de mim. Penso em Folasade e nas outras, em Mãe Iemanjá e na ira que ela arriscou despertar ao nos criar. Eu coloquei todas elas em perigo.

Vejo a orixá caminhar na direção do mar, suas costas esculpidas como as noites nos desertos.

— Precisamos de clemência — diz Iemanjá enquanto observa o mar e suas ondas inquietas.

— Mas Olodumarê vai nos perdoar tão facilmente? — pergunto.

— Eu não sei. Lembre-se: não é que Olodumarê não se importe com a humanidade — Iemanjá explica, e uma ruga se forma entre o corte de suas sobrancelhas. O mar sussurra para a orixá, mas ela o ignora. — As interações passadas de Olodumarê influenciaram a forma como ele vê o mundo que criou.

Franzo a testa, dobrando os dedos ao mesmo tempo.

— Existe alguma forma de ainda podermos usar Exu para conseguir uma audiência? Sem que ele saiba completamente. — Me apresso para acrescentar: — Como mensageiro de Olodumarê, ele pode repassar nossas palavras.

— Exu não é confiável! Nem um pouco! — Iemanjá vocifera, e eu me encolho. Ela levanta a mão e a água treme, respondendo com uma onda. — Como disse, ele só pensa em si mesmo e na sua própria sede por poder. Nada mais. Não se pode enganar aquele que engana. — A imagem da cicatriz marcada nas bochechas da orixá empurra esse pensamento da minha mente. — Você precisa convocar Olodumarê de um jeito diferente.

— Tem como fazer isso?

— Me foi dito que sim. Pelo babalaô que confeccionou as safiras em colares.

Mudo meu peso de uma perna para outra, sentindo uma pequena dor nas solas dos pés.

— Então o alto sacerdote pode me ajudar?

— Melhor do que isso, o babalaô tem dois anéis em sua posse. Feitos de obsidiana mineirada de Ifé. Eles são poderosos. Muito poderosos. Quando usados juntos, pode-se recitar uma oração que iniciará uma audiência com Olodumarê. — Iemanjá ajeita um bracelete de ouro em seu pulso, fazendo biquinho com os lábios. — Eles são outro motivo pelo qual Exu não gosta de mim. Nunca quis lhe contar onde eles estão.

Mas por que ele precisaria disso? Já que é mensageiro de Olodumarê, ele não precisa conjurar uma audiência. E então, me lembro das palavras que Iemanjá disse mais cedo, sobre a ânsia de Exu por poder. Ele deve odiar alguém poder passar por cima dele para falar com Olodumarê.

— Onde posso encontrá-lo? — Respirando profundamente, permito que a esperança borbulhe dentro de mim. Ganhar o perdão de Olodumarê será nossa salvação. Só preciso garantir que Exu não consiga os anéis. — O babalaô está por perto?

A orixá vira para o mar e fica em silêncio, contemplando a superfície tranquila. As pérolas de seu véu captam o sol, uma iridescência que espalha brilho por seu pescoço e peito.

— Não tenho tanta certeza. Da última vez que soube, ele estava na costa norte, mas não está mais lá.

Esfrego as mãos nas laterais das minhas coxas.

— Então…

— Você vai precisar encontrá-lo.

Posso sentir meu queixo cair ao ouvir suas palavras e imaginar achá-lo por conta própria.

— Não acho que o babalaô tenha ido muito longe. — Iemanjá caminha de volta à areia macia, fazendo-me segui-la. — Ele estará perto tanto do mar quanto de um grande rio. O poder dessas duas massas de águas convergindo é algo que ele sempre procura e se acomoda por perto.

Penso em quantos rios encontram o mar. Kola tosse e depois para quando Iemanjá gira a cabeça na direção dele.

— O rio Ogum é poderoso — diz ele baixinho. — Minha aldeia fica perto dele. Assim como… um babalaô que consultamos.

— Fale mais alto — Iemanjá sibila ao se mover para mais perto de Kola. Vejo os olhos dele irem para as pontas dos dentes dela, visíveis apenas o suficiente sob suas pérolas brancas. — O que mais?

— Ele tem… imagens… suas.

Vejo a expressão de Iemanjá mudar. Podia ser o babalaô de quem ela falava? Uma pontada de alívio lampeja em seus olhos prateados e na contração de seus ombros.

O sol perpassa por entre uma nuvem enquanto Kola coloca a mão no peito e faz uma reverência.

— Se Simidele me levar para casa, vou mostrá-la onde está o babalaô.

— Qual o nome da sua aldeia?

— Não vou dizer. — Kola engole em seco, seu pomo de Adão subindo e descendo enquanto ele tenta parecer firme e mascarar o nervoso. — Se eu disser agora, não haveria nada te impedindo de mandar Simidele e me deixar para trás. — Ele luta contra, sem conseguir esconder o desespero de suas palavras. — Mas posso prometer que a levarei até ele.

Arregalo os olhos e inspiro com força ao ouvir o que ele disse. Ninguém deveria demonstrar tal audácia ao falar com um orixá. Iemanjá o espreita, mas ele não recua. Ela estica a mão, as unhas deslizam pelas bochechas de Kola e seguram seu queixo.

— Quais tipos de efígies o babalaô tem?

— Elas te representam em riachos em montanhas, dando à luz todas as águas da terra. — A voz de Kola fica mais alta, o tom grave mais profundo. — Representam suas lágrimas diante da escravização e sua jornada de seguir aqueles vendidos e levados por diferentes mares.

— Isso é tudo?

— Não — Kola responde. — Elas mostram você e sete outras. Todas com caudas e safiras como a que Simi usa agora.

Iemanjá afasta os dedos da pele dele, mas não tira os olhos do garoto. Um momento de silêncio se alonga durante o qual nenhum de nós se mexe ou fala.

— Simidele. Você acompanhará Adekola até sua casa. — Suas palavras são baixas, mas firmes. — E ele vai te mostrar o babalaô.

Sem dar a ele outra chance de falar, a orixá se afasta, seus passos enormes ao ir em busca do conforto do mar. Kola olha para mim com sobrancelhas erguidas, mas eu o ignoro e sigo Iemanjá enquanto ela brinca com as ondas, puxando-as e empurrando-as contra a orla.

— Ele está certo? Eu não contei nada daquilo para ele!

— Acredito em você. Os detalhes que ele descreveu não são comuns. — A orixá encara a expansão azul diante de nós.

— Leve-o. Vou ensiná-la a oração para convocar Olodumarê quando estiver com os anéis.

O mar suspira de novo ao mesmo tempo que prendo a respiração. Penso na viagem até lá e olho de novo para Kola na praia atrás de nós, respeitosamente nos dando espaço.

— Não acho que ele confia em mim.

Toco o hematoma em meu pulso. Não conto para ela que também não confio por completo nele.

— Não importa. Não temos escolha, nem ele. — Iemanjá deixa o mar repousar e coloca as mãos nos meus ombros. — Você precisa ser particularmente cuidadosa com Exu. — Me lembro das cicatrizes sob o véu e estremeço. — Vai ser melhor para você viajar na maior parte do tempo na forma humana. Isso vai limitar os rumores, e eu não a veria machucada.

As palavras de Iemanjá não me assustam. Estou mais preocupada com qualquer outra coisa acontecendo com ela. Apesar de meus desejos, se não fosse por ela, meus ossos estariam no fundo do mar.

— Existe alguma forma de ele saber agora? — Olho em volta de mim, pensando no quanto Iemanjá estava cheia de medo mais cedo. Uma porção de pânicos me perpassa ao imaginar meus atos causando-a sofrimento. — Ele pode estar por perto?

A orixá balança a cabeça, as pérolas tilintam e o ouro de sua coroa reflete o sol.

— Embora ele receba muita informação através das orações e mensagens dos humanos, ele não está por perto. Eu o sentiria. Orixás são... conectados.

Toco a safira no meu pescoço e penso em como ela pulsa quando qualquer uma de minha espécie está por perto.

— Como as Mami Wata?

— Parecido, mas sem a dependência de joias ou talismãs. Se algum de nós está por perto, o outro pode sentir. — Iemanjá para de novo, passando os olhos por mim. — Você está segura, por enquanto. — Apesar de suas palavras, as sobrancelhas da orixá estão franzidas.

— O que foi? — pergunto, e a preocupação povoa profundamente dentro de mim.

— Você fica vulnerável assim. Aqui. — A orixá levanta a mão até a coroa, os dedos roçam contra a grande esmeralda incrustada em seus cachos. Ela usa as unhas para fisgá-la do cabelo e revela uma estreita coluna afunilada de ouro maciço. Observo enquanto a orixá move o pulso rapidamente e uma lâmina muito afiada surge do nada. — Pressione a esmeralda para retrair a lâmina. Mantenha-a com você o tempo todo. É forte, firme e perpassa quase qualquer coisa.

Pego a adaga com cautela, pressionando a gema na ponta. A lâmina desliza para dentro, e eu imito Iemanjá ao colocar a arma entre as tranças que se curvam da minha testa até o topo da cabeça. Faço uma pequena reverência em agradecimento e passo a mão pela adaga para garantir que está segura.

— Lembre-se também de que não é só com Exu que deve ficar atenta. — Ela segura meu rosto, forçando-me a olhar para ela enquanto fala. — Esse é outro motivo para manter este corpo. Os humanos costumam ser cruéis com suas curiosidades pelo desconhecido. Não confie neles.

Conheço a verdade no que a orixá fala, me lembrando do olhar de um pescador que teve um lampejo meu. Descrença, medo, e depois a ganância que passou por seu rosto como uma nuvem escura na frente do sol.

— Mais uma coisa — Iemanjá diz, me puxando para mais perto para que apenas eu a ouça. Ela leva um tempo, escolhendo as palavras com cuidado. — Sei que algumas vezes você se lembra de partes da sua vida de antes, mas me preocupo que isso tenha obstruído seus atos. Mantenha o objetivo dessa jornada fixo em sua mente e não se permita ter… *sentimentos* demais. Por qualquer humano. Você é do mar agora. É proibido.

Penso na forma com que Kola está me usando para conseguir voltar para casa e assinto, a irritação se acomoda junto com a preocupação.

— Não precisa se preocupar com isso.

— Isso é bom — Iemanjá fala quando seus olhos ficam de um tom prateado mais escuro, como o céu em um dia de tempestade. Atordoada, ela hesita antes de continuar: — Porque se amar um humano, sua forma será revogada e você não será nada além de espuma no oceano.

CAPÍTULO 8

Eu ignoro o último alerta de Iemanjá. Sei o que sou e o que não sou. Em vez disso, foco em Exu. Mensageiro e dono das encruzilhadas da vida, um enganador que se diverte em iludir e criar rupturas por prazer e para seus próprios ganhos. Ainda assim, não achava que ele fosse capaz da violência escondida por trás do véu de Iemanjá. Toco um dedo na esmeralda em meu cabelo, tirando conforto da lâmina escondida.

A temperatura do dia aumenta quando o sol flameja sobre nós. Pequenas nuvens flutuam lá em cima, arruinando o perfeito céu ultramarino. Kola arrasta o barco que Iemanjá lhe diz estar escondido na enseada. Sombreada pelos galhos pendentes e pelas folhas de bananeiras velhas, a embarcação tem um casco de madeira descascado, envelhecido pelo sol. Ele anda ao redor do barco, energizado pela ideia de voltar para casa. O pequeno e robusto mastro principal está intacto e, de dentro dele, Kola puxa uma vela dobrada, suja de folhas, mas utilizável. O barco vai comportar apenas nós dois. Eu o observo inquieta. Pelo menos posso escapar para o mar se o espaço for estreito demais.

Enquanto Iemanjá me ensina a oração para Olodumarê, Kola inspeciona o barco, colocando bananas verdes e mais das alfaces selvagens lá dentro. Ele encontra um odre antigo, que lava e enche com a água do cesto que fiz.

Assim que Iemanjá me faz repetir a oração vezes o suficiente para decorar, nós observamos Kola empurrar o barco para as águas rasas. Ele pula para dentro, e eu passo a mão pelo vermelho e dourado que envolve minha túnica.

— Devemos partir para leste? — pergunto.

Sinto meus nervos pulsando e, quando olho para Iemanjá, sei que as marcas em meu rosto mostram isso. A orixá sorri para mim.

— Siga a principal corrente leste por um dia e vai chegar à orla da terra que busca. O rio Ogum está a dois dias de caminhada se for pela floresta. — Ela se inclina na minha direção, a nuvem de seus cabelos fazendo cócegas no meu rosto, e beija minha testa. Fecho os olhos ao sentir o calor de seus lábios e os abro para encontrar seu grande sorriso. — Você vai se sair bem, nisso eu tenho fé.

— Mãe Iemanjá, eu sinto...

— Simidele. — Abro a boca para falar de novo, mas a orixá me interrompe. — Simidele. Escute. Sei que você vai consertar as coisas. O que foi feito está feito. Não podemos mudar o passado, apenas aprender com ele. O que acontece a seguir está em suas mãos.

***

O sol resseca minha pele encoberta de sal, e, ao me sentar na proa do barco, me sinto estranha por estar sobre o oceano e não embaixo. Iemanjá retornou ao mar antes de partirmos, me fazendo repetir a oração de convocação para ela uma última vez. *Mo pe ẹ, Olodumare*... As palavras giram em minha mente enquanto deixo a mão afundar nas ondas, fechando os olhos e me lembrando de como é deslizar na água.

— Simi? Como sabemos se estamos viajando para o lado certo?

— Estamos navegando para leste, do jeito que Iemanjá me falou. Mas também é a direção de onde vêm os navios dos òyìnbó.

Fico sentada, ignorando os arranhões nas solas dos pés quando puxo os joelhos para o peito.

Kola coloca as mãos sobre os olhos, estreitando-os por causa do sol, que está se derramando pelo oceano. Ele desenrola as cordas com facilidade e meu interesse é atiçado.

— Está acostumado com barcos? — pergunto.

— Meus amigos... nós navegamos bastante. — A voz de Kola falha e ele se mantém de costas para mim enquanto ajusta a vela e prende as cordas com segurança em um nó que parece complicado. — Eu não menti. Para Iemanjá, quero dizer. Minha aldeia é próxima ao mar e perto do rio Ogum.

— E o babalaô?

Kola pausa por um breve momento, mas ele não se vira.

— Exatamente como disse.

As ondas embalam nosso barco de um lado para o outro, e ele se move junto, com uma confiança no mar que eu não esperava.

Não consigo parar de pensar em como ele só faltou ordenar que eu convocasse a orixá e a forma como a persuadiu para conseguir o que queria. Por fim, Kola não encontra mais nada para remexer e se senta do lado contrário ao meu.

— Você se arriscou. Com Iemanjá. Barganhar com ela daquele jeito, digo.

— Foi preciso.

— Por quê?

Ele enrola o resto de uma corda em volta do pulso e do braço, os músculos de suas costas flexionando.

— Eu te disse, preciso voltar para casa.

— E não achou que eu o levaria? — pergunto, os dedos roçando sobre os hematomas em forma de bracelete em meu pulso enquanto Kola me encara.

Se eu estivesse no mar, eles já estariam curados agora. Ele vê o que estou fazendo e suspira.

— Sei que não te mostrei... minha melhor versão. — Kola faz uma careta, sua culpa fica aparente na forma como ele se inclina para a frente, os olhos presos nas marcas da minha pele. — Mas não podia arriscar que você se contentasse com apenas me tirar da água, por mais grato que eu estivesse, que estou. — Ele me encara com os olhos brilhando. — Não estou explicando isso muito bem, estou?

Balanço a cabeça, mas me lembro de como o encontrei. Do que fizeram a ele.

— Preciso voltar para minha aldeia. Não só porque é meu lar, mas... — Kola hesita por um rápido segundo. — Pela minha família.

— E o que mais? — pergunto, me lembrando do medo e do desespero em suas palavras quando pediu que eu o ajudasse a convocar Iemanjá.

— Meu irmão e minha irmã precisam de mim. — Kola olha para longe de mim, pegando a corda de novo e desenrolando-a. — Eu deveria estar lá, tomando conta deles. Achei que estava quando... — Kola balança a cabeça e para de falar, pegando a corda com as duas mãos desta vez, torcendo-a lentamente em volta de seu braço esquerdo. — Eles são... especiais. — Ele me encara. — E estou preocupado que o que fiz os tenha colocado ainda mais em perigo, e agora não estou mais lá para protegê-los.

Há uma rispidez em sua voz. Isso enche suas palavras com uma urgência que consigo detectar.

— Você vai para casa.

— Obrigado — Kola diz. Ele se move no barco, e nossos joelhos quase se tocam, não importa em qual ângulo os coloque. — Por me salvar. — Ele abaixa a corda e me dá atenção completa. — Por me mostrar como convocar Iemanjá.

— De nada — respondo suavemente.

Começo a desembaraçar os cachos do meu cabelo, trançando preguiçosamente as pontas. O barco parece pequeno demais. Penso em deslizar para o lado, em mergulhar no frio. Em vez disso, tiro a adaga das tranças no topo da minha cabeça, virando-a sobre a palma da minha mão antes de mexer o pulso, libertando a lâmina, seu fio brilhante como o sol.

— Iemanjá te deu isso?

— Sim — respondo, virando a arma, admirando a forma como ela cintila.

— E eu não ganho uma adaga? — Kola pergunta, sua voz leve, provocante.

— Para que precisaria de uma? Sou eu que estou te levando para casa.

— Hum. — Seus olhos seguem a lâmina, o desejo claro em sua expressão.

— Está com inveja? — pergunto.

Kola me encara por um momento longo demais antes de dar de ombros.

— Você sabe mesmo o que fazer com isso?

Não tento esconder o sorrisinho zombeteiro que se forma. Quando Kola continua a observar, movo o pulso rapidamente, girando a adaga no ar. A arma de ouro reluz enquanto se remexe entre nós. Agarrando-a pelo cabo, eu invisto contra Kola, segurando a lâmina gentilmente contra seu pescoço. Ele engole em seco, o pomo de Adão roça na adaga.

— Ah, você sabe.

Mas a resposta dele é obstruída pela imagem de um homem muito mais velho do que eu parado diante de mim, me mostrando seu ponto de vista. Seu cabelo crespo é salpicado por cinza, e uma grande cicatriz vai do fim da sua testa ao começo da sua bochecha esquerda.

— Assim não, Simidele. Assim. — Ele segura com força a adaga na mão de um jeito que seu pulso fica reto e parado na posição. — Viu?

O homem, então, gira a adaga, virando-a antes de jogá-la para o alto e pegá-la no ar.

— Pratique. Para poder proteger a si mesma, e aos outros, se e quando precisarem. — Ele gesticula para a arma menor em minhas mãos. — Agora você.

Eu imito o movimento que ele me mostrou, e a brisa fria do fim da tarde encontra a pele nua do meu braço. Sinto um aperto momentâneo no peito quando espremo o cabo. Não quero desapontá-lo.

— Respire, ọmọbìnrin ìn mi. Respire.

Inspiro o ar profundamente e depois jogo a lâmina para o ar, mantendo os olhos na arma enquanto ela treme na luz do sol. E então, exatamente como me foi ensinado, estico a mão para a adaga. Meus dedos seguram o cabo de couro, mas deslizam um pouco quando um cacho despreocupado recai no meu rosto. Expiro devagar, a arma agarrada em minha mão triunfantemente, mas meus joelhos tremem por quase errar.

— Quantas vezes já te disse, ọmọbìnrin ìn mi? Trance seu cabelo para que não a distraia. — E, ao final dessas palavras, ele se inclina para a frente e começa a juntar meus cachos de um jeito frouxo. Apesar da crítica, ele está sorrindo. Fecho os olhos e inspiro seu cheiro. Tabaco, mangas e terra quente na chuva.

— Vamos praticar até estar escuro demais para enxergar.

Filha.

Ele me chamou de filha.

Eu me sento de novo no barco, gentilmente girando a adaga entre as mãos, os dedos voando pela lâmina dourada da arma. Apertando a esmeralda, coloco a arma de volta nas minhas tranças.

— Deveríamos dormir — digo, cortando qualquer outra conversa.

Me encolhendo do meu lado do barco, encaro o horizonte com o queixo apoiado nos cotovelos.

Meu pai. Eu me apego ao grisalho em seu cabelo crespo e seu perfume, que ainda está fresco na minha memória. Fechando os olhos, repasso a lembrança de novo e de novo. Se me concentrar, posso quase sentir os calos de seus dedos enquanto ele divide meu cabelo, a destreza de seu toque ao passar as mechas de um lado para o outro, criando uma trança simples.

— Simi?

Não abro os olhos. Em vez disso, me lembro do cheiro de mangas e terra. Um sorriso de satisfação quando bloqueio seu desvio.

— *Simi!*

— O quê? — Quase explodo, me sentando repentinamente, fazendo o barco balançar com violência sob nós.

— Olha. — Kola está apontando para o horizonte, para onde o sol está indo com um rasto flamejante.

Espremo os olhos, levantando a mão sobre as sobrancelhas. Já posso sentir o som da voz de meu pai se esvaindo, e então vejo o que Kola está me mostrando. Abaixo a mão, apertando a madeira do barco, e suas fibras gastas parecem cetim em meu aperto de pânico.

Um navio.

Mastros pretos que parecem colunas e um casco curvado que corta as ondas altas e o mar.

Um navio que parece exatamente com aquele do qual Kola foi arremessado.

CAPÍTULO 9

— **Abaixe a vela!** — sibilo, mas sei que provavelmente é tarde demais.

O mar está plano e calmo, dócil depois da tempestade de quando encontrei Kola, então somos bem fáceis de visualizar.

O navio parece cambalear ao longe, mas está se movendo rápido, quase tão depressa quando as batidas do meu coração. Atrás dos três mastros enormes, o sol espreita, um borrão laranja e vermelho que mancha o céu como sangue seco.

Os dedos de Kola se apressam pelos nós enquanto ele corre para trazer a vela para baixo. Seus movimentos rápidos fazem o barco balançar, e mesmo quando estou pensando em nos virar, o navio altera seu curso, a proa apontada diretamente para nós. Kola também viu isso, e se senta na estreita popa. Levaria muito tempo para tentar nadar de volta à ilha de Iemanjá, e não tenho certeza de que Kola aguentaria até lá, mesmo com minha ajuda.

— Vai — ele diz, envolvendo as cordas nos punhos.

Ele encara o mar que espelha o céu em azul-celeste vívido, sua boca fixa em uma linha dura.

Eu poderia.

Poderia deslizar por baixo da superfície, mergulhar nas partes frias e escuras. Minha pele já está ficando rígida sob o sol, e meus ossos parecem estar em um formato nada natural. Seria tão fácil.

Proteger a si mesma... e aos outros, se e quando precisarem.

— Não. — Pego a esmeralda no meu cabelo, extraindo a adaga das minhas tranças. — Não vou embora.

Os olhos de Kola queimam enquanto ele me encara por longos segundos. Os músculos de seu maxilar enrijecem, mas não mudo de ideia. Ele levanta a pequena âncora, testando seu peso, e quando o navio se aproxima, eu liberto a lâmina da minha adaga.

Nós lutaremos.

Eu lutarei.

Tecendo o caminho através da floresta densa, guio minha amiga até o arvoredo de pereiras. O banquete depois da Cerimônia de Sabedoria do meu pai estaria completo somente com algumas frutas silvestres que nasciam apenas na floresta.

— Não está longe — digo, sorrindo para Ara.

Sou grata por tê-la comigo, especialmente desde que as sombras se tornaram mais intensas. Ela caminha lentamente ao meu lado, sempre feliz por escapar da tarefa de cuidar de seus primos pequenos.

Ara é a primeira a vê-los.

Suas unhas afundam em meu braço, e eu me viro para ver os òyìnbó se espreitando pelas árvores.

Nós estacamos. Meu coração acelera e, por um momento, tudo que consigo ouvir são suas batidas. Eles devem ser espíritos, com suas peles brancas. Um deles, muito mais alto do que os outros, nos alcança primeiro, e fico assustada com o corte rosado de sua boca e os fios de cabelos castanhos que se esticam para trás em um rabo de cavalo liso. O sorriso dele é cheio de dentes amarelados quando puxa a adaga da bainha de couro em sua cintura. O òyìnbó de trás o imita. Quando as lâminas captam a fraca luz do dia, minha boca fica seca. Tento fazer minhas pernas pararem de tremer.

— Simi — diz Ara, com um apelo na voz.

Ouvi algumas histórias sobre os òyìnbó de um contador de histórias forasteiro que viajou pela extensão da costa. Ele falou de tecidos e novas armas de metal que os homens negociavam com aldeões em troca de especiarias, ouro... pessoas. O contador de histórias disse que eles eram sequestradores também. Atacavam pessoas coletando água ou agrupando seus rebanhos. Na luz e no calor do fogo, com a barriga cheia de cozido de frango, as histórias tinham parecido irreais.

Agora, o medo se esgueirava para dentro de mim, deslizando pelas minhas veias.

— Fique ao meu lado — sibilo quando o òyìnbó se move em nossa direção.

Minha voz soa distante quando a pulsação martela em meus ouvidos. Não estou com minha faca. Inspeciono o chão, procurando por algo para empunhar, quando o homem alto dispara até mim. Eu cambaleio para trás, empurrando Ara para longe quando ele agarra meu braço. Me lembro dos golpes que meu pai me ensinou no verão passado. Girando, eu o chuto, e meu pé atinge seu abdome. O òyìnbó solta um pequeno grunhido de surpresa, sua mão se afrouxa.

Eu me liberto e levo Ara comigo, inspecionando a floresta desesperadamente por uma arma. Uma árvore morta está por perto, seu tronco destaca um branco cor de osso. Pegando um de seus galhos grossos, eu o movo como o equipamento do homem. Ara arranca um galho para si.

Não entendo o que o òyìnbó diz, mas posso ver que seus olhos são maus, sua adaga afiada e brilhante. Minhas mãos tremem, mas não deixo o galho escorregar.

Os outros homens se espalham, formando um quase círculo ao nosso redor. Eles sorriem, e eu engulo o choro, rosnando em vez disso, não querendo que eles saibam o quanto estou assustada. O que nossas mães vão pensar se não voltarmos?

Os òyìnbó avançam e eu rodopio, girando o galho, tentando criar espaço para Ara fugir.

— Vai, Ara! — digo.

Estou respirando pesado agora, o peito apertado. Minha culpa, penso ao olhar para longe do medo que cintila nos olhos de Ara. Isso é tudo culpa minha. Se eu não tivesse insistido em pegar as peras...

— Não. — Ara franze a testa e ajusta sua posição, os pés descalços arrastando na terra do chão da floresta. — Não vou te abandonar.

— Vai! — grito, e sei que que estou chorando agora, mas não me importo.

Os òyìnbó nos cercam. Consigo golpear um deles no ombro, mas outro homem arranca o galho da minha mão. Encostada contra uma grande árvore, empurro o medo para longe, abraçando a fúria que cresce em mim.

— Venham! — grito quando eles se aproximam. — O que vocês vão fazer?

Eu aperto minha adaga quando a lembrança me perpassa, sugando o ar dos meus pulmões. Tropeço e me curvo, como se tivesse sido golpeada. Kola fica parado atrás de mim, encarando o casco do navio.

Eu fui capturada.

Disso eu sabia, mas uma coisa é saber que pode ter acontecido e outra é lembrar, ter imagens em minha mente, recordar aquele medo. Eu estremeço, minhas pernas se curvam enquanto luto para ficar de pé. Penso no mesmo tipo de homens no navio diante de nós e deixo o calor em meu peito se espalhar por mim, tornando minhas costas eretas até poder ver a escura madeira molhada do casco que segue adiante.

As ondas à nossa frente dobram de tamanho, crescendo em altura e violência por causa do barco que se aproxima. Kola me colocou atrás dele. Suas costas são um emaranhado de cascas, algumas ainda em carne viva e outras fechando lentamente. Açoites que ele recebeu dos òyìnbó em um navio como este.

Seguro minha adaga com determinação, querendo testar como corta, querendo a chance de usá-la.

— O que você vê? — sibilo de trás de Kola enquanto ele inclina a cabeça para trás, olhando para cima para ver a balaustrada do navio.

Ele não responde, mas a corda escorrega de sua mão, batendo silenciosamente no fundo do barco. Eu me mexo para poder olhar além dele. A lateral do navio está incrustada de cracas, a madeira brilha com a espuma do mar. Estreito os olhos para ver lá em cima, além da figura de uma mulher entalhada com muitos detalhes na proa, com longo cabelo solto, e até a ponta afiada da proa. As velas triangulares do navio crepitam ao vento, enquadrando o castelo de proa. Vários homens, empunhando armas e espadas com lâminas cintilando no sol, nos encaram.

Minha mão que segura a adaga fraqueja quando inspeciono os rostos deles. O mais alto espia para baixo, um sorriso malicioso se abrindo, sua pele negra como a nossa.

— Saudações, irmão e irmã. Vão embarcar?

***

Kola se vira e vejo o alívio no abaixar de seus ombros, mas a mão dele ainda está apertada, os nós dos dedos pálidos. O rangido do casco quebra o silêncio.

— O que você acha? — ele pergunta em voz baixa. — Por que eles estariam navegando em um navio assim?

Fico quieta por um momento, observando enquanto os homens desenrolam a escada de corda, seus trançados pendendo em cascata pela lateral do navio. Penso nos òyìnbó que velejam em tais embarcações. As mortes que causaram como se não fôssemos nada, nossos corpos que descartam.

— Vamos ter que conferir. Acho que devemos ser cuidadosos, como Iemanjá nos disse. Mas parece que vamos descobrir o que eles têm a dizer. Além do mais, não temos muita escolha. — Pego a corda e começo a amarrá-la no fim da escada, ancorando o barco. — Se precisarmos, podemos ir embora rápido.

Kola olha para mim e depois para o navio antes de assentir.

— Eu vou primeiro.

Os fios grossos da corda, gastos e ásperos, estão firmes em minhas mãos quando seguro o final da escada. Kola sobe gradualmente, e eu o sigo de perto, minha mente girando enquanto tento pensar no que significa um navio tripulado por homens de nossas terras. Desde que Iemanjá me transformou, nunca vi uma embarcação assim, ou um grupo de homens como esse velejando. Apesar de minha prudência, quero saber mais.

Quando chego à balaustrada do navio, Kola está lá, estendendo a mão para me ajudar. Fico contente por isso, porque logo que meus pés encostam no convés, eu tropeço, e a dor sobe das solas dos meus pés. Ainda não estou acostumada a ficar nesta forma por tanto tempo. Entre o cordame, reunida em volta dos três mastros e parados diante de nós, está a tripulação de homens e mulheres que são todos iguais apesar de diferentes. Iguais por serem todos de nossas terras, em tons de pele negra do marrom-claro ao escuro e preto ônix, mas diferentes nos povos dos quais fazem parte. Alguns têm uma simples cicatriz vertical de Ondô em cada bochecha, enquanto outros vestem as roupas vibrantes dos ajas de Aladá. Quatro homens usam até mesmo turbantes vermelhos do Império Songai, com as mãos firmes em espadas presas em volta das simples agbadás brancas. É óbvio que não há nenhum òyìnbó, e a presença da tripulação leva embora um pouco da minha apreensão.

Enquanto somos levados pelo convés, ando com atenção, cuidadosamente colocando um pé depois do outro. O navio balança de um lado para o outro, e eu ajusto meus passos constantemente, escorregando os pés pelas tábuas de madeira com cautela até a entrada que dá para o porão na parte inferior. Paro, meus dedos apenas tocando o contorno escuro da escotilha.

O espaço no bojo do navio é escuro, apenas com a fraca luz do sol filtrada pelas madeiras do convés acima. Não levando a cabeça da aproximação quente dos joelhos, molhados de suor e do sal de minhas lágrimas. O ar é úmido, quase um monstro sólido que invade sobre nós, e sinto um aperto nos pulmões pelo calor e pelo fedor da miséria.

Eu me apego à lembrança do meu último lampejo de terra, um pedaço marrom pontilhado com árvores, emoldurado por um mar revoltoso. Mais água do que já tinha visto antes. Com as ondas até minhas coxas e um grito subindo à minha garganta, eu solto orações a Iemanjá em arfadas antes que o vento as arranque de mim e o òyìnbó me force para dentro de um pequeno barco.

Um homem tinha gritado durante o caminho até o navio maior, alcançando os òyìnbó. Apesar de seus grilhões, combinando com a argola de ferro preto ao redor de seu pescoço, ele acertou dois antes de atirarem pela primeira vez, seu corpo arremessado ao mar, onde continuou flutuando em um círculo de sangue que coloria as ondas em tons de vermelho e vinho. Estremeço ao me lembrar da visão, pressionando o rosto com mais força contra a pele e os ossos de minhas pernas.

O chiado das correntes contra as tábuas de madeira é acompanhado de choros e gritos em iorubá e axante. Mantenho os olhos bem fechados, sem querer ver os corpos pressionados, os membros pesados com o peso das correntes. Mas não consigo bloquear o barulho do mar, o tinir dos grilhões e os gemidos incessantes de desespero que flutuam pelo ar úmido. Em vez disso, engulo o choro, a garganta seca e machucada, e sei que mesmo se eu quisesse gritar, não poderia.

Outros dois tinham morrido hoje, e mesmo agora posso sentir a tontura. Ela desliza sob minha pele quente, fluindo pelo sangue e se misturando com o medo. A única coisa que me dá mais medo do que morrer no escuro, sem respirar e sem ninguém para fazer uma última oração por mim, é quando o porão se abre. Um retângulo brilhante com uma luz branca que nos machuca a vista. O sinal de que algum òyìnbó está chegando. Vindo para...

— Simidele?

Meu nome me puxa das lembranças. Ainda posso senti-lo, o medo. Está nítido em minha língua, revestindo minha garganta, descendo para dentro de mim, onde tinha se instalado antes. Coloco a mão sobre o peito como se tentasse forçar as batidas do meu coração a voltarem ao normal, respirando fundo e focando no vento que irrita minhas bochechas.

Não estou mais no porão.

Não estou.

— Simidele? — Kola diz, e percebo que ele estava conversando com o homem que parece ser o capitão. O mais alto de todos. — Esse é Abayomi. O capitão deste navio.

Eu me forço a abrir os olhos. Quase duas vezes o meu tamanho, Abayomi dá um passo para trás como se quisesse me dar espaço. Sua cabeça está raspada, exceto pela trança grossa atrás, que vai até a nuca, e ele usa uma túnica tão preta quanto tinta rompida com pequenas estrelas douradas.

— Seja bem-vinda, Simidele. — O homem pressiona seu peito largo com um punho enorme e balança a cabeça em um cumprimento, sua voz é um ronco profundo tão suave quanto poderoso.

Seu tom de voz encorpado me faz pensar em meu pai. Ainda não consigo falar, não confio na minha voz, então balanço a cabeça em vez disso, movendo até meu peito uma mão inquieta em cumprimento.

— Abayomi estava dizendo que eles tomaram este navio de um porto.

— Isso mesmo. Nós somos uma tripulação reunida por àwọn olórí abúlé. — Abayomi ajeita os cordões de contas vermelho-coral que estão enrolados em seu pulso, complementando o conjunto pendurado em seu pescoço. — Nossos líderes estavam… com vergonha. Das mentiras em que acreditamos e das discórdias semeadas pelos òyìnbó. Alguns de nós foram selecionados para trabalhar em grupo para conseguirmos tomar de volta o que nos foi roubado.

— Mentiras? — pergunto, minha voz mais suave do que o normal.

Eu me concentro em ficar de pé, implorando para os músculos das minhas pernas me manterem ereta.

— Sim, mentiras espalhadas pelos òyìnbó para incitar violência entre diferentes cidades e aldeias. É um benefício para eles quando se tem mais prisioneiros de guerra para comprar. — Abayomi olha diretamente para mim, e eu sustento o olhar. — Nós patrulhamos as águas das nossas terras, atacando qualquer navio negreiro.

Retaliação.

— Você disse alguns de vocês. E o restante dessas pessoas?

Abayomi balança a cabeça com a minha percepção.

— Sim, o restante foi libertado de tais navios.

— Você destruiu ou tomou quantas embarcações até agora? — Kola pergunta, sua voz se elevando com esperança.

— Quatro até agora, em muitos meses. Eles estão navegando para nordeste, de volta às terras deles.

Pensar nesses navios sendo destruídos me traz uma alegria que vejo espelhada em Kola. Ele olha para mim e sorri, com olhos firmes e brilhantes.

— Eu sei de outro, a apenas alguns dias daqui. — Kola se vira de novo para Abayomi, para e engole em seco. Ele olha para as cicatrizes em carne viva em seus pulsos. — Você acha que consegue alcançá-lo?

Abayomi toma as mãos de Kola nas dele, segurando as costas suavemente. Ele franze a testa, os olhos mais duros.

— Sinto muito que isso tenha acontecido com você.

Ele puxa Kola para mais perto por um breve momento, seu braço em volta do garoto, apertando-o. Quando Abayomi o solta, Kola seca os olhos.

— Se puder, gostaria que descrevesse a rota para meu navegador. Se pudermos localizá-lo, esse navio será o próximo. — Abayomi olha pelo navio antes de fazer um gesto para as escadas. — Vamos, me acompanhem em uma refeição e podemos conversar mais.

Nós seguimos Abayomi pela escada principal abaixo, e eu me espanto com como eles adaptaram este navio. Apesar de seu uso anteriormente, a aura agora é de concentração de calma e silêncio, todos trabalhando juntos. Nós passamos por galinheiros e até mesmo um curral cercando uma cabra na lateral do convés, antes de chegarmos à cabine do capitão. É apertada, mas enfeitada com mantas trançadas em tons de laranja, vermelho e amarelo, as paredes são ornadas com várias imagens de Ogum, reproduzido em pequenas esculturas e pinturas. Duas espadas grandes brilham no canto, seus cabos cravados de marfim branco como osso.

Abayomi se abaixa para entrar, segurando a porta e fazendo um gesto para as mantas que cobrem um colchonete.

— Por favor, sentem-se. Tem água no jarro. Vou mandar o cozinheiro trazer um pouco de comida.

O capitão desaparece na direção da cozinha do navio, e eu vou até Kola, tropeçando um pouco na ponta grossa da manta. Ele me mantém firme com a mão enquanto eu me abaixo para ficar ao lado dele.

— O que você acha? — pergunto com a voz baixa.

— Nunca pensei que veria algo assim. — A voz de Kola está repleta de fascínio.

Penso o mesmo, mas também me lembro de Iemanjá e de como ela pediu cuidado.

— Vamos ver o que ele tem a dizer e depois seguimos.

— De acordo — Kola diz, mas posso ver a admiração e a alegria emanando dele enquanto serve água em um copo de madeira e me entrega.

Quando termino de beber, Abayomi volta com um homem da metade de seu tamanho, mas tão forte quanto ele. Com o cabelo crescendo em tufos pretos, brancos e grisalhos, o rosto do homem é convidativo, com um sorriso enorme.

— Estão com sorte. Embarcaram bem quando Musa preparou uma sopa de pimenta.

O cozinheiro oferece potes de comida.

— Tanto arroz quanto tempero — ele diz, mostrando o espaço largo entre seus dentes quando solta um riso estrondoso, um sorriso enorme para nós.

O estômago de Kola rosna em resposta, e os homens riem. Agradecemos ao Musa, e ele abaixa a cabeça em reconhecimento antes de sair gingando. Abayomi se senta ao lado de Kola e sorri enquanto o garoto come. Seguro o pote em minhas mãos, deixando o ardido da pimenta se misturar com a fumaça da sopa. E inspiro fundo. Faz tanto tempo que não como uma comida assim. Lentamente, sem pressa, pego com a colher os bolinhos de arroz salgados, empurrando-os entre meus lábios enquanto deixo a sopa esfriando. Quando não consigo mais esperar, tomo um pequeno gole e tenho que me conter para não engolir o pote todo. O sabor explode em minha língua como nada parecido, quente e ardente com um efeito poderoso. Bebo o resto, saboreando cada gole.

Abayomi escuta enquanto Kola descreve o navio negreiro em que esteve, detalhando as armas e a quantidade de òyìnbó a bordo, e tenho a sensação de paz porque Kola não será o único a ser salvo. Abayomi explica como foi ele que atacou o navio que agora comanda, tomando-o quando estava na doca.

— Isso é algo com o que jamais concordei. Esse comércio com os òyìnbó. De qualquer tipo. — Ele suspira, ajeitando a postura e encarando a escultura de latão de Ogum, o orixá do ferro e aquele que despreza a injustiça. — Pelo menos dessa forma posso fazer algo em relação a isso.

Ficamos em silêncio um momento antes de Abayomi pigarrear e dividir o olhar entre nós dois.

— Então, vão me contar como vocês vieram parar no meio do mar em um barco tão pequeno?

Eu tinha acabado de colocar o último bolinho na boca e estou mastigando quando ele faz a pergunta. Lançando um olhar para Kola, torço para que ele se lembre do aviso que Iemanjá nos deu. Então uma preocupação repentina toma conta de mim. E se Kola decidir se juntar a eles ou pedir para Abayomi levá-lo para casa? Eu nem sequer sei onde o babalaô está. O arroz gruda na minha garganta, me forçando a tomar um gole de água para engolir.

— Simi me encontrou quando estava no mar pescando. Logo depois de eu ter sido jogado do navio. A tempestade foi horrível, mas fez com que ninguém a visse.

Abaixo o pote, aliviada, seu fundo batendo nas tábuas de madeira do chão. Não é inteiramente mentira, mas me pergunto o que ele vai dizer a seguir.

— Fomos empurrados para longe pelos ventos fortes. — Kola faz gestos para os lados. — Então, por sorte, encontramos vocês. Quanto tempo até chegarmos em terra firme? Um dia?

Abayomi desliza o olhar de Kola e me analisa em silêncio. Posso sentir que ele não acredita completamente no que o garoto está falando, mas ele também vê as feridas no pulso de Kola. Essas pápulas não são algo que possa ser fingido.

— De onde você navegou, Simidele?

— Uma aldeia na costa — respondo, mantendo minhas palavras simples.

— Uma aldeia pesqueira?

— Conhece muitas? — Kola pergunta, chamando a conversa de volta para si.

Ele conta para Abayomi sobre as baías e formações rochosas na margem ocidental. A forma como a linha costeira pontiaguda transforma entrar e sair quase numa dança complicada entre o raso e os barcos.

— Não é longe. Nem um dia — Abayomi diz, estendendo bastante as palmas no pequeno espaço. — O vento não deve tê-los arrastado para tão longe quanto pensam.

— Isso é uma notícia excelente — Kola diz. — Devo conversar com seu navegador antes de partirmos? Ou tem tudo que precisa para rastrear o navio em que eu estava?

Abayomi se levanta e nós fazemos o mesmo. A cabine parece muito menor quando estamos todos de pé.

— Tenho o suficiente. Deixe-me fornecer alguns suprimentos para vocês antes de irem. Caso desviem do curso de novo.

Lanço um olhar para Kola, e ele ergue as sobrancelhas.

— Nós ficaríamos muito agradecidos — ele responde.

— Obrigada — acrescento.

Abayomi sorri, e sei que ele sente que não lhe contamos tudo, mas está disposto a nos ajudar de qualquer forma. Faço uma oração de agradecimento a Olodumarê e saio pela porta que o capitão mantém aberta para mim.

Quando voltamos para o castelo de proa, olho em volta para a tripulação enquanto eles correm pelo cordame e se espalham pelo navio, cada um fazendo sua parte em manter uma embarcação tão grande funcionando. Abayomi pede para um garoto que parece ter a mesma idade de Kola para pegar comida e água fresca, e nós esperamos, com uma brisa que fica mais forte e amarrota nossas túnicas. Ainda não consigo acreditar que tantas pessoas se juntaram em uma aliança, correndo meu olhar por eles, tentando contar os diferentes tipos de povos a bordo, e então eu os vejo. Dois homens mais velhos se espreitando perto do mastro principal. Vestindo túnicas tingidas de índigo, cobertas com círculos concêntricos brancos e com a cintura baixa, eles conversam, mas suas palavras são levadas pelo vento.

Nós serpenteamos pelo comércio, passando por barracas vendendo tudo, de peles de leopardos e mangas até pequenas adagas de prata com orações para Ogum talhadas no simples cabo de madeira. Está movimentado hoje, e o ar está encorpado com o cheiro de cúrcuma, noz-moscada, pimenta-do-reino e o aroma acentuado de cabra cozida. Gritos e cumprimentos se misturam com vários níveis de barganhas e até mesmo uma discussão em desenvolvimento entre uma grande mulher gorda e um homem esguio. Uma anciã os acalma enquanto brigam sobre o preço de um vaso bulboso de terracota, sua pintura e polimento o tornando mais caro do que o homem quer pagar.

Se estivesse sozinha, eu teria passado por tudo isso, indo direto para minha barraca favorita de fruta. Ela é tocada por uma tia que sempre usa uma túnica verde como grama. Ela vende os mamões mais frescos em Oió-Ilê e sempre separava os mais maduros para mim. Eu me deliciava na doçura que explodia da fruta, limpando o suco do rosto antes de pegar tudo o que minha mãe tinha me mandado buscar. Mas hoje estamos todos juntos como uma família para comprar algo especial, e nós vamos para a barraca mais perto do complexo de entrada do palácio.

Tecidos pendurados envolvidos em cores, de um vinho brilhante a transparentes enrolados em violeta-claro. Com a curva delicada de suas costas e seus cabelos brancos em tranças alinhadas, Mobolaji está sentada ao lado da barraca, sorrindo quando minha mãe se aproxima. A velha é muito conhecia pelo alto nível de tecido de qualidade em Oió-Ilê.

— Uma nova túnica para o estudante recém-escolhido? — Mobolaji pergunta. — Ouvi a notícia esta manhã.

O rosto de minha mãe quase se parte com o tamanho de seu sorriso.

— É isso mesmo, tia. Apenas um entra os doze anunciados em cada ano. Por favor, me diga que ainda resta algum tecido oficial.

— Claro que tenho. Separei uma especialmente para você.

Vejo minha mãe fazer reverência, apertando as mãos de Mobolaji e admirando o tecido que ela puxa de baixo da pilha de algodão simples. O tecido com cera é de um índigo escuro, decorado com círculos entrelaçados brancos. Feito apenas para os estudantes de Alafim, é um dos modelos mais raros.

Eu me afasto da conversa delas e passo as mãos por um tecido que cobiço toda vez que visitamos esta barraca. Um amarelo-claro delicado banhado com dourado, o material translúcido tem a textura que imagino ter uma coluna de nuvens. Passo um dedo pela parte que tem dourado brilhante na beira e tento enterrar meu desejo quando quase me engole por completo.

— Vou comprar esta para você um dia, Simidele. — Meu pai está perto de mim. — Você merece uma túnica tão bonita quanto você.

Solto o tecido e me inclino para a frente para beijá-lo antes que minha mãe o puxe na sua direção para segurar o tecido índigo contra ele. Meu pai passa os dedos pelos círculos de cera em relevo na superfície.

— Você mereceu isso, bàbá — digo enquanto ele abre um enorme sorriso para minha mãe.

Dou um passo para trás, admirando meus pais enquanto apertam a roupa azul-escura, os rostos cobertos por sorrisos largos. Quando meu pai usar a túnica nova na Cerimônia de Sabedoria, junto com todos os outros aprendizes recém-escolhidos, sei que meu coração vai explodir de orgulho.

Os homens são de Oió-Ilê. Eles devem ser. E é de lá que sou. Eu recaio sobre a balaustrada, querendo afundar no convés e repassar de novo e de novo tudo o que está voltando para mim, mas não tenho a oportunidade.

O céu rodopia, se remexendo até virar uma mancha cinza-escura com cortes azul-claros. Eu aperto a madeira da balaustrada quando um vento repentino se agita, envolvendo o navio, puxando o cordame e as velas latinas. Pressiono uma das mãos no tecido de minha túnica. Algo parece meio errado.

Olho em volta, analisando o convés. Mulheres e homens gritam, chamando uns aos outros enquanto se apressam para todo lado, prendendo cordas e tentando chegar nas velas. Tudo parece normal, mas minha barriga se revira do jeito que faz quando há perigo no mar. Abaixo o olhar para a água, examinando sua superfície por qualquer coisa incomum, mas o azul e o cinza se retorcem e se arremessam nas ondas de costume. Por um momento, uma grande onda se levanta e penso em Olocum abaixo de nós nas profundezas, mas então me lembro de que o orixá Olocum está em grilhões no fundo do mar, destinado a nunca mais ver o sol ou o luar depois de tentar inundar a Terra.

Respirando profundamente, sinto um pequeno alívio quando Kola volta; já estou acostumada com seus movimentos ágeis e com os cumprimentos que dá para todos no convés. Ele para e ajuda um homem a terminar de prender um barril com nós grandes e apertados, e quando ele vem em minha direção, vejo luz em seus olhos e um pequeno sorriso nos lábios. Ele abre a boca para me convocar assim que o estrondo de um trovão rasga o ar.

Kola se encolhe, e os braços se elevam para a cabeça automaticamente. Começo a ir até ele, a sensação de algo errado forte e latente em minhas veias quando uma explosão de raio rompe as nuvens, não caindo no navio por meros centímetros. Eu me encolho, me agachando quando Kola derrapa até o meu lado.

Acima de nós, as nuvens estão sendo dilaceradas. Meu coração para, voltando a bater quando outro relâmpago é jogado do céu. Há apenas um orixá que pode controlar os raios.

— Xangô — sussurro, e pânico cresce dentro de mim.

Não tenho certeza se Kola escuta minhas palavras, capturadas pelo vento sobrenatural, então aponto para o orixá, que parece estar rasgando um furo no próprio tecido do céu.

CAPÍTULO 10

O orixá mira outro raio de pura eletricidade no mar. Ele cai mais perto do navio desta vez, e Kola levanta o braço sobre nós quando faíscas caem como chuva. Xangô rompe entre as nuvens restantes, materializando-se entre as sombras com olhos carmim permeados com prateado e deixando aparecer partes de músculos. Pernas como troncos de baobá emergem de uma túnica vermelha e branca com as bordas extravagantes em linhas que combinam com o brilho metálico de seu olhar. O orixá é duas vezes maior que Iemanjá, com espirais de fogo em volta dos dois tornozelos e uma eletricidade branca ramificada em torno de seus pulsos. Xangô abre a boca para rugir, as longas tranças twist se arrepiando quando ele encara o navio. Em uma das mãos ele empunha um grande machado de duas pontas, as beiras crepitando com raios azuis.

Cruzo os braços sobre a cabeça, me curvando contra a lateral do navio. Por que ele está se revelando para humanos que não o convocaram? E por que está nos atacando? Há um pequeno momento de calma em que o ar chamusca e depois para, e quando ouso dar uma olhada para o céu, vejo outra orixá.

Oiá.

"Aquela que arrebata", uma orixá que pode comandar os ventos e as tempestades, e uma das guerreiras mais poderosas de que se tem conhecimento. Ela flutua perto de seu marido, o cabelo uma forma preta que quase eclipsa o que ainda resta do sol. Vejo os lábios dela se mexerem quando seus braços giram graciosamente, drenando a energia do vento e do céu para si. Se Xangô liberar o que Oiá está canalizando, o navio será destruído.

— Ele está mirando em nós? — Kola grita perto de mim, com olhos estreitos.

Não sei responder. Não tenho certeza do que está acontecendo, mas quando Oiá levanta as pontas de seus dedos para as nuvens altas, eu me preparo. Assim que a orixá abaixa os braços, parece que ela tirou a pressão do ar e a apertou contra o mar. Meus ouvidos estalam, estourando ao passo que a compressão aumenta. Abaixo a cabeça e, por toda parte, escuto homens e mulheres gemendo enquanto cobrem as orelhas.

Xangô paira ao lado da esposa, uma bola de trovão reunida entre suas mãos grandes. Ele mexe a mão aberta, massageando a eletricidade crepitante para que ela cresça até ter o dobro do tamanho. Xangô coloca a mão para trás, os raios se juntando, brilhantes e intensos contra o azul do céu, e então os lança na nossa direção. Enquanto o trovão dispara entre as nuvens, o navio é preenchido com novas interjeições de medo. O cheiro de queimado toma conta quando o raio de Xangô colide com a proa, partindo parte da balaustrada do navio.

Uma mulher grande pula, flexionando os músculos ao pegar um balde de areia e jogar na madeira em chamas. Apesar dos gritos quando Xangô reúne outra bola de eletricidade, a mulher é seguida por outras duas, menores e usando túnicas vermelhas, que pisam no resto da madeira chamuscada até controlar o fogo. A mulher mais baixa olha para o céu e coloca a mão em seu largo peito, gritando para o vento e para as nuvens que Oiá criou. Qualquer que tenha sido o restante de sua oração, suas palavras intensas parecem ser ouvidas, e Oiá se apressa para o lado de Xangô, segurando seu pulso, que está cingido com serpentes azuis e brancas de raios. A orixá desce, o cabelo é uma coroa de cachos apertados, pousando no convés do navio. Quando seus pés tocam a superfície, o ar a bordo para e todos ficam quietos. Em volta da embarcação, o vento continua a guinchar e girar, puxando ondas em picos enormes e atirando gotas finas como agulhas na horizontal.

Olhando para Oiá, esqueço a dor em meus ouvidos por um momento, estonteada por sua beleza. Com uma testa larga emoldurada por cachos apertados, suas narinas estufam quando ela nos inspeciona. Trançados de ouro contornam cada um de seus membros longos, e uma túnica roxo-escura flutua no vento. Oiá inclina a cabeça para o lado ao ver o povo se contorcendo de dor aos seus pés, opalas grandes brilhando das profundezas de seu cabelo. Com um movimento de seu pulso, a pressão some. Eu me sento, balançando um pouco a cabeça, mas congelo quando vejo a orixá olhando diretamente para mim.

Tento engatinhar para trás quando a orixá atravessa o convés na minha direção, mas já estou com as costas pressionadas contra a balaustrada.

— Fique calma — Oiá diz, parando e não se aproximando mais. — Quem está no comando deste navio?

Abro a boca para falar, mas não tenho oportunidade de responder. Xangô pousa no convés com um estrondo alto. Fagulhas azuis metálicas ainda flutuam nas pontas de seus dedos quando ele move a cabeça larga ao redor, as tranças pretas eriçadas nas pontas.

— Onde estão eles, Oiá? — Sua voz é alta e rude e seus olhos cintilam, o branco fazendo suas pupilas parecerem pontinhos prateados.

Oiá levanta a mão sem olhar para Xangô, que se aproxima com passos pesados até ela. O navio balança com cada um de seus movimentos, e algumas das tábuas de madeira do convés racham sob seus pés gigantes.

— Nem tudo é o que parece, esposo. Veja por si só. — Oiá sorri, revelando a brancura de seus dentes. — Este navio não é tripulado por òyìnbó.

Xangô para, olhando para baixo para aqueles ao seu redor enquanto eles pressionam a testa no convés, demonstrando suas súplicas e honrando os orixás e sua aparição inesperada. Isso é algo que os contadores de histórias vão relatar por gerações de tão raro que é. Oiá dá um passo para mais perto de mim e me forço a fazer uma reverência antes de encontrar seu olhar, tentando controlar minha tremedeira. A orixá me olha de cima; seus olhos são grandes e contornados por cílios curtos apesar de grossos, o prateado em seu olhar brilha na luz escassa.

— Você. — Ela faz um gesto para que eu me levante e eu obedeço, fazendo uma careta quando os ossos de meus pés e pernas estalam por ficar agachada. — Diga-me o que está havendo. Este navio é um dos que levam pessoas vendidas como mercadorias.

— Ele era — digo, elevando minha voz para ser ouvida por cima do vento. — Mas foi tomado por um homem chamado Abayomi e agora é tripulado por homens que se juntaram para lutar contra os òyìnbó.

Xangô se abaixa na altura de Oiá a tempo de me ouvir dizer a última frase. Suas sobrancelhas grossas abaixam até seus olhos. Ele ainda está apreensivo, flexionando os dedos em torno do machado, mas Oiá coloca a mão no braço dele.

— Olhe propriamente à sua volta, esposo — ela encoraja.

O orixá analisa os homens no navio, o olhar se demora em cada um antes de voltar para o rosto da esposa.

Oiá fica quieta por um momento antes de falar comigo de novo:

— Onde está esse Abayomi?

— Estou aqui — a resposta vem do convés do castelo.

Abayomi faz o caminho através da pequena serviola em que o barco do navio é guardado e, enquanto caminha, a tripulação se levanta com hesitação atrás dele.

Xangô se vira para o capitão, e eu fico impactada com o fato de que, por mais que Abayomi seja alto, ele se torna bem menor ao lado do orixá. Abayomi se curva respeitosamente, os olhos no machado de Xangô, e não consigo dizer se seu olhar demonstra medo ou inveja quando desliza pela arma. Enquanto o capitão explica como tomou o navio e a tarefa deles, uso o tempo para observar os orixás. Como Iemanjá, Oiá e Xangô têm olhos pretos com um pouco de prateado, mas esses orixás são maiores e empunham armas que poderiam destruir o navio inteiro em um instante.

Depois que Abayomi termina a explicação, eu me forço a dar um passo adiante, e a curiosidade luta contra meu medo mascarado de respeito.

— Oiá — digo, abaixando a cabeça ao me curvar em frente à orixá. — Se me permitir fazer uma pergunta. — A orixá me encara, mas não fala nada. Aceito seu silêncio como uma concordância. — Você veio atacar este navio?

Oiá se aproxima de mim, seu olhar tão cortante quanto a espada em sua grande mão. A orixá abaixa a cabeça para perto da minha e o aroma de hortelã e o odor de água congelada recaem sobre mim.

— Estamos destruindo todas as embarcações que carregam escravizados que encontramos.

— Não vamos ficar parados olhando. Não vamos ignorar as súplicas de nosso povo — Xangô acrescenta, sua voz estrondosa tão profunda quanto o oceano abaixo de nós.

— Mesmo que isso signifique a ira de Olodumarê? — pergunto, minha curiosidade incontrolável, a apreensão a envolvendo como uma mortalha fina de papel.

O orixá se vira para mim, os olhos combinando com a intensidade da tempestade ainda circulando o navio.

— Não vamos ficar parados! — Xangô brame, as narinas inflando quando ele aperta o machado com força, apenas se acalmando quando Oiá coloca a mão no braço dele.

— Mesmo se isso significar que teremos que encarar Olodumarê — a orixá acrescenta, com coragem no ângulo de seu queixo elevado. — Além do mais, Exu não está transmitindo tudo o que devia para o Deus Supremo, apenas aquilo que serve a seu favor ou lhe dá mais poder. É do interesse dele nos ter ao seu lado. — A orixá inclina a cabeça. — Conheço Exu e seus truques. Vamos nos arriscar.

— Abayomi, você e os outros neste navio demonstram bastante coragem e integridade — Xangô declara ao encarar o capitão e a tripulação atrás de si, firmando cada pé com um estalo alto. — Nós iremos com vocês. — O orixá passa um dedo grande pela beira da lâmina de seu machado, agitando as fagulhas brancas de eletricidade que crepitam no ar calmo. — E juntos vamos destruir o máximo de navios que encontrarmos.

Abayomi abre um enorme sorriso, assentindo para Xangô à medida que a tripulação murmura e sorri. Enquanto Xangô faz perguntas com sua voz estrondosa, Oiá se aproxima ainda mais de mim, e eu resisto à vontade de dar um passo para trás, dominada pelo aroma de hortelã e a densidade do ar. Abaixo a cabeça em respeito, uma pontada de pânico surgindo quando os dedos dela se esticam até mim, as unhas pontudas pintadas com o mesmo roxo de sua túnica.

— Posso? — Oiá pergunta com voz profunda e suave.

Aguardo o calor de sua pele na minha, mas suas mãos não me tocam. Elas param na safira em meu colar. Congelo. Como posso ter sido tão boba de deixar à vista assim? Mas Oiá levanta a joia gentilmente para que cintile em sua palma, e quando a encaro, vejo tanto questionamento quanto compreensão nos olhos dela.

— Você é de Iemanjá?

Minha língua fica parada e me pergunto o que devo dizer. Oiá puxa a safira gentilmente, suas unhas roxas afiadas na superfície azul.

— Eu reconheceria uma das safiras de Iemanjá em qualquer lugar. O que você está fazendo acima do mar com pernas e sem escamas? — Zunidos preenchem minha mente, mas não digo nada. Oiá me analisa, seus olhos brilhantes e sagazes. — Exu nos disse que não contará a Olodumarê sobre nossos atos, mas tivemos que jurar lealdade a ele. — Ela olha para Xangô atrás dela, que está com as costas largas voltadas para nós. — Temos que ficar vigilantes com algo que ele está tentando encontrar. Algo cuja localização Iemanjá me contou há muito tempo que sabia, mas nunca contaria para Exu. Ele nos pediu para descobrir o que ele não conseguia. Mas eu nunca vou traí-la — a orixá disse, sua voz profunda e baixa. — E agora você está aqui, onde não deveria estar.

Abro a boca e depois a fecho, a preocupação me percorre. Se eu contar para Oiá, ela contará para Exu? Ou ela poderia me ajudar de alguma forma?

Oiá me vê hesitando e mais uma vez olha rapidamente para o marido. Xangô está conversando com Abayomi, gesticulando com as mãos grandes que ainda crepitam e brilham com eletricidade branca. A orixá se inclina para baixo para ficar mais perto de mim e fala ainda mais suavemente:

— Talvez eu possa ajudar, mas só se você me contar por que está acima do mar. — Oiá sorri, uma curva delicada na sua boca que quase parece deslocada. — Conheço o amor de Iemanjá por todos os seres humanos e por vocês, as criações dela. E sei o preço que ela pagou. — Os lábios da orixá se afinam em uma linha quando seus olhos prateados cintilam. — Não verei Iemanjá se machucar outra vez.

A emoção no tom de Oiá me convence a dizer parte da verdade, talvez ela possa ajudar.

— Estou em busca dos anéis de Ifé. Preciso deles para conseguir o... perdão de Olodumarê.

— O que você fez?

Meu rosto queima e olho depressa para Kola.

— Quebrei um decreto. Se eu não conseguir convocar o Deus Supremo, Iemanjá e as outras Mami Wata vão... — Eu me interrompo, inalando profundamente antes de continuar. — Quero mantê-las a salvo, e o único jeito de fazer isso é encontrando os anéis.

— O afeto transparece em suas palavras. — Oiá solta minha mão, embora ainda esteja em cima de mim. — Não sei onde eles estão, mas o que posso lhe dizer é isto: tenha cuidado.

A curiosidade me toma enquanto semicerro os olhos para a orixá, e o sol que se põe atrás dela lhe dá uma auréola flamejante. Abro a boca para perguntar mais, mas Xangô está olhando para nós agora. Antes de eu ter a oportunidade de dizer qualquer outra coisa, a orixá se afasta, seus modos ficando mais desinteressados.

— Exu vai querer saber quantos navios encontramos, esposo — Oiá diz em voz alta, sentindo o olhar dele, embora ela ainda esteja me encarando. — Lembre-se de que prometemos contar para ele sobre tudo que encontramos.

A tempestade rodopia logo acima de nós, o ar raspando perto, uma eletricidade crepitante que posso sentir em cada osso quando tremo. Eu entendo o que ela está tentando dizer, que Exu tem a ajuda deles, mantendo-os como vigia enquanto buscam por navios. Xangô se vira quando Abayomi lhe faz uma pergunta.

Conferindo se seu marido não estava observando, a orixá se aproxima mais uma vez, inclinando-se para sussurrar em meu ouvido, sua respiração tão fria quando uma tempestade de inverno:

— Você busca exatamente pelos mesmos anéis que Exu, então vai precisar tomar muito cuidado. Os anéis de Ifé são poderosos de diferentes formas. Ele nos disse que está mais perto do que já esteve de os obter.

Oiá se vira de novo para Xangô antes que eu possa dizer qualquer coisa. Inquietação tumultua minha mente enquanto deslizo a safira para dentro da dobra de cima da minha túnica. As palavras de Oiá se repetem em minha mente à medida que caminho até Kola. Penso em Iemanjá e nas outras Mami Wata.

Exu quer os anéis.

Mas eu preciso deles.

***

Enquanto Oiá e Xangô perambulam pelo convés, alguns dos tripulantes os seguem, oferecendo orações. Abayomi se aproxima de nós, segurando um grande saco.

— Mantimentos, como prometido — ele diz. — Tive um pressentimento de que vocês vão querer seguir viagem.

— Isso vai nos ajudar — Kola responde, pegando a comida. — Obrigado.

Ele aperta o homem mais velho em um meio abraço, e eu sei que ele está agradecendo pelo que está por vir. Pela busca do navio onde ele esteve. Por vingança e libertação, usando a mágica dos orixás e o ódio do povo que está sempre disposto a lutar por liberdade.

— Que Iemanjá os proteja no mar — Abayomi fala.

— E o mesmo para vocês — respondo enquanto sigo Kola até a escada de cordas que bate gentilmente contra a lateral do navio.

— Abayomi disse que levará meio dia para chegarmos à terra. — Kola pendura o saco nas costas, amarrando as pontas para que fique seguro durante a pequena descida. O vento continua golpeando o navio, a escada balança. — O que significa que devemos chegar lá antes do nascer do sol.

— Pensei que talvez... você fosse pedir para ele te levar de volta para casa.

Apesar de estar fazendo o comentário, percebo que isso poderia dar ideias para ele. Minha respiração fica mais rápida ao pensar em procurar o babalaô sem ele.

— Por que eu faria isso? — Kola se vira para olhar para mim por cima do ombro, as sobrancelhas levantadas. — Eu disse que te levaria até o babalaô. Não quebraria minha palavra.

Assinto com sua resposta, sentindo algo caloroso que se torna um sorriso, e olho para o mar para que ele não veja meu rosto. Enquanto Kola segura a corda, seu pé no primeiro degrau, eu olho para trás, tentando ver se encontro os trajes de Oió-Ilê. Não consigo ver os homens, mas meus olhos repousam em Oiá assim que ela se vira para mim. A orixá sorri de novo, até que sua expressão congela. Em dois passos, ela está perto de mim, o tecido fino de seu vestido roçando em volta das minhas pernas, suas unhas afundando em meu braço.

— Você precisa ir! — sibila. Com um empurrão, ela me joga para mais perto da lateral, e eu tropeço contra a balaustrada lisa, apenas para ser rapidamente colocada de pé por Oiá. — Exu está vindo! Posso senti-lo. Talvez Xangô o tenha chamado, ou alguém da tripulação pode ter orado para ele, mostrando você nas súplicas. Vá! Agora!

Os olhos da orixá se prendem em mim, o medo nítido ali. Eu me viro de costas e desço rapidamente a escada, me perguntando o quão longe Exu está. Kola está de pé, com as pernas bem abertas no barco quando estica os braços para me segurar. Meu pé fica preso em um degrau e minha mão esquerda escorrega.

— Cuidado! — Kola me mantém firme com a mão na minha cintura.

Meu coração está batendo tão rápido que nem fico brava com Kola por me repreender. Colo o pé novamente no degrau e seguro com força na corda da lateral, os músculos em meus braços e pernas se repuxam com desconforto. Quando desço o último degrau para chegar ao barco, Kola me solta.

— Estou começando a achar que você gosta quando te seguro — ele diz com um sorriso enorme, desamarrando a corda da escada.

— Precisamos ir agora — digo com a voz apreensiva. — Oiá disse que Exu está vindo.

Kola olha para mim e sua expressão se enrijece. Virando de costas para mim, ele segura os nós, desenrolando a vela enquanto o vento a empurra. Nuvens cor de púrpura se reúnem, pesadas e velozes, na direção para a qual precisamos ir, e o cheiro de chuva está intenso no ar.

— Estamos atrás da tempestade que Oiá criou. — Ele desliza para mais perto de mim, apontando para leste. — Está indo mais depressa do que podemos velejar, mas vai nos dar força de vento o suficiente para colocar distância entre nós e o navio.

— Depressa — digo, me agachando no meio do barco que é arremessado de um lado para o outro.

Nossa pequena embarcação salta por cima das ondas, afastando-se do navio. As nuvens estão correndo agora, mas sua densidade ainda me deixa inquieta. Não digo nada, mantenho os olhos na embarcação maior, desejando que a distância entre nós cresça enquanto o resto do dia vai embora enrolado em laranja e vermelho. Logo as cores são engolidas pela escuridão que começa a se desdobrar pelo céu. O navio também desaparece, levando junto um pouco da minha tensão. Se Exu está a bordo, pelo menos estão indo para longe de nós.

Kola luta com a vela, constantemente ajustando-a ao tentar não deixar o barco virar e nos lançar contra as ondas. Quando o sol desliza por completo além do horizonte, o mar perde um pouco de sua ferocidade, tornando-se um calmo azul profundo. Eu me apoio na lateral do barco, enquanto Kola termina de amarrar as cordas com nós que parecem complicados.

Por fim, ele se senta, movendo os ombros e olhando entre mim e o mar. As mãos grandes de Kola descansam nos joelhos, e me lembro da forma como ele segurou minha cintura quando escorreguei da escada. As palmas, ao mesmo tempo suaves e ásperas, e seu toque quente. Eu estremeço.

— Está com frio? — ele pergunta.

Balanço a cabeça e afasto o olhar de Kola. Penso na tripulação unida pela missão de salvar outros além deles mesmos. Essa coragem me lembra o que Kola também me mostrou.

— Posso te perguntar uma coisa? — Coloco os pés sob mim, segurando as solas novas.

— Pode — ele diz com voz monótona.

— Como você acabou no navio do qual foi atirado para fora? — Penso em suas palavras para Abayomi e em minhas próprias lembranças de estar em um porão.

As mãos de Kola se retorcem em punhos, os lábios se retraem no brilho do luar. Por um momento, acho que ele não vai responder, e então ele começa a falar, as sobrancelhas franzidas:

— Os Tapas que viviam além do rio forjaram uma guerra contra nós depois de recusarmos uma negociação. Eu quis provar para o meu pai que era capaz. Achei que se pudesse trazer paz, isso salvaria muitas vidas.

— E aí?

— Eles mataram alguns dos guardas que estavam comigo e venderam o resto. Incluindo eu. — Os olhos de Kola brilham na escuridão. — Fui vendido para outra aldeia antes de ser comprado pelos òyìnbó.

Suas palavras despertam algo em mim, mas quando tento descobrir o que é, essa coisa foge de mim.

— E foi desse navio que fui jogado quando você me encontrou. Estou contente que Abayomi, Xangô e Oiá vão encontrá-lo. Destruí-lo.

Sombras envolvem o rosto de Kola enquanto o barco atinge cada onda escurecida pela noite. Deixo o silêncio se estender, dando uma olhada rápida para Kola, que olha para as ondulações na água.

— Esse é parte do motivo pelo qual preciso voltar para casa — ele finalmente explica. — Para ver se meus atos causaram mais do que minha própria captura. E se os Tapas me usaram como isca? E se meu pai atendeu suas demandas pensando em mim? E se os òyìnbó...? — O rosto de Kola está molhado. Ele não consegue terminar, e suas palavras estão cercadas fortemente pela mesma dor que está enterrada em mim. Ele ajusta os nós da corda mesmo sem precisar, e eu o vejo secar as bochechas. — Eu vi seu rosto no convés quando embarcamos. O que aconteceu com você? Como você...?

Eu lanço minha memória de volta para quando Iemanjá me deu um propósito, há alguns meses, a sétima e última das garotas que ela refez em sua imagem.

— Eu sei que estive em um navio como o seu. — A lembrança é trazida pela visão do porão que me transpassa mais uma vez, e fico em silêncio por um momento antes de continuar, engolindo a dor e o medo por um instante. — A mãe Iemanjá seguiu os navios dos òyìnbó quando os primeiros povos de nossa terra foram levados há pouco tempo, lamentando a perda. Alguns dizem que ela nadou ao lado, oferecendo consolo, enquanto outros dizem que ela destruiu embarcações, libertando a nós todos de um jeito ou de outro. — Passo a mão pelas minhas pernas, massageando a maciez das solas dos pés; a dor surda que tinha se espalhado diminui por um momento. — Mas ela fez mais do que isso para nós sete.

— Ela criou vocês.

Assinto.

— O resto você sabe. Iemanjá sempre ressaltou a importância de nossa tarefa. Eu fui a única que não deu ouvidos.

— Não — Kola diz, inclinando-se para fora das sombras no mesmo momento em que as nuvens se mexem, mostrando a seriedade da expressão dele. — Você foi aquela que encontrou alguém vivo. Que o salvou. Me salvou. E agora, por causa disso, você está fazendo ainda mais.

Penso no que Kola disse, absorvendo suas palavras. Ele sorri para mim, as maçãs de seu rosto bem delineadas acima de seus lábios carnudos, e me sinto tragada por seu olhar. Olho para nossas pernas, tão próximas que, se eu me mexesse um centímetro sequer, elas se tocariam. Kola me observa, e por um momento parece que ele está pensando a mesma coisa, movendo o joelho para que roce brevemente ao meu. Eu congelo, com o peito apertado enquanto seguro a respiração e me arrepio com o simples toque de sua pele.

Mantenha o objetivo dessa jornada fixo em sua mente e não se permita ter… sentimentos *demais. Por qualquer humano.*

Inspirando profundamente, eu recuo, pressionando as costas contra a madeira da lateral do barco e me virando para o outro lado. Finjo analisar a superfície do mar à medida que a luz da lua salpica as ondas mais altas antes de olhar outra vez para Kola. O garoto está com o braço esticado pela borda do barco, parecendo relaxado, mas ele afasta os olhos de mim, e, por um momento de tolice, sou inundada por decepção. Não comece a pensar demais sobre cada pequeno contato, digo a mim mesma. Está claro que não significa nada para ele.

Você é do mar agora. É proibido.

E também não pode significar nada para mim. Suspiro e me viro para o outro lado, observando o subir e o descer das ondas.

Os anéis. São eles que importam, digo a mim mesma. Não esse sentimento que não faz sentido, que não pode fazer sentido. Respiro fundo e me viro para Kola.

— Sua família é claramente muito importante para você, para que arrisque tanto para chegar em casa...

Kola não responde na mesma hora. Ele se reclina, sua expressão afunda de novo nas sombras emitidas pela vela.

— Eles são especiais — ele responde em voz baixa. — Meu irmão e minha irmã o são em dobro.

Não consigo evitar o sorriso que aparece, espelhando aquele que nasce no rosto dele.

— Me fale sobre eles.

— São gêmeos. — Kola expira, os lábios ainda curvados. — Taiwo e Kehinde. Barulhentos e gentis e... — O amor em seu tom suaviza as palavras, mas então seu rosto fica inexpressivo. — Eles também são únicos de outra maneira. Eu deveria estar lá para a cerimônia deles feita pelo babalaô...

O mar o interrompe de forma repentina antes que ele consiga terminar. Uma grande massa de ondas atinge nosso barco, jogando-nos em direção ao céu em uma queda intensa da água. As nuvens se desviam de forma sobrenatural, empurradas por um repentino vento violento e acompanhadas pelo estrondo de um trovão que tremula o próprio ar. Nós nos seguramos enquanto a tempestade retorna, desdobrando-se sobre nós, que estamos bem no seu caminho. Kola olha para mim, confuso.

— O temporal estava indo embora! — ele grita por cima do vento que uiva ao nosso redor, alcançando um grito febril.

Segurando-me ao barco, me encolho quando pontas de raios atravessam a massa de nuvens. Prateado e azul, ofuscam o céu. Esta tempestade não é natural, penso, me lembrando das palavras de Oiá. Se Exu mandou que ela direcionasse isso para nós, quer dizer que ele sabe sobre mim, talvez até suspeite que estou à procura dos mesmos anéis que ele. Penso em Oiá, minha certeza sobre sua lealdade vacilando, mas não vejo motivo para ela me alertar só para me atacar. Talvez tenha bastado alguém da tripulação me descrever em suas orações, ou talvez Xangô tenha visto meu colar antes que eu o escondesse.

De qualquer forma, está claro que essa tempestade repentina foi feita para nós.

Apertando a lateral do barco, quero dizer para Kola que precisamos mudar a rota, que o temporal não vai melhorar, não se for Exu por trás disso, mas está barulhento demais para eu ser ouvida — o vento arranca as palavras e as engole por completo. A água urra quando o trovão estronda, e então o céu é preenchido por pedaços de luz branca. Kola é jogado para trás no barco quando fecho meus olhos com força. Eu podia mergulhar sob o mar, mas Kola não sobreviveria. A tempestade nos ataca com ondas gigantes e ventos pungentes. O próximo repique de trovão parece ainda mais alto e nos força a cobrir os ouvidos com as mãos quando uma enorme luz branca em forma de veia acerta o mar perto da gente.

— Segura firme! — grito no momento em que um vento nos arrebata, balançando o pequeno barco violentamente.

Outro estrondo e até mesmo o ar parece estar pegando fogo.

— Simi! — Kola berra, me segurando, sua voz perfurando a noite quando cambaleamos para trás.

Nós caímos sobre estilhaços molhados quando nosso mastro, partido e fumegante, se solta. Eu me inclino contra o garoto, meu ar fica preso no peito quando o cheiro de fogo permeia o ambiente. Fumaça e cinzas caem nos meus dentes e na minha língua, e eu tento não engolir. O mastro caiu atravessando o casco, nos deixando precariamente empoleirados no que restou do barco.

E então o relâmpago corta o céu novamente, uma eletricidade azul e branca brilhante que ziguezagueia até nós, e eu caio em cima de Kola, nos jogando contra as ondas. Eu o seguro enquanto minha cauda ganha forma, buscando a superfície, arrastando-o comigo. Nós emergimos arfando no mar e no céu queimando, a água com espumas ao nosso redor.

Nosso barco estilhaçado é adernado por outra onda, e enquanto seguro Kola contra mim, nós olhamos para cima à medida que as nuvens são jogadas entre as estrelas, revelando a fachada de uma lua estreita. O mar se agita de novo, tomando os pedaços de nosso barco, partindo-os e derramando os restos em nossas cabeças.

CAPÍTULO 11

Abro a boca para gritar e acordo encarando um vasto céu e nós de algas. Meus ouvidos estão apitando e tem areia na minha boca.

Um clarão prateado cortou a noite. Um trovão que fez o mundo inteiro tremer.

O mar me volteia, subindo pelas escamas da minha cauda enquanto abro os olhos aos poucos para um novo dia. Tudo que consigo ver é água e nuvens. A claridade aumenta minha dor de cabeça e fecho os olhos de novo, esperando até o pior passar.

Uma vela em chamas e os gritos de Kola.

Kola. Onde ele está?

O pânico dispara em mim quando penso nele machucado, imaginando seu corpo sem vida sendo sugado para as profundezas ou empurrado contra a praia. O sol está iluminado, quente e implacável quando me arrasto na areia, tentando me afastar da maré que chega. Minha cabeça apita pelo esforço, e levanto, vacilante, uma das mãos até a têmpora. Não posso sair da água ainda. Não estou forte o suficiente. Penso em tentar encontrar o babalaô sozinha e a incerteza me atravessa. Não posso fazer isso sem Kola.

Grandes olhos castanhos arregalados, em choque, quando a noite foi incendiada pela eletricidade da tempestade. O mastro caindo em nossas cabeças.

A violência do mar no temporal me chocou, mas na verdade foi o quanto eu estava vulnerável, algo que só mudou quando o barco foi despedaçado ao nosso redor. Ondas preguiçosas me empurram para a frente e para trás na areia enquanto afasto as imagens da minha mente e examino a costa. Do raso, posso ver que a praia está deserta, a areia branca se esticando ao longe. O mar não mostra nenhum sinal da ferocidade que teve na noite anterior. Nós chegamos à terra firme, mas não da forma que planejávamos.

— Kola? — chamo roucamente, olhando a praia brilhante até a fileira de árvores. Há uma abertura em que um rio deságua na baía e, balançando na beira, pedaços de madeira chamuscadas. — Kola!

Eu me empurro de volta às águas mais profundas e nado na direção do afluente, odiando o esgotamento que sinto. O apito em meus ouvidos sumiu, mas ainda estou muito fraca e temo que não seja suficiente para lutar contra a correnteza que vem do rio. Nado até o que parece ser parte do mastro de nosso barco. Suas pontas estão pretas de queimado e partidas em pedaços que mostram a força do relâmpago que o atingiu.

— Kola! — O medo domina minha voz com uma agudez que não estou acostumada.

Esquadrinho a praia e a estreita faixa de terra que ladeia o rio. E então eu vejo. Um pequeno pedaço azul mais acima, meio na água. Nado ainda mais até o começo do rio, os olhos fixos no que parece ser uma parte rasgada da túnica de Kola. Eu o pego com as mãos tremendo. É definitivamente dele, o mesmo tom de azul. Kola deve ter chegado até aqui. Ele pode ter decidido usar a água para navegar para a ilha.

Lembro das feridas em suas costas e a força que a tempestade nocauteou até mesmo a mim. O que teria feito com ele?

Preciso encontrá-lo.

Enquanto nado rio acima, as árvores passam dos dois lados, verdes, selvagens e vivas. Revoadas de pássaros, com pios tão altos e deslumbrantes quanto suas penas florescentes, voam dos topos das árvores que parecem tão altas quanto o céu. O afluente muda para um marrom, ficando mais quente quando a margem se transforma em terra e grama. Um movimento abaixo me assusta, e fico tensa quando um grande bagre dispara sob minha cauda.

Mesmo ainda sendo água, o rio é diferente do mar, e tento relaxar a tensão que cria nós em meus músculos. É mais fácil do que a terra, digo a mim mesma enquanto a correnteza me puxa. Com cautela, observo a floresta à medida que sigo, torcendo para ver mais sinais de Kola, mas atenta para Exu ou qualquer òyìnbó. A margem está repleta de pequenos arbustos com botões de flores que estão começando a abrir. Ainda há espaço para uma pessoa andar perto do rio, então continuo até ouvir um barulho repentino. Folhas se mexem com algo se movimentando entre os arbustos. Coloco os dedos molhados na esmeralda da minha adaga. Assim que estou quase deslizando-a para fora de minhas tranças, eu congelo, encarando de boca aberta a criatura parada na margem estreita.

Cascos cinza-prateados passam com agitação na terra, e dois chifres perolados formam espirais para trás de sua cabeça. Com o corpo atarracado do tamanho de um macaco, não parece, a princípio, semelhante à criatura mágica que os contadores de histórias descrevem para as crianças, mas, ao me aproximar, ela vira e me encara com seus olhos turquesa.

Uma abada.

Ela é conhecida por ser anunciadora de perdas. Não duvido que tenha se revelado para mim por um motivo.

Kola.

Tento nadar para ainda mais perto, mas paro quando a abada saltita para trás, os olhos girando.

— Está tudo bem, pequena. Não vou machucá-la — murmuro, com o coração batendo violentamente.

Se a criatura correr, duvido que consiga encontrá-la de novo. Abadas só são encontradas quando querem ser. Estou prestes a sair do rio quando o animal bufa e trota um pouco pela margem. Seu relinchar é suave, quase como um suspiro. A criatura vira a cabeça para mim, e eu deslizo de volta ao rio e começo a nadar junto dela.

Enquanto a abada galopeia ao lado da água, tomo cuidado para não a perder de vista, especialmente quando a criatura é obrigada a ziguezaguear de um lado para o outro entre as árvores onde a margem do rio é estreita demais. De vez em quando, ela para, conferindo para garantir que ainda estou seguindo.

Estamos bem adentro da ilha agora, e as árvores se curvam umas contra as outras, esticando-se sobre o rio, quase bloqueando o céu e proporcionando uma pausa fresca do sol do meio-dia. A floresta está mais barulhenta. Olhando para as copas das árvores, vislumbro pequenos pássaros pairando lá em cima, suas caras vermelhas e amarelas me espiando por trás das grandes folhas das bananeiras.

Quando a temperatura do dia aumenta em um nível quase sufocante, a abada para de modo brusco no rio, onde um pequeno córrego se desdobra para a esquerda. Suas patas arranham o chão com agitação.

— O que é? — sussurro, suor pinicando minha sobrancelha.

Sinto vontade de mergulhar para me refrescar, mas não quero correr o risco de perder a abada.

A criatura relincha de novo.

— Kola? — chamo suavemente, com esperança preenchendo minhas palavras quando giro devagar, olhando em volta.

Sem respostas. A abada relincha de novo, mais alto desta vez, antes de caminhar com cuidado pelos arbustos e trotar ao lado do pequeno córrego.

— Espere! — eu a chamo, mergulhando para alcançá-la.

Lama raspa minha cauda enquanto o córrego, apenas profundo o suficiente para que eu nade, nos leva mais para dentro da floresta. O silêncio e o escuro são desconcertantes depois do grande rio, e eu olho em volta, inquieta. Até mesmo as margens são mais estreitas, forçando a abada a saltitar para dentro e para fora das águas rasas cheias de rochas. À medida que fazemos o caminho do córrego, as árvores cobrem o sol quase que inteiramente, sombreando a água marrom e escurecendo o verde das folhas. As margens são fatias de terra preta e pedras, e eu franzo a testa ao pensar em Kola tentando navegar por esta parte do rio. A abada anda lentamente na minha frente, ágil até mesmo no chão rochoso. Começo a repensar se deveria ou não tê-la seguido até aqui, e então vejo o córrego se abrir em uma lagoa grande. A abada emite outro relincho, mais alto desta vez, ao seguir na direção dos arbustos que ladeiam a água.

Não há cantos ou pios de pássaros agora. Espio em volta enquanto o silêncio aumenta. *Continue*, penso quando saio da água. Minha túnica se forma quando me curvo na lateral da lagoa, com o cabelo molhado e a pele brilhante na luz fraca.

— Por favor, espere — chamo pela abada quando ela se move por entre os arbustos. E ela obedece, sem recuar quando a alcanço. Murmuro, ao acariciar sua crina sedosa:
— Obrigada por me trazer até aqui.

A criatura não é mais alta do que meus ombros, mas seus chifres são quase duas vezes maiores do que sua altura, curvados para trás e brilhando em um facho de luz solar que perpassa a copa das árvores. Dizem que os chifres de uma abada têm o poder de curar doenças e reverter qualquer veneno. A criatura se vira para mim com seus olhos turquesa, prateados nas beiras, e tenho uma sensação de calma inundando minha mente. Passo a mão por sua cernelha, e a abada mexe a cabeça em satisfação, me permitindo ter um pouco mais de sua atenção antes de adentrar por entre os arbustos volumosos. Eu a sigo, e o escuro aumenta à medida que seguimos para dentro da floresta densa.

Esta parte da floresta é úmida, a temperatura fica presa sob a cobertura das árvores acima. O chão está molhado, coberto com folhas em decomposição e terra escura e macia. Uma grande aranha cinza, com listras amarelas pelas costas e olhos vermelhos, passa correndo, e eu tomo ainda mais cuidado por onde ando, mesurando meus passos e me acostumando com o ritmo da caminhada de novo. Enquanto a abada atravessa os arbustos com enormes flores roxas e com um odor que me lembra mel, ouço um barulho que me faz parar.

Uma batida fraca de tambores. Tão intenso e rápido quanto meu coração, o som fica mais alto até o chão parecer tremer sob as solas macias de meu pé descalço. A abada volta para ficar parada ao meu lado e então me empurra para a frente, seu focinho e respiração quentes nas minhas costas, até eu tropeçar pelos arbustos e me encontrar olhando em volta em uma clareira larga.

Fachos da luz do sol quente deslizam por entre a fileira de árvores, e no meio do espaço aberto pessoas estão dançando, serpenteando entre a grama quase tão alta quanto elas são pequenas.

Pessoas minúsculas.

Com cabelos prateados em longas tranças, elas giram quase que freneticamente com a batida de uma dezena de tambores falantes. Pequenas mãos batem o aro contra a parte de couro, uma bagunça que produz um ritmo que nunca ouvi antes. E lá, no meio da clareira, deitado em uma cama de grama seca e ornado em panos brancos, está Kola.

A batida dos tambores cobre minha interjeição de surpresa. Os olhos dele estão fechados e seus braços estão dobrados sobre o peito. Seus pés escapam da ponta do tecido, e me lembro de suas solas pálidas na primeira vez que o encontrei na água.

Sem vida, ele está disposto como se estivesse pronto para as últimas orações, e algo em mim se despedaça.

Engulo em seco e rastejo adiante, tentando ver melhor. A abada bufa de repente atrás de mim e eu pulo, tropeçando em um tronco de árvore seco, e avanço para a clareira.

Os tambores param. Os dançarinos estacam, suas longas tranças caem em cascata pelas costas estreitas. Virando-se quase que como um, eles me encaram com olhos claros dourados.

— Yumboes — sussurro.

CAPÍTULO 12

Eu me arrasto para trás para ficar na beira da clareira enquanto os yumboes me encaram. Mais baixos do que meu quadril, com uma pele reluzente de ébano revestida em marfim e com cabelos prateados em finas tranças, há pelo menos uma centena destas fadas. Recuando, me pressiono contra a abada, tentando lembrar o que sei sobre yumboes. Também conhecidas como Bakhna Rakhna, Povo do Bem, as fadas vivem sob o solo em colinas secretas, pescando e roubando milho dos humanos. Elas não são uma ameaça, disso eu me lembro, especialmente se estão se revelando para você, o que é muito raro.

— Kola? — chamo ao me aproximar mais.

A abada é um corpo quente atrás de mim, sua pelagem espeta minha pele. Se ela não está assustada, então eu não deveria ficar, digo a mim mesma, e dou outro passo adiante.

Kola não se mexe, e eu prendo a respiração ao observar seu peito, procurando por movimento. Os yumboes não tentam me impedir quando disparo pela multidão. Um pequeno garoto com uma trança twist grossa e prateada faz uma reverência ao sair do meu caminho, e sinto meu nervosismo se acalmar suavemente.

— Ele não está morto — o yumbo diz, e seus olhos dourados diminuem quando abre um sorriso para mim.

Suas palavras dão um breve alívio à minha preocupação até eu ver de novo o quanto Kola parece imóvel.

— Tem certeza? — pergunto, seguindo em frente.

O garoto me segue, saltitando para me alcançar quando chego até a cama de grama.

— Eu o encontrei depois da tempestade. No mar. Eu convenci meu avô a trazer os restos dos barcos para ajudar e nós o puxamos da baía.

Ao me aproximar de Kola, começo a ver o subir e descer de seu peito; o alívio torna minhas pernas fracas e eu cambaleio de novo, desta vez quase não me contendo.

— Por que ele está deitado assim? Eu achei...

— Nós estamos cantando e dançando pela saúde dele. — O garoto yumbo ainda está do meu lado. Ele se inclina e cutuca a barriga de Kola suavemente. — Ele comeu e depois perdeu a consciência de novo, mas deve acordar logo.

As batidas dos tambores recomeçam e os yumboes tornam a dançar em volta da abada. A criatura saltita entre eles, balançando a crina. Eu me sento ao lado de Kola, observando os pequenos pés que reproduzem um ritmo complicado e as tranças prateadas brilhando à luz do sol. É quando começam a cantar que eu sorrio. Quase como uma só, suas vozes se juntam, altas e doces, em uma oração para a boa saúde e sorte, e a bênção deles preenche a clareira e meu coração com alegria.

Os yumboes continuam dançando, as pequenas mãos atiradas ao céu enquanto os pés batem no ritmo do tambor falante.

— Simi?

Os olhos de Kola se abrem quando ele se mexe, e o tecido desliza de seu peito. Ele tenta se sentar; escuto o sibilo que escapa de seus lábios e vejo a forma como ele coloca a mão no braço esquerdo. Um galo enorme se formou em sua testa, mas, fora disso, parece ileso.

— Como você chegou aqui? — ele pergunta, os olhos passando rapidamente por mim. — Você está machucada?

— Eu estou bem — respondo. Me sinto tão grata por Kola estar vivo que quase estico o braço para acariciar seu cabelo e sentir o calor de sua pele. — Eu acordei na praia. Tudo o que restou do barco foram farpas. Pensei… — Afasto meu olhar para longe.

— Eu estava preocupado com você também — Kola diz. Ao ouvir suas palavras, sinto um calor florescer dentro de mim. — Os yumboes me salvaram. Eu os vi na água. Simi, juro que pensei que eles tinham sido mandados por um dos ajogun antes de me tirarem do mar. — Kola abre um sorriso.

— Qual guerreiro? A morte?

— Por que não? Mami Wata, Xangô e Oiá. O que vem a seguir?

— Essa é a segunda vez que você quase morreu — digo, olhando para a curva nos lábios de Kola. — Está tentando fazer disso um hábito?

— Morrer no mar?

E, com essas palavras, sou lembrada de que não sou igual a ele. Eu não morreria no mar. Eu não me afogaria. Mas Kola, sim.

Ele é humano e eu não sou.

Por um momento, isso é tudo o que consigo pensar.

— Quase morrer — afirmo, afastando o olhar.

Digo a mim mesma que só me importo porque a morte de Kola significaria que o sacrifício que fiz seria em vão, mas a ideia faz meu coração bater forte dentro do peito.

— Simi... — Kola se senta quando os tambores ficam mais altos e o lençol cai de seu corpo.

— Você está acordado! — exclama o mesmo garoto yumbo que me disse que Kola estava vivo mais cedo.

Da altura do meu joelho, ele corre para perto e abre um grande sorriso para nós; seu rosto se vira para Kola como se ele fosse o sol. Sorrindo muito, ele se aproxima, os dentes brilhando como pequenas pérolas. Ele faz uma reverência de novo, a perna direita sobre a outra enquanto abaixa a cabeça e coloca o pequeno punho contra o coração.

— Eu sou Issa, fui eu que encontrei você! — O yumbo espalma a mão no peito de Kola, empurrando-o de novo para baixo. — Você precisa descansar. Guarde sua força para quando for a hora de comer. — Ele luta com o lençol ao redor de Kola, cacarejando como uma galinha mãe. — Agora que está acordado, vou buscar meu avô e uma refeição.

— Obrigado, Issa — Kola responde, sorrindo para o garoto enquanto o yumbo se agita em volta dele, cobrindo seu peito de novo com o tecido.

Quando julga que Kola está embrulhado adequadamente, Issa corre para longe, gritando alto sobre peixe e dispersando os outros yumboes ao agitar os braços. Ele volta quase na mesma hora, acompanhado por um yumbo mais velho com olhos cor de âmbar e longas tranças cinza-prateadas.

— Bem-vindos. Meu nome é Salif. — Ele faz uma reverência, a mão espalmada em seu peito cor de ébano. — Somos gratos e abençoados por termos vocês dois como convidados. Apenas pessoas escolhidas pelos yumboes podem sequer encontrar esta clareira. A não ser que você seja místico... aí a abada escolhe se te traz aqui. Os semelhantes se atraem. — Salif olha para mim antes que eu encare meus pés. — Nós já encontramos Mami Wata nos mares. Iemanjá sempre nos abençoou com nossa pesca. Por favor, agradeça a ela na próxima vez que a convocar.

Eu assinto uma vez, raspando os pés na terra enquanto Issa olha para mim envergonhado.

— Juntem-se a nós para uma refeição. Meu neto ficará muito chateado se não vierem — Salif continua, dando tapinhas nos ombros de Issa. — E se pudermos ajudá-los de alguma forma, conversaremos a respeito durante a refeição.

— Obrigada — respondo enquanto Kola murmura seu agradecimento.

Salif dispara para longe, dando ordens, e nós somos deixados com Issa, que se senta ao lado de Kola. O cheiro da comida apimentada flutua através da clareira vindo da fogueira, onde vários yumboes cuidam da preparação de um bagre enorme, cozinhando lentamente na beira da brasa em chamas. Mesas de madeira são postas com pequenos bancos estreitos sob a maior árvore que se inclina acima da clareira. Os yumboes menores rodopiam por aí, decorando ao acrescentar flores roxas com miolos dourados. Outros cavam na beira da clareira, retirando garrafas de vinho de palma enterradas. Com cuidado, eles enchem copos com o líquido, sem derramar uma gota.

Enquanto os yumboes tomam seus lugares às mesas, Issa nos leva até um tronco maior que foi ajeitado para que nos sentássemos. A lateral de Kola parece não estar mais doendo tanto, e até mesmo o galo na cabeça diminuiu um pouco. Ele me vê o examinando e desvia o olhar depressa.

Salif se mantém de pé. Ele bate palmas três vezes e os yumboes se viram de seus lugares, os olhos brilhando na cor escura de mel.

— Somos honrados hoje por ter não um, mas dois convidados especiais. — Ele se mantém de pé, sorrindo para nós. — Como sabemos, resgatamos um do mar e suas rochas escuras, e a outra foi trazida para nós pela sagrada abada. Vamos todos comer e beber juntos! — Ele levanta o copo e toma um longo gole de vinho de palma. — Sí àwọn olóríire! Aos sortudos!

— Sí àwọn olóríire!

Os yumboes erguem seus copos de madeira, e Kola me cutuca para fazer o mesmo. Eu o faço, até ver a comida chegando e quase cuspir a bebida.

— O que é *isso*? — pergunto quando o prato fumegante de peixe que parece flutuar vem na nossa direção.

— Comida — Issa responde com animação, rindo da minha surpresa. — Nós temos ajudantes, mas que você nunca verá. Bom, pelo menos não todos eles, de qualquer forma.

Os pratos de prata balançam no ar, serpenteando pelas raízes das árvores ao irem para as mesas. Mãos marrom-escuras seguram as bandejas de comida com dedos grossos, mas não consigo ver nada mais das estranhas criaturas.

— Quem está segurando?

Issa sorri e aponta para os pés marrons que combinam com as mãos e fazem o caminho através do chão da floresta.

— Eles são invisíveis, exceto pelas mãos e pelos pés. Nós os chamamos de olùrànlọ́wọ́. Ajudantes.

Ao todo, eu conto dez ajudantes que colocam mais pratos de milho e bagre apimentado na longa mesa. Outros dois surgem com pequenas cabaças com água para lavarmos os dedos e mais garrafas de vinho de palma. Não consigo tirar os olhos das mãos que se mexem e fico aliviada quando servem a comida e desaparecem.

— Não se preocupe, os olùrànlọ́wọ́ são seres conjurados. Convocados somente quando os yumboes acham certas tarefas difíceis ou precisam de ajuda. — Kola ri da minha expressão, chocando seu copo contra o meu com sua suave lateral de madeira. — Beba seu vinho. Vai deixar o Salif feliz. Bakhna Rakhna consideram um convidado um presente, mas dois é uma verdadeira bênção.

Tomo um gole e minha boca franze enquanto meus olhos se enchem d'água, a acidez sendo demais para mim.

— Forte?

— Estou contente que os copos são pequenos — digo, e Kola explode em uma gargalhada. Seu riso é alto e doce, e percebo que é a primeira vez que o ouço.

Tomo outro gole com cuidado, mas desta vez não faço careta.

Ao nosso redor, os yumboes cortam os peixes com os dedos, colocando os filés brancos em suas pequenas bocas. Issa senta ao lado de Salif e fala sem parar, com pedaços de milho ao redor de sua boca.

— Como sabe de tudo isso? — pergunto. — Os ajudantes, os costumes?

Kola parece um pouco encabulado.

— Eu adorava as histórias dos anciãos. Sempre escutei, e depois eu as contava para Taiwo e Kehinde. Uma história sempre os ajudava a dormir. — Seu pequeno sorriso contém tanto amor que sinto minha boca também se transformar em um. — Nunca imaginei que eles fossem reais e que estaríamos compartilhando uma refeição. — Ele toma outro gole de sua bebida. — Mas não achei que outras coisas fossem reais e...

— Cá estou eu — completo. — Então, me conta — digo, escondendo o tremor nervoso das minhas mãos no colo. — Quais eram suas histórias favoritas? Daquelas que costumava ouvir fingindo que estava lá só pelos gêmeos. — Eu o empurro com o ombro. — Quais você implorava que contassem?

Kola empurra a espinha de seu peixe para o canto e pega o milho amarelo, mordendo um pouco e mastigando. Consigo perceber que ele está tomando um tempo para pensar com calma.

Quando termina, ele ergue a cabeça e olha diretamente para mim.

— Histórias de orixá, claro.

— Existem mais de quatrocentos deuses iorubá... seja mais específico — provoco, terminando o resto de meu vinho.

Coloco o copo na mesa, jurando nunca mais beber algo tão desagradável de novo. Da outra ponta da mesa, Salif me vê e levanta o copo, sorrindo. Pelo menos ele está gostando, penso.

— Qual história de orixá você acha que eu pedia mais?

— Que tal Oxum?

— Não tem outra mais amável e linda — Kola diz. — Mas não era dela.

— Ossaim, deus das folhas e da cura.

Kola balança a cabeça.

— Vou te dar mais uma chance de adivinhar.

Eu me viro para ver alguns dos yumboes que saíram de seus assentos para começar a dançar de novo, a maioria com os copos de madeira de vinho ainda em mãos. A umidade da floresta parece não os afetar ao girar e rodar, e a luz do sol desliza por suas peles e pelo metal precioso em seus cabelos.

— E que tal Orí? — digo finalmente.

Verdade seja dita, a história favorita de Kola poderia ser uma entre várias, especialmente porque o poder e as origens dos orixás mudam dependendo de quem conta.

— Ogum. Ele é meu orixá ancestral. — Kola toma outro gole da bebida e sorri, seus lábios molhados com vinho. — E meu favorito. Em minha aldeia, os anciãos costumavam contar histórias de Ogum antes de qualquer um sair para caçar. — Kola se inclina na minha direção, os cotovelos nos joelhos, a perna roçando contra a minha. — Eu amo a força dele.

— E suas armas, sem dúvida — digo. O orixá é famoso por suas habilidades como ferreiro.

— Bom, sim, mas é mais do que isso. Ele é honroso. Ogum lida com justiça e juramentos. — Kola se mexe ao meu lado, repousando o copo na mesa. — Eu jurei aos gêmeos e a minha família que sempre os protegeria.

Nós ficamos em silêncio por um momento. Sua mão está perto da minha na mesa e meus dedos se contraem, querendo tocar os dele para consolá-lo. Nós dois temos responsabilidades, aqueles que queremos proteger. Lembro da cicatriz no rosto de Iemanjá e meus ombros caem ao pensar em qualquer outra coisa acontecendo. Eu não falharei com ela.

— E você vai — falo. — Nós partiremos depois de comer. Na verdade, tenho certeza de que Salif pode nos dizer o caminho mais rápido para chegar na sua aldeia. Qual é o nome?

Kola para e não tiro meus olhos dele. Ele vai esconder isso de mim até mesmo agora?

— Okô — ele responde. — Minha aldeia se chama Okô.

Assinto, passando o nome pela minha mente, mais satisfeita do que posso admitir por ele ter me contado, por ter confiado em mim.

— Vamos ver se os yumboes podem nos dar coordenadas.

Salif me vê esticando o pescoço, procurando por ele. Ele empurra o resto do bagre apimentado para dentro da boca e depois se levanta em um pulo para caminhar até nós, seguido por Issa. Salif se move, uma mão pequena cortando o ar, e uma garrafa grande de vinho paira até nós, carregada por fortes mãos marrons.

— Não! — Espalmo a mão rapidamente sobre a borda do meu copo e tento suavizar o movimento com um sorriso. — Obrigada.

O yumbo mais velho faz uma reverência para nós.

— Como desejar.

— Salif, você conhece uma aldeia chamada Okô, perto da foz do rio Ogum?

Kola se inclina para a frente, ávido.

— Eles fazem comércio principalmente de pesca, com alguns milhos no tardar do verão.

— Sim, sim, eu conheço. — Salif inclina a cabeça para trás, terminando a bebida. — Uma aldeia linda. É para lá que estão indo?

— Sim — respondo. — O quão longe você diria que é?

— Se partirem agora, chegarão pela manhã.

Eu giro meus calcanhares, esticando meus dedos para alongar os músculos da coxa. Não sei o quanto minhas pernas vão ser úteis durante uma noite inteira de caminhada.

— Você ou algum dos outros esteve lá recentemente? — Kola pergunta.

O yumbo repousa seu copo vazio na mesa.

— Não ouvimos nada sobre Okô, não. Embora...

Salif não termina a frase, sua voz é interrompida junto com os outros yumboes. Eles param como um e até mesmo

Issa, sentado ao lado de Kola, para de mastigar a comida, sua boca escancarada e um pedaço solitário de milho pendurado em seu lábio inferior.

Olho ao nosso redor e Kola faz o mesmo, com a mesma confusão que sinto encrespando seu rosto. Gentilmente, ele balança Issa, que não reage, e seu olhar âmbar continua a encarar o nada. Salif treme uma vez, e seu corpo inteiro tremula antes de ele se inclinar para a frente, um barulho agudo saindo de sua boca. Os outros yumboes fazem o mesmo, fechando os olhos ao gritar. Aqueles que estavam girando na batida dos tambores caem no chão, pequenos corpos e tranças prateadas espalhados em pequenos montes pela clareia.

— O que é isso? — Kola pergunta, sua voz áspera ao olhar para Issa. — Eles estão bem?

— Eu não sei — respondo.

Sinto uma pontada inquietante em meu estômago, mas não é nem de perto tão forte quanto o que está acontecendo com os yumboes. Eu me curvo para tocar a mão de Issa, mas ele não reage, os cílios metálicos cintilantes contra suas bochechas negras.

Eu caminho até o centro da clareira, me curvando para conferir cada um dos yumboes que posso, a inquietação no meu estômago aumentando, piorando.

— Estão todos respirando — afirmo, ajeitando a postura para me virar para Kola, mas ele não está lá.

Estou cercada por uma floresta de árvores escuras, seus galhos retorcidos se esticando para o céu da cor de hematomas recentes. Um silêncio pesado e sobrenatural cobre tudo e a catinga de podre e morte paira no ar, prendendo-se no fundo da minha garganta e me fazendo sentir ânsia de vômito. Virando, eu cambaleio, gritando de dor ao olhar para a terra escura. Estou de pé em fragmentos de pequenos ossos de fadas, espalhados na escuridão da floresta morta. Uma onda de tristeza me toma e me curvo para a frente, apertando a barriga.

— Kola! — grito, recuando um milímetro, com as mãos sobre a boca.

Mas não tem ninguém ali para me responder. Apenas plantas dissecadas e o resto dos yumboes em cândidos fragmentos brancos espalhados pelo chão. Então eu corro, passando pelas árvores em carvão, deslizando pelos restos que não quero ver. A floresta se abre em um declive que desce os montes que juntam os campos salpicados em preto com as hastes duras das colheitas mortas. Os corpos de corvos e cabras se decompõem delicadamente no sol, sua temperatura e iluminação são a única coisa vibrante na paisagem. Ao ver um muro que cerca vários complexos, eu me direciono até a aldeia, meu coração batendo mais forte. Diminuindo o ritmo, eu passo pelas portas escancaradas entalhadas com imagens do mar e de colheita verdejante. Quando os vejo, paro, a respiração queimando dentro do peito. Mortos. Os aldeões estão deitados na terra vermelha, as bocas abertas em um grito derradeiro, mãos em garras, as peles cobertas por marcas escuras. Feridas, ossos e costelas atravessam as túnicas. Fecho os olhos com força e abro a boca, gritando até que minha garganta arranha de tão seca.

— Simi, Simi!

Abro os olhos para ver Kola, suas sobrancelhas grossas juntas em um franzir de preocupação. Soluçando, jogo o rosto contra seu peito enquanto ele me abraça até que eu pare de arfar e chorar.

— O que foi? O que aconteceu?

— Eu vi...

Mas não tenho a oportunidade de terminar. Uma alta interjeição coletiva preenche o ar e, como um, os yumboes se sentam, os rostos inexpressivos, os olhos com cor de néctar perplexos, o olhar suave e fora de foco. Issa começa a chorar e Kola me solta para envolver um braço com força ao redor do yumbo.

— Salif — Kola murmura. — O que foi isso? O que acabou de acontecer?

O yumbo mais velho respira fundo, colocando as tranças para trás, cada uma delas entrelaçada em dourado e prateado.

— Nós estamos conectados com a terra. — Salif enche o copo com as mãos instáveis. — Qualquer coisa que atrapalhe seu equilíbrio, nós sentimos. — Ele entorna o vinho de palma e o engole.

— Você... viu alguma coisa? — pergunto, engolindo em seco, séria com o desespero da minha visão.

Eu me forço a respirar fundo, acalmando o tremor de minhas pernas.

— Algo aconteceu — Salif afirma, enchendo o copo de novo, as mãos tremendo o suficiente para fazê-lo derramar um pouco do vinho de palma.

— O que acha que pode ser? — pergunto, pensando em quando o temporal se forma no mar, a sensação que tenho, o cheiro no ar. A sensação de que algo está por vir. Lembro dos ossos em que pisei na minha visão. As colheitas mortas e os corpos retorcidos na aldeia.

O rosto de Kola está pálido ao olhar para mim.

— Acho que eu sei. — Ele se vira para Salif, suas palavras são lentas e intensas. — Os gêmeos, Taiwo e Kehinde.

— O que quer dizer? — pergunto, franzindo a testa. Nada disso está fazendo muito sentido.

Kola se mexe no banco e espalma a mão na mesa à sua frente. Ele respira fundo.

— Eles são Ibeji.

— Orixá? — pergunto, a palavra aguda com minha surpresa. Lembro do que sei sobre a divindade gêmea, uma alma em dois corpos, orixás da alegria e das travessuras, assim como da abundância. Sua presença traz felicidade e saúde para as pessoas e vivacidade à terra onde vivem.

— Quase isso. O Ibeji se manifesta em Taiwo e Kehinde. O babalaô profetizou isso. — Kola junta as mãos, cobrindo um punho com os longos dedos do outro. — Com o nascimento deles, veio um período em que Okô floresceu de verdade, assim como a terra ao seu redor.

— Por isso ficamos por aqui — Salif acrescenta, as mãos gesticulando ao redor. — Ouvimos falar que tinha poder Ibeji neste solo. E, quando chegamos aqui, nós o sentimos.

— Minha família manteve isso em segredo, nem mesmo os aldeões sabiam. Haverá uma cerimônia para confirmação e proteção deles. Eu deveria estar lá, para garantir que eles ficassem seguros até ela ser feita. — Kola se vira para Salif, curvando-se para poder encará-lo. — Pode ter sido isso o que você sentiu?

Ouço a esperança em sua voz, mas Salif balança a cabeça.

— Tal cerimônia apenas confirmaria e estabeleceria o poder deles. O que senti, o que todos nós sentimos, foi um... rompimento de algum tipo.

— E se algo aconteceu com Taiwo e Kehinde? E se for tarde demais? — Kola passa as duas mãos pelo rosto, os dedos repuxando o lábio inferior. — E se eles estiverem mortos?

CAPÍTULO 13

— **Ainda não temos certeza de nada** — digo para Kola, tentando manter o tom calmo.

Mas por que ele não tinha me contado sobre os gêmeos antes? É só porque não confia em mim? Ele agiu como se convocar Iemanjá tivesse sido seu primeiro encontro com um orixá, e agora isso. Então pensei na sua necessidade de proteger as crianças, e não mencionar o poder delas faz mais sentido.

Ao pensar em segredos guardados, lembro da minha visão. Talvez eu deva falar algo sobre as mortes. Dos yumboes e dos aldeões. Estremecendo, empurro os pensamentos para longe. Tento dizer a mim mesma que o que vi não significa nada, mas mesmo quando penso em tudo, sei que não é verdade. Mas sei que não posso contar sobre isso para mais ninguém até que eu mesma entenda o que significa. Tanto Kola quanto Salif já estão preocupados o suficiente. Antes de pensar mais sobre o assunto, o yumbo mais velho bate palmas.

— Espero que todos vocês estejam bem. Não se preocupem, vamos trabalhar para descobrir o que isso significa. Todos os sinais precisam ser compreendidos, não temidos apenas por desconhecermos. Então, enquanto isso, vamos terminar nosso banquete.

Os yumboes assentem após as instruções de Salif. Os olùrànlọ́wọ́ rodopiam por aí, limpando os pratos de prata e alimentando a fogueira enquanto o sol mergulha atrás da fileira de árvores. Os yumboes, com a energia aparentemente drenada deles, estão divididos em grupos pela clareira, conversando baixo.

— Tem mais uma coisa que complementa o que aconteceu. Não tenho certeza se isso está conectado, e não quero preocupar os outros, então vou dizer apenas para vocês dois. — Salif se vira para nós com uma expressão solene, as mãos juntas na frente do corpo. — Alguns dos yumboes estavam fazendo a colheita, e nossos irmãos acabaram de retornar. — Salif para antes de pegar o copo de madeira de novo e depois abaixá-lo. — Eles ouviram os homens falando sobre... Exu na fronteira das nossas terras.

— Exu? — pergunto, inquieta. — Por que o nome dele seria mencionado?

— Não é a primeira vez que ouvimos sobre isso ultimamente — Salif diz. — Existem... boatos.

— Continue — Kola encoraja, seu rosto se fechando ao engolir em seco.

Vejo preocupação e apreensão nos olhos de âmbar fundido de Salif, e acho que sei o que ele vai dizer.

— Boatos sobre ele estar procurando por algo.

Oiá disse a mesma coisa. Se o babalaô está com os anéis e Taiwo e Kehinde estão em Okô... Eu olho para

Kola, a preocupação que sinto se espelha na expressão do rosto dele.

— Precisamos partir — digo em voz baixa, minhas palavras cobertas por apreensão.

Primeiro Exu chega no navio de Abayomi e agora sua presença é comentada perto de Okô. Kola assente, sua expressão tão obscura quanto a minha ao se levantar.

— Nos permita presenteá-los com suprimentos — Salif diz, atribuindo a responsabilidade ao neto.

Issa, com a tarefa lhe dando alguma energia, manda naqueles à sua volta, mudando os odres que tinham por outros maiores e inspecionando todos os peixes embrulhados em folhas de bananeiras.

— Você tem que embrulhar com mais firmeza! Ou eles vão estragar! — ele adverte um garoto maior que ele. O yumbo bufa, mas começa a embrulhar a comida de novo.

Issa assente, satisfeito, e então corre até Kola.

— Quero ajudar — ele diz.

— Venha, Issa, deixe-os se prepararem — Salif fala, colocando o garoto debaixo do braço.

— Mas eu posso ajudar!

O yumbo escapa do braço do avô e corre até nós, os olhos sempre em Kola.

Ele arranca o saco das mãos de um yumbo ao vir na nossa direção. Arrastando-o depressa, ele o joga aos nossos pés e nos encara com os olhos dourados brilhando.

— Posso guiá-los até Okô. É para lá que estão indo, não?

Com isso, Kola se inclina para a frente, um sorriso suave curvando seus lábios.

— Apreciamos sua hospitalidade, mas você é muito jovem. Seu lugar é aqui.

— Por favor! — Issa implora, virando-se para Salif. — Vovô, eles podem se perder! Ou, ou... eles pegam um caminho longo e demoram dias para chegar lá! Todos nós sentimos... o que quer que tenha sido aquilo mais cedo. Eles precisam chegar em Okô depressa, e posso ajudá-los com isso.

Kola estaca quando o tempo é mencionado, e sei que ele está indeciso.

— Vovô, eu já fiz exploração antes. Por favor, deixa! Conheço todos os caminhos e trilhas que devem ser usadas. As rotas que devem ser evitadas. — Issa estufa seu peito estreito. — Eles *precisam* de mim.

Eu contemplo o yumbo com seus pequenos braços como gravetos e seu queixo pontudo. Ele vira a cabeça, empurrando as tranças para longe dos olhos e observando Kola, que o encara com uma ternura que me deixa inquieta. Nós não precisamos de outra pessoa para tomar conta.

— Kola, não acho que essa seja uma boa ideia.

— Pode levar dias se não for pelo caminho certo — Issa diz, direcionando um sorriso largo para Kola. — Posso levar vocês lá na metade do tempo.

— Isso ajudaria — Kola fala suavemente.

Issa sorri para ele e depois vira seus olhos de mel para mim.

— Eu consigo, Simi. Eu consigo.

Kola coloca a mão no ombro dele e me encara também.

— Se ele consegue nos guiar até lá, precisamos dele. Além do mais — ele dá tapinhas na cabeça de Issa —, você vai ser uma boa companhia.

— Serei, sim, ẹ̀gbọ́n ọkùnrin. — O yumbo abre um sorriso para Kola, sacolejando de um pé para outro.

Eu faço uma careta. O que Issa pensa que está fazendo, já chamando Kola de irmão mais velho? Mas seu sorriso é doce, e não podemos mesmo nos dar ao luxo de desperdiçar mais tempo para chegar até a aldeia. Eu assinto. Se Exu sabe mesmo que os anéis estão em Okô, precisamos chegar lá primeiro.

— Vovô? — Issa pergunta.

Salif para um momento para pensar antes de responder ao yumbo:

— Eu te dou minha permissão, pequeno. Mas apenas como guia. — Ele ergue um dedo. — Nada mais.

Issa mexe rapidamente no saco, tropeçando.

— Vou pegar minhas coisas!

— Você precisará voltar direto para cá depois que eles chegarem em Okô — Salif avisa. — Direto!

— Eu vou! — Issa joga o saco sobre o ombro ao se apressar.

— Eu vou cuidar dele como se fosse meu irmão mais novo — Kola diz, colocando a palma da mão sobre o coração. — Eu prometo.

— Assegure-se disso. — Salif faz uma reverência, imitando o movimento de Kola. — Eu gostaria de saber o que causou o sentimento que nos afetou. Precisamos saber se ainda estamos seguros aqui.

Ele espera enquanto Kola confere a bolsa, tirando uma pequena espada que desliza para dentro das dobras apertadas de sua túnica.

— Somos gratos, Salif. Me salvar e agora permitir que tenhamos um guia? Somos abençoados. Você tem minha gratidão. E o tanto de milho que quiser assim que eu voltar a Okô.

— Vou cobrar essa promessa — Salif responde, conseguindo abrir um pequeno sorriso quando Issa volta correndo, lhe dando um rápido abraço antes de parar ao nosso lado. — Mais uma coisa que podemos dar a vocês. — Salif entrega uma pequena bolsa. — A abada nos permite coletar parte dos chifres em alguns anos. Há um pouco aqui dentro. Pode ser misturado com água para beber ou usado como cataplasma. De qualquer forma, isso cura quase qualquer coisa. — Salif balança a cabeça solenemente. — Vamos abençoar a viagem de vocês com dança e oração.

Enquanto Issa guarda o pó no saco com nossos suprimentos, Kola assente, fazendo o mesmo gesto.

— E eu agradeço por ter me salvado e por nos receber tão bem.

— Eu vou voltar — diz o pequeno yumbo, direcionando um sorriso enorme para o avô. — Não se preocupe.

Salif se abaixa e beija Issa nas duas bochechas, demorando-se por um tempo para encará-lo.

— Lembre-se: fique em segurança e volte assim que os tiver guiado.

O yumbo assente ansiosamente, virando-se para longe para pegar uma bolsa menor, colocando-a nas costas. O resto dos yumboes começa a cantar com delicadeza quando o tambor falante volta a ressoar, as batidas que reverberam por todo lado nos dando adeus ao caminharmos na direção da fileira de árvores embebidas pelo pôr do sol. Issa dispara na frente, mexendo-se depressa enquanto conversa com Kola, orgulhoso por nos guiar pelos caminhos mais fáceis.

— E qual é esta planta, àbùrò ọkùnrin? — Kola aponta para um grande arbusto, com suas folhas verde-escuras pontudas.

Irmãozinho. Issa levanta o rosto para Kola ao falar sobre a planta de café Nganda, arrancando um dos frutos maduros que produzem os grãos.

— Meu avô ama a bebida amarga que se faz com isso, então eu colho várias para ele. — Issa guarda os frutos na bolsa e segue em frente, olhando por cima dos ombros para nós. — Vamos, por aqui!

Nós seguimos o yumbo pela floresta, nos movendo rápido pela folhagem caída de azeitona e limão. Issa escolhe os caminhos ladeados por mognos brancos e pereiras, nos guiando adentro, onde o ar é mais úmido e o cheiro de terra fértil se eleva para nos dar as boas-vindas a cada passo. Ele fala sem parar, fazendo Kola rir em certo momento.

Eu fico um pouco para trás, meus pés já doem. Flexionando os dedões, tiro um momento para alongar a curva do meu pé, tomando um gole de água. Kola e Issa continuam andando, o pôr do sol brilhando pela cobertura de árvores. O yumbo se estica e segura a mão de Kola, ficando em um pé só e pulando para acompanhar as passadas do garoto. Ouço outro riso e sinto um pouco de inveja de ver como eles já estão confortáveis juntos.

Pior, eu ainda não consigo esquecer a menção a Exu. E que tenha um boato sobre ele estar por perto apenas deixa meu estômago ainda mais revirado.

Eu me forço a apressar o passo quando Kola se vira, olhando para mim.

— Está muito longe, Issa? — Eu limpo o rosto, sentindo o suor fazendo cócegas nas dobras da minha túnica. É uma sensação desconfortável e algo que não acontecia comigo há um tempo.

— Logo vamos chegar ao rio — Issa diz ao empurrar uma folha grande para fora de seu caminho. — E Okô fica a apenas algumas horas de caminhada de lá. Nós devemos…

O restante das palavras do yumbo são engolidas pelo barulho que ecoa pela floresta. Nós paramos. Uma coruja chirria ao longe enquanto a noite agarra mais luz do dia, e então o barulho aparece de novo. Mais alto desta vez e vindo de mais perto. As árvores balançam, e é como se trovões estivessem caindo no chão.

— Kola?

Ele não responde, mas ergue Issa e recua, parando um pouco na minha frente.

Minha respiração sai em exalações agitadas quando a primeira criatura surge das árvores logo à nossa frente. Presas brancas aparecem no escuro junto com orelhas que caem em cascatas de uma áspera pele cinza. A grande elefanta varre uma árvore jovem para fora do caminho, rugindo alto. Erguendo suas grossas patas cinzentas, ela dispara na nossa direção, seus olhos brilham e giram de medo.

Arrasto Kola para o lado quando a elefanta desliza até nós, pisoteando os arbustos no trajeto, abrindo caminho para o resto de sua manada que vem atrás. Com as costas pressionadas contra o tronco áspero e claro do mogno branco, eu prendo a respiração quando ela estoura por nós, quatro fêmeas menores a seguem, com dois filhotes que levam entre elas. Um cai no chão e chora, mas a mãe o cutuca e empurra, arrastando o bebê para cima antes de ser pisoteado. Nenhuma delas olha para nós ou nota nossa presença. Elas se movem depressa, correndo muito e deixando uma trilha de destruição na floresta para trás.

— Elas também estão sentindo algo — Issa comenta da segurança dos braços de Kola. Ele se retorce para se soltar e tenta dar um passo na direção de onde as elefantas vieram. — É por este caminho que precisamos seguir.

Claro que é. Espiando à frente enquanto as sombras perpassam pelas árvores, eu engulo em seco e dou dois passos adiante.

— Então vamos lá.

Ando o mais rápido que o incômodo em meus pés me permite, afastando a dor que aumenta para o fundo da minha mente. As elefantas abriram o caminho, mas não consigo parar de pensar sobre o medo nos olhos dela e a forma como o filhote quase foi pisoteado na afobação da fuga. Do quê? Salif disse que os yumboes sentiram um rompimento com a terra. Isso foi o suficiente para assustar os animais?

Lembro da minha visão e do boato sobre Exu quando outra gota de suor escorre por minhas costas. Deslizo os dedos nas tranças apertadas no topo da minha cabeça e puxo a adaga, libertando a lâmina reluzente. A arma faz com que eu me sinta melhor, mas não muito.

Nós tecemos nosso caminho pela destruição da floresta até que as solas dos meus pés parecem estar em chamas com a dor em carne viva. Eu luto contra a vontade de mancar, ficando aliviada quando sinto uma pontada na barriga e minha pele crepitando como se as escamas tentassem deslizar para fora. Água. Está por perto, posso sentir. Mancando e andando um pouco mais rápido, sou recompensada com o ruído da correnteza do rio. Se eu puder mergulhar por um tempo, sei que vou me sentir melhor. O barulho está evidente agora e ficando mais alto, permeando a calmaria do ar da noite que nos envolve. Issa corre até mim e aponta para uma curva.

— Ali. Um rio — ele anuncia quando o som meio abafado fica mais alto. Ele dispara na minha frente, suas pequenas pernas bambeando ao saltar por cima de uma árvore caída e se virando para me encarar. — Um que precisamos atravessar.

Nós seguimos o yumbo enquanto ele rompe pela vegetação rasteira até que a água fluvial aparece. Olho em volta com cautela, tentando encontrar alguma pista do que fez as elefantas fugirem, mas não há nada além do cheiro das rochas e da lama, com um toque de podre por trás. Eu afasto o odor incomum da minha mente e guardo a adaga de volta em minhas tranças. Rios são diferentes de mares, é só isso.

O crepúsculo colore as rochas que ladeiam as margens, e as árvores pairam sobre a corrente apressada. O turbilhão de água me chama e me esgueiro para a frente, ávida para sentir sua frieza.

Eu me inclino para a frente, mergulhando a mão no rio, exalando ao sentir seu deslizar suave, a ideia de submergir ali me cercando.

— Parece fundo — Kola diz, espiando por cima do meu ombro. — Vai ajudar?

Espantada, eu paro ao me abaixar e assinto. Ele percebeu, penso, com uma sensação quente se espalhando por meu peito e subindo ao meu pescoço. Achei que tinha escondido bem a dor.

— Ótimo — Kola acrescenta suavemente, seus olhos pairando em mim por um momento antes de andar até o yumbo.

— Ẹ̀gbọ́n ọkùnrin, podemos atravessar por aqui. — Issa abre uma folha grande para revelar as ripas de uma ponte de madeira reunida em cordas grossas.

— Tem certeza de que isso vai aguentar meu peso? — Kola observa criticamente. — Eu definitivamente não sou tão leve quanto um yumbo.

— Sim, sim, aguenta várias pessoas — Issa responde, correndo pela ponte. Ele pula algumas vezes para nos mostrar como ela é firme. — Viu?

Eu os observo da margem, com os pés já confortáveis na água, as escamas se desenvolvendo rapidamente, a dor nas solas dos pés desaparecendo enquanto minha barbatana se forma. Issa já está do outro lado da ponte, acenando para Kola alegremente, o prateado em seu cabelo brilhando no luar. Eu afundo mais das minhas pernas até que elas se fundem, escamas douradas e cor-de-rosa cintilando. A sensação é tão boa que minhas pálpebras pulsam de prazer e alívio. Eu deixo o rio me engolir, afundando por baixo de sua superfície e girando na água gelada.

Quando retorno ao ar úmido, Kola está na metade da ponte e Issa pula sem parar do outro lado da margem, batendo palmas. Eu afasto os cachos dos meus ombros e sorrio.

— Eu te disse que era seguro! — o yumbo se gaba.

Kola olha para cima e acena, e é neste momento que as ripas de madeira sob seus pés estalam alto, se partindo e derrubando-o dentro do rio abaixo. Quando ele emerge, balbuciando, eu rio e giro na água, deixando minha cauda bater na superfície do rio.

— Eu devo ir aí te ajudar? — grito com as mãos do lado da boca, sem me incomodar em esconder meu sorrisinho.

Gotas de água brilham no ar quando Kola balança a cabeça.

— Eu estou bem.

— Ah, ẹ̀gbọ́n ọkùnrin, me desculpe! — Issa grita, quase em lágrimas, correndo para a margem. — A madeira deve ter apodrecido desde que atravessamos pela última vez. Aqui, nade até a beira, eu te puxo!

— Eu estou bem, pequeno — Kola diz ao começar a nadar até a margem. — Não precisa ficar chateado.

Enquanto ele corta a água com fortes braçadas, percebo bolhas enormes e uma ondulação vindo contracorrente. O cheiro de podre de mais cedo fica mais forte e eu nado para perto, examinando a água, os pelos no meu braço se arrepiando quando a coisa surge. O rio vira um turbilhão e Kola some antes que eu possa falar algo, arrebatado para o fundo.

***

Eu mergulho, mas não consigo ver através de toda a lama no rio. Nadando de volta para cima, eu arfo no silêncio da noite.

— Issa! Você viu para onde ele foi? — berro.

Examino o rio ferozmente, mas agora está calmo, com pequenos redemoinhos sendo as únicas perturbações.

O yumbo balança a cabeça, sua boca repuxada para baixo e os olhos arregalados. Ele se arrasta pela grama da borda do rio.

— Kola! — eu o chamo de novo, e minhas mãos fazem pequenos círculos enquanto perambulo pela superfície, meio que esperando que ele apareça espirrando água em nós e rindo. Mas o rio está calmo, fluindo rapidamente corrente abaixo. — Adekola!

Há um rodamoinho no meio, e o rio começa a espumar à medida que borbulha. Puxo a adaga quando Kola surge de repente pela superfície, preso na mandíbula de algo meio serpente e, estranhamente, meio equino.

Kola estica a mão para mim quando a criatura se empina, a lateral do corpo do garoto presa na boca do animal. O cheiro de podre que senti mais cedo aumenta quando o bafo da criatura chega até mim. Três chifres se sobressaem da enorme cabeça enquanto olhos amarelos passam do rio para o céu e de volta para a água. Com um largo corpo sinuoso e um pescoço comprido, a criatura parece exatamente o que o nome sugere: um dragão-demônio.

— Ninki Nanka! Ninki Nanka! — Issa grita da outra margem do rio, sua voz muito aguda pelo pânico.

Kola se remexe na enorme mandíbula enquanto a serpente se desenrola no rio, empurrando ondas de água na margem. O medo se agarra à minha respiração e sou pega pelo balanço do rio, lutando para me manter ereta. Kola soca a pelagem escorregadia ao redor do rosto da criatura, arfando e ofegando.

— Aguente firme, Kola! — grito, puxando minha adaga para libertá-la. — Issa, o que devo fazer? Qual a fraqueza dele?

— Ninki Nanka não come pessoas vivas, primeiro as afoga, como um crocodilo — guincha Issa, lágrimas escorrendo até seu queixo pontudo. — Você precisa impedir antes que o animal submerja!

Eu assinto e aperto o punho da arma com força. Quando a criatura inspira profundamente, enrolando-se mais ainda ao redor do garoto, eu mergulho de novo. Minhas escamas lampejam na água lamacenta enquanto o Ninki Nanka afunda, arrastando Kola com ele. Nado para baixo, indo para o meio do rio e o monte enrolado que quase não consigo ver. Manchas marrons aparecem e crescem na água enquanto a criatura se retorce na lama, e Kola é um borrado destroçado. Quando me aproximo, vejo que os braços dele estão afundando ao lado do corpo, e bolhas saem de sua boca. *Não desista*, penso desesperadamente, cortando as escamas de Ninki Nanka, rasgando com a adaga a lateral do corpo da criatura.

Sou recompensada com um bramido alto ao atacar sua cabeça enorme. A água é uma mistura de lodo e gritos presos em bolhas quando Kola é solto, afundando no leito do rio. Nado até ele, empurrando-o para trás de mim quando a criatura se abaixa na nossa direção, mostrando as presas. Torcendo-se e retorcendo-se, alvoroçando o lodo no leito do rio, o animal segue em frente quando eu o ataco de novo. Com uma virada de sua cabeça de pelagem marrom, o Ninki Nanka tira a arma da minha mão e ruge em resposta. Atrás de mim, Kola está ficando sem ar. Ele arranha minhas costas ao passo que o Ninki Nanka nada até nós, abrindo sua boca enorme.

Procuro o brilho do ouro ou a esmeralda cintilante no leito do rio. Vejo a adaga, meio escondida na lama, quando o monstro se aproxima, grasnando com os dentes maiores do que Issa. Pego minha arma e a giro, tentando segurá-la com firmeza na turbulência da correnteza que a criatura causa ao disparar contra nós. Somos jogados para longe pelo movimento da água, o Ninki Nanka quase sobre nós, antes de eu pensar em tentar fazer outra coisa.

Pare!, ordeno do jeito que sempre faço com os tubarões. *Deixe-o em paz.*

Os dedos de Kola me seguram com força por trás, me puxando contra seu peito quando a criatura fecha a mandíbula e para, recuando para a parte escura do rio. Ainda consigo ver sua grande cabeça e o reluzir de suas escamas, mas ele não está atacando.

Eu me arrisco, lançando Kola para a superfície antes que se afogue. Ele balança a cabeça para mim, mas eu o empurro. Empunho a adaga, mas o Ninki Nanka apenas me encara, e percebo que estou certa. A criatura tem que fazer o que mando.

Espere. Nado para mais perto, os nervos tensos, a lâmina pronta.

O Ninki Nanka abre a boca em um gorgolejo sibilante. Lanço um rápido olhar para cima, aliviada por ver Kola nadando para a margem. Ao olhar para baixo, vejo que a criatura ainda não se mexeu. Serpenteando pela água, me aproximo de Ninki Nanka quando ele abre a boca, várias fileiras de dentes cintilando lá dentro.

Por que está nos atacando? Estou perto o suficiente agora para tocar um de seus chifres se quisesse, embora eu me mantenha a um braço de distância. *Nós não o atacamos.*

O Ninki Nanka bufa e ruge. A água pulsa com o som, mas eu não me movo, não demonstro o medo que ainda perpassa minha coluna, frio e duro.

Sabemos que não, mas vocês estão aqui e nós também, e estamos com tanta fome. Precisávamos.

Precisavam?

Não tivemos escolha. A criatura olha para a lua tremulando pela água. *As coisas já estão mudando.*

O que está mudando?

Nós não podemos dizer.

Cachos flutuam no meu rosto. Empurro o cabelo para longe e empunho a adaga na direção do olho amarelo, a esmeralda afundando em minha palma. O Ninki Nanka abre a boca, mas eu afasto o medo para longe, nadando adiante e empurrando a lâmina contra a pelagem no rosto da criatura.

Me conte.

Ele me olha de um jeito sinistro, os dentes aparecendo. Sua mandíbula treme, e eu sei que não há nada que ele adoraria mais do que fechá-la na minha carne.

A terra.

O que tem ela?

Está mudando. Você não consegue sentir? Ou sente apenas a água?

A criatura se retorce lentamente. Eu pressiono a lâmina afunilada com mais força entre os pelos, escorregando até o couro da bochecha do Ninki Nanka. *Sentir o quê?* Mas já estou me lembrando do estouro de elefantes.

O equilíbrio se foi. A terra e tudo que há nela vai lentamente apodrecer. Já está acontecendo. A criatura sorri. *E logo você vai morrer junto.* O Ninki Nanka lambe seus dentes cinzentos. *Eu ainda vou me alimentar de você, mesmo se seus membros estiverem escurecidos pelas doenças e pela morte.* Ele me encara, colocando a língua para dentro da boca. *Tudo vai morrer, mas eu ainda vou precisar comer.*

Antes que eu possa pensar mais, a criatura abre a boca enorme e brame, e não tenho certeza de por quanto tempo minha ordem vai funcionar. Eu ajo rapidamente, pressionando a adaga no pescoço da criatura, aprofundando-a quando um grito alto se espalha pela água. O Ninki Nanka avança, tentando me morder, mas cada vez eu me remexo o suficiente para ficar fora de seu alcance. Quando a criatura para de rugir, eu liberto a lâmina com um puxão, nadando para a superfície enquanto o animal recua.

— Simi! Aqui! — Issa se inclina do galho de uma árvore que se curva na direção do rio.

— Você está machucada? — Kola está ao lado do garoto; uma das mãos estendida para mim, enquanto a outra aperta seu baço. Issa me ajuda a sair da água e eu sinto o olhar de Kola em mim.

Eu me deito de costas, semicerrando os olhos contra o sol enquanto ele aquece minha pele, a cauda se dividindo em pernas. Quero ir até Kola, mas preciso esperar meus ossos se partirem e se encaixarem, minha pele crescer por cima das escamas retraídas. Pela primeira vez, olho para mim mesma com frustração e irritação, desejando não ter que mudar. Desejando que ainda fosse humana.

Kola faz uma careta, sua respiração pesada ao tentar acalmá-la.

— O que era aquela coisa?

— Você não sabia que o Ninki Nanka estava no rio? — pergunto a Issa, finalmente conseguindo ficar de pé, minha voz ficando mais estridente. — Você disse que tinha explorado antes.

O yumbo me encara, os olhos tão redondos quanto pequenos sóis dourados ao fungar para conter as lágrimas.

— Eu sinto muito, Simi. Você está certa, é minha culpa. — Issa dá um passo para longe de nós, os minúsculos ombros caídos pela tristeza. — Há apenas um Ninki Nanka nestas águas, mas passa pelo rio quando tem vontade, comendo principalmente peixe.

— Então você sabia? — pergunto, semicerrando os olhos ao andar cambaleando até Kola. — E ainda nos trouxe por esse caminho? Como pode ser tão tolo? Kola poderia ter morrido!

O yumbo abaixa a cabeça, suas tranças recaem por cima dos olhos.

— Essa é a rota mais rápida. Eu não pensei que qualquer um de nós entraria no rio. Se a ponte não tivesse quebrado... — Ele pressiona as palmas das mãos contra o rosto. — O Ninki Nanka costuma estar nos córregos das montanhas durante os meses de verão, onde é mais fresco.

As feridas de Kola parecem mais vários hematomas, mas com pequenas marcas de perfurações. Penso nos dentes do Ninki Nanka e estremeço.

— Eu sabia que não deveríamos ter te trazido — digo, só faltando cuspir.

Não consigo parar de pensar em Kola na boca do Ninki Nanka. A raiva pulsa com a lembrança.

— Nós estamos vivos, nada de ruim aconteceu — Kola diz ao se colocar de joelhos, incapaz de se levantar, mas agachando para encarar o yumbo. — Eu sei que está tentando nos levar até Okô o mais rápido possível.

— Essa não é a questão, Kola — continuo, sem conseguir me conter, me remexendo ao lado dele, conferindo seu corpo por mais feridas. — Isso foi irresponsável.

— Simi, você vai conseguir os anéis. Agora, apenas pare... de ser tão severa. — Kola balança a cabeça e se encolhe, caindo de novo de joelhos. Apertando a lateral do corpo, ele chama Issa, que se arrasta para perto. — A ponte quebrando ou não, o Ninki Nanka ainda podia ter nos atacado. — Ele coloca a mão no braço fino do yumbo e tenta sorrir. — Você é um guia excelente, pequeno.

Issa funga e anda até Kola com hesitação.

— Você não está bravo comigo?

— Não. E ainda teríamos que ter atravessado o rio em algum momento — Kola fala, ainda um pouco sem ar. Os dentes do Ninki Nanka perfuraram a pele dele em vários lugares, e ainda escorre sangue das feridas. Eu o vejo examinar os machucados com o toque suave da mão, tentando fingir que não está doendo. — Além do mais, eu fui extremamente sortudo. Olha! Apenas alguns arranhões — Kola murmura para Issa, que ainda está o encarando com os olhos cor de mel repletos de preocupação.

— Para uma pessoa tão sortuda, você precisa ser salvo com bastante frequência — disparo. E se eu não tivesse conseguido comandar o Ninki Nanka e depois o dominar? Limpo o sangue da criatura na minha adaga na grama. Como não percebi sua aproximação na água? Irritação e culpa me inundam. — Talvez você deva começar a pensar em ser mais cuidadoso, ou nunca vai conseguir chegar em casa desse jeito.

Assim que as palavras saem de minha boca, eu me arrependo. Sei que Kola está apenas tentando fazer Issa se sentir melhor. Que o Ninki Nanka foi um acidente, algo que eu deveria ter pressentido. Mas estou brava e sei que é porque estou com medo. Medo não só de falhar com Iemanjá, mas agora também de perder Kola.

Kola.

Quero ir até ele e examinar suas feridas com cuidado. Passar meus dedos pelas marcas de suas costelas para ver por mim mesma se seus machucados não são sérios. Em vez disso, eu o observo enquanto coloca a mão na lateral do corpo, raiva lampejando em seus olhos ao se virar de costas para mim, voltando-se para Issa e pegando a mão do yumbo. A irritação de Kola comigo perpassa minha indignação, mas eu endireito a postura, arrastando o pé na terra. Não vou ficar mal por tentar mantê-los seguros.

Penso no que o Ninki Nanka disse, sobre a terra perdendo o equilíbrio e todos morrendo junto com ela. Lembro da visão que tive, como combina com o que o dragão-demônio disse, e meus dedos se retorcem no punhal da adaga com tanta força que as unhas se enterram na pele da minha palma.

Eu me forço a relaxar. Kola está certo, aquilo ainda poderia ter nos atacado. O principal é que estamos vivos.

— Vamos — murmuro, deslizando a adaga de volta ao meu cabelo e tentando impedir minhas mãos de tremerem. — Quanto mais cedo chegarmos na sua aldeia, melhor.

CAPÍTULO 14

Andamos por meia hora no começo do crepúsculo antes do barulho do rio ficar para trás. Reavivados pela água, meus pés estão um pouco mais tenros agora, os ossos dos meus calcanhares e joelhos se movem com tranquilidade. O momento mais escuro da noite tinha tomado completamente a floresta, criando sombras tão escuras quanto tinta. Kola está com a mão na lateral do corpo, e embora as marcas da mordida tenham parado de sangrar, elas ainda estão bem vermelhas e a pele, inchada. Algumas das feridas das suas costas se abriram também, as bordas amarelando de uma forma que me faz ter medo de que infeccionem.

E me deixam preocupada com Kola.

— Issa — eu o chamo. — Falta muito? Podemos parar por um momento?

O yumbo volta correndo.

— Claro. Você precisa de água? Alguma comida?

Kola se joga ao lado de uma árvore e eu suspiro, irritada comigo mesma por não pensar nisso antes. Ele aperta a lateral esquerda do corpo, o mesmo lado que o perturbou no naufrágio.

— Nós precisamos de um pouco do pó da abada que seu avô nos deu — digo para Issa. — Kola está machucado.

Os olhos de Issa se enchem de preocupação.

— Vou misturar um pouco agora mesmo.

Enquanto o yumbo se apressa em revistar a bolsa, eu tiro o odre e entrego para Kola.

— Beba.

Ele o pega sem me encarar, tirando a mão da lateral e se sentando de vez no chão. Um gole enorme e ele se joga para trás, aliviado.

— Coma. — Desembrulho uma parte do peixe e dou metade para ele.

Kola solta uma pequena e exausta risada pelo meu tom e eu sorrio um pouco. A sombra das árvores escurece seu rosto, mas ainda posso ver a expressão de cansaço que passa por seus olhos, acentuados pelo luar.

Issa volta com um copo de madeira cheio de um creme cinza e com cheiro cítrico.

— Precisa passar isso pelas feridas. Guarde um pouco, misture com mais água, e depois ele vai precisar beber.

— Obrigada, pequeno. — Eu me curvo para fazer contato visual. Ele ainda é uma criança, e sei que se importa com Kola. Tudo que fez foi para nos ajudar. A culpa cresce enquanto penso na forma como me comportei depois do Ninki Nanka. — Você é estimado. Muito.

O yumbo sorri envergonhado, e uma covinha grande aparece na sua bochecha direita.

— Vou colocar um pouco disso nas suas feridas — digo para Kola.

Pego a mistura e ela formiga as pontas dos meus dedos, brilhando no luar. Ele sibila quando o medicamento encosta em sua pele.

— Me conte sobre sua casa — falo, esperando distraí-lo ao começar a espalhar o creme nas marcas de perfuração. — Sobre seu irmão e sua irmã.

— É como a maioria das grandes aldeias. Mas a minha é diferente. — Kola se vira para me encarar, o leve contorno de um sorriso surgindo. — É... especial.

— Como?

Segurando o ombro dele com cuidado, deslizo meus dedos por sua pele macia, analisando as marcas da mordida e as feridas que reabriram. Kola se encolhe de novo e a irritação cresce em mim quando penso nele tentando andar desse jeito. Ele devia estar sofrendo.

— Meu bisavô fundou a aldeia no limite do Reino de Oió, perto do rio Ogum. Tínhamos o benefício tanto do mar quanto do rio, e a terra era tão fértil que foi nomeada em homenagem ao orixá da agricultura. Meu pai é o líder da aldeia. — O filho do líder da aldeia. Consigo entender muito de seu comportamento agora, sua confiança. Eu solto a lateral de Kola e ele vira o corpo para mim, permitindo que eu acesse o resto de suas feridas. — O Alafim de Oió na época do meu avô era Onigbogi. Impressionado com nossa riqueza, ele nos deu uma placa de bronze que conta a história da prosperidade de Okô. Meu pai ainda a tem pendurada na parede de nosso complexo. É magnífica. — Ele sorri. — No sol do meio da tarde, as imagens e as colheitas gravadas brilham em um dourado flamejante.

— Me conte mais — murmuro. Ele olha para mim por cima do ombro. Engulo em seco e afasto o olhar da boca dele, mexendo o corpo para longe do dele.

— Minha mãe costumava cantar suas orações para Olodumarê enquanto preparava nossas refeições. Ela cantava sempre que tinha a oportunidade. Sua voz era suave e doce como coco queimado. — Ele sorri e volta a encarar a floresta. — Ela sempre fazia isso para mim se eu estivesse triste.

Imagino uma mulher com um sorriso acolhedor e uma voz que enche a aldeia e os corações de qualquer um que escute.

— Meu irmão e minha irmã empurravam seus colchões para perto do meu, mas eu gostava de saber que estavam perto de mim. Sempre me ajudou a dormir melhor. — Ele olha de novo para mim; desta vez, vergonha cobre seus olhos. — Tive permissão para escolher os nomes deles. Taiwo nasceu primeiro, mas Kehinde era mais sábia. Faz sentido ela ter mandado ele vir primeiro ao mundo para explorar antes. Ela sempre espera antes de agir, agora Taiwo? — Kola ergue a sobrancelha. — Ele sempre se atira nas coisas. Como na vez que os dois decidiram que não podiam esperar que eu os levasse para passear no meu barco. Kehinde o convenceu a se esgueirar e se esconder, argumentando que uma vez que eu tivesse zarpado, não poderia dizer não. Taiwo, por outro lado, não conseguiu se conter. Ele saiu do lugar onde estavam escondidos sob os assentos antes que eu empurrasse o barco para longe do raso. Kehinde ficou furiosa com ele por entregar o plano.

Imagino pequenas versões de Kola pulando de um pé para outro com animação.

— O que você fez?

— Acabei velejando até a ribanceira, deixando eles terem um gostinho. Na verdade, eles eram muito novos, mas eu não deixaria nada acontecer com eles. — Kola para, sua voz fica mais baixa: — Eu nunca deixaria nada acontecer com eles.

Eu me mexo na frente dele para cobrir os arranhões em seu peito e ombros. O suor brilha no rosto dele quando seu sorriso diminui. Meu coração afunda com a expressão que passa por seu rosto. Anseio, medo.

As feridas estão cobertas, e eu recuo, alcançando o odre. O creme no fundo do copo de madeira se mistura bem com a água e eu o ofereço a Kola, prendendo a respiração quando as pontas de nossos dedos se tocam. Ele pega o copo na mão, observando enquanto eu coloco distância entre nós. O rosto de Kola está cuidadosamente inexpressível, como se ele não se importasse, mas capto a rigidez de sua boca antes que ele levante o copo aos lábios. Ele vira o preparo em um longo gole, os olhos ainda em mim. Colocando o copo vazio ao seu lado, ele pigarreia, reclinando-se na árvore.

— E você? E sua casa?

A pergunta me pega de surpresa. O que posso dizer a ele? Sobre uma mãe que tem a mesma cor de olhos que ele? Sobre um pai que me ensinou a empunhar uma adaga? Sobre lampejos de uma cidade que não consigo lembrar por completo, o cheiro reconfortante da banana-da-terra frita e do arroz quente? Sobre um passado que o mar engoliu?

— Eu... Eu não consigo me lembrar da maioria das coisas — respondo em voz baixa, olhando para as pontas dos meus pés. — Não desde que virei Mami Wata. Só me lembro de... partes.

E se eu estivesse na água, isso não importaria. Eu não sentiria essa tensão, essa vontade de querer ser alguém diferente. De ser algo diferente.

Consigo sentir Kola me encarando.

— Você vai. Ainda está tudo aí, dentro de você.

Suas palavras simples fazem meus olhos arderem com lágrimas que tento reprimir piscando. Embora lembrar possa me trazer consolo, é sempre um lembrete de uma vida que perdi. Mesmo a necessidade de mudar, o absorver da água, é outro sinal de que sou diferente de Kola.

— Deveríamos descansar agora — Kola diz baixinho.

— Você deveria descansar, quer dizer — sussurro.

Ele sorri, seus olhos castanhos ficando semicerrados, e se mexe de novo, para mais perto de mim. Ele ainda tem o cheiro do mar misturado com o suave tempero picante do peixe que comemos. Por um momento, nós nos encaramos. Lentamente, os olhos de Kola começam a se fechar e sua cabeça tomba, repousando no meu ombro.

Eu congelo, sentindo sua expiração suave, regular e profunda. Seus lábios roçam no declive do meu braço e minha pele se arrepia com o contato. Não consigo me lembrar de alguém ficar tão perto assim de mim antes. Talvez minha reação seja só isso, uma vontade de ter contato humano.

E então eu olho para Kola, o contorno quente de seu corpo contra o meu. Penso no amor em sua voz quando me contou sobre sua família, a sinceridade de suas palavras, e no que estou permitindo acontecer agora. Estou fazendo exatamente o que Iemanjá me disse para não fazer, me aproximando de Kola de formas que não achava possível.

Eu suspiro, erguendo os olhos para o céu, procurando por Ìràwọ̀ Ìrọ̀lẹ́. Ela é conhecida como a Estrela do Cortejo; os apaixonados usavam seu surgimento todas as noites para combinarem encontros secretos. Algo que eu nunca conseguiria fazer com Kola.

Quero colocar a mão no cabelo do garoto, me permitir acariciar seus cachos pretos. Em vez disso, faço um punho com a mão para me conter. Não posso me permitir esquecer que sou do mar e ele não.

Uma hora se passa, e a floresta é preenchida por longos chirrios de corujas e os guinchos ocasionais dos babuínos. Observo Kola descansar, absorvendo o marrom roseado de seus lábios inferiores carnudos e o alongamento de seus cílios grossos. Ele dorme tranquilamente, a boca um pouco aberta agora, sua mão quente na minha.

— Simi? — sussurra Issa, que cochilava de vez em quando. — Precisamos ir se quisermos chegar antes do amanhecer.

— Claro — respondo, me mexendo e sentindo os nós em meus músculos. Não quero me mover e incomodar Kola, mas o yumbo está certo.

Issa sobe na raiz da árvore e se agacha na frente do garoto, seus olhos cintilando nos fachos de luar.

— Ẹ̀gbọ́n ọkùnrin, como está se sentindo?

Kola se senta devagar, virando-se para olhar para a lateral do corpo enquanto eu analiso suas costas. Tudo o que restou das marcas da mordida e das outras feridas foram traços fracos na pele. Ele passa a mão sobre eles, os dedos traçando as marcas franzidas.

— Como se sente? — pergunto.

Kola assente e ajeita a postura, sorrindo para nós dois.

— Bem o suficiente para seguirmos viagem.

Issa bate suas delicadas mãos e tenta ao máximo puxar Kola para ficar de pé. Ele se apoia em mim e eu contrabalanceio meu peso, ajudando-o a se levantar com um empurrão por trás. Assim que está de pé, eu limpo os galhos da minha túnica, olhando para qualquer lugar que não ele.

— Obrigado. Pelo medicamento. — Consigo ouvir o sorriso em sua voz. — E por ser um travesseiro bem confortável.

Não sou capaz de esconder o retorcer dos meus lábios ao arrumar nossa mala de suprimentos, assentindo uma vez para ele enquanto Issa saltita atrás de nós. É como se eu ainda conseguisse sentir sua respiração e seu calor contra mim. Afasto o pensamento para longe e respiro fundo, agarrando a mala com força, alongando as pernas.

— Vamos, Okô é por aqui — declara o yumbo ao pegar a mão de Kola, puxando-o para leste por entre as árvores.

Nós caminhamos pelo resto da noite, nosso caminho iluminado pelo brilho fraco da lua. O ar ainda está quente, mas mais confortável agora, a umidade engolida pela escuridão. Mariposas enormes se aproximam, e Issa as enxota, com a expressão aparentando irritação. Os chios e os gritos das criaturas noturnas fazem Kola manter a mão permanentemente no punho de sua adaga, mas nada nos ataca. Quando o céu começa a clarear, Issa diminui o ritmo.

Kola se vira lentamente, a testa franzida.

— Okô fica logo além do próximo amontoado de árvores, depois do monte. — Ele gira e aponta para outra direção. — O rio corre para aquela direção, desbocando no mar.

— Isso é bom, certo?

Kola não responde, parando enquanto a aurora se difunde.

— E se... e se for tarde demais? E se a cerimônia não aconteceu por minha causa?

Eu me permito encostar em seu braço, esperando até que seus olhos estejam nos meus.

— Você vai estar em casa logo. Vamos focar nisso.

Kola assente, embora sua careta se mantenha. Com relutância, eu solto seu braço e giro meu olhar pelas árvores e pelo chão ao redor, o brilho avermelhado do sol iluminando tudo. Logo isso dará lugar aos campos, ao povo e os complexos.

Okô.

Onde deixarei Kola e partirei para encontrar o babalaô. Mantive a promessa de levar Kola de volta à sua aldeia, e agora é hora de manter aquela feita a Iemanjá. Uma ponta de melancolia me adentra ao pensar em deixá-lo, e me forço a pensar sobre a oportunidade que tenho de ajeitar as coisas com a orixá e todas as Mami Wata.

É apenas quando nos aproximamos dos arredores da floresta que percebo as árvores finas e as plantas que as cercam. Algumas ainda estão verdes, até mesmo vibrantes sob o manto do amanhecer, mas o resto está marrom, com alguns galhos tortos. Nós paramos e meu corpo fica rígido enquanto esquadrinho a terra.

Escurecidos pelas doenças e pela morte.

Lembro do Ninki Nanka e passo a mão na boca. Uma inquietação se afunda profundamente em mim enquanto observo a terra morrendo. E morrendo ela está. Até mesmo as flores nos galhos tortos são cascas ressecadas, suas pétalas frágeis sucumbindo ao vento. A grama ainda vai até nossos joelhos, mas está seca, as pontas parecem lâminas, prontas para cortar nossas peles.

Kola se vira em um semicírculo, os lábios apertados por conta da ansiedade.

— Não estava assim há algumas semanas.

— Talvez seja algo nesta parte da floresta — digo. — Vem, vamos continuar andando. Estamos praticamente lá.

O sol sai do esconderijo atrás de uma fileira de árvores ao subirmos no monte, derramando seu brilho cor de pêssego e de fruta pálida sobre a aldeia lá embaixo. Vacas estão agrupadas sob algumas árvores mortas e enrugadas, e o milho está em um tom marrom-escuro. Uma sensação de familiaridade torna meus passos mais lentos, meu cérebro zunindo enquanto observo os montes que se desenrolam em campos. Galhos escuros se esticam aos céus, árvores à beira da morte estão dependuradas sobre pilhas de colheitas, arruinadas e apodrecidas.

Minha visão.

A terra adiante está idêntica a que vi. Bílis sobe até minha boca e eu engulo em seco. Ainda estamos muito longe para ver propriamente, mas já parece que a vegetação da aldeia está sofrendo o mesmo destino que o da floresta. Além da colheita, muros marrons e tetos de palha formam vários complexos que cercam uns aos outros, e Kola caminha rápido na direção deles.

— Ainda está de pé! — ele diz, e seu tom se enche de alegria.

— Talvez devamos ter cautela — digo.

Vejo algumas pessoas paradas em distâncias iguais do lado de fora dos muros da aldeia, e algo sobre eles me deixa inquieta. Eles estão com a postura rígida; vejo o brilho ocasional do sol no metal de suas lâminas. Eles não são simples aldeões; eles estão de guarda.

— Issa, me deixe carregar você. — Kola pega o yumbo, que sobe para a bolsa. Ele sorri para o garoto enquanto Issa assente, dobrando os joelhos e os braços. — Yumbos são fábulas dos contadores de histórias para o povo de Okô.

— Eu não ligo. Viu? — Issa se aconchega mais para baixo, parecendo ter o tamanho de uma batata-doce grande. Kola segura a bolsa sem apertar para que bastante ar entre e seguimos na direção dos campos externos de Okô.

O medo se esgueira por minhas veias com cada batida apressada do meu coração. O caminho nos leva através das plantações de milho, banana-da-terra e mandioca. Embora ainda estejam vivas, os caules e folhas estão murchos, com manchas marrons e pretas entre as plantas. Nós nos aproximamos, nossos pés chutam os pequenos montes de terra vermelha no nosso caminho enquanto examino os muros da aldeia. Não nos dão nenhuma saudação, nenhuma criança corre para nos receber, apenas pessoas dispersas que são manchas na luz da manhã.

Minha garganta se aperta e eu estico a mão, apertando a de Kola. Ele diminui os passos, esquadrinhando o perímetro na mesma hora em que uma flecha acerta a terra à nossa frente. Kola se espanta, quase caindo até que eu o segure, empurrando-o de novo para a frente com uma força que me surpreende na minha forma atual.

— O que é isso? Eles estão atirando em mim? — Kola está incrédulo, mas me arrasto mais para trás, tentando levá-lo comigo.

Ele aperta um pouco mais a bolsa e segue em frente, mas encara os muros da aldeia furiosamente, com a outra mão na espada.

— Eles não o veem há um longo tempo — digo, conferindo Issa. O yumbo se encolheu em uma bola, os olhos fechados com força. Eu coloco a mão dentro da bolsa e aperto a dele rapidinho. — Você também não seria cuidadoso?

Kola respira fundo, seu peito pesado enquanto se acalma. Ele recua lentamente, aparentando colocar a arma no chão antes de ajeitar a postura, observando os guardas que estão reunidos na frente do grande portão de madeira. Eu vou com ele, tendo cuidado para não fazer nenhum movimento brusco.

Duas pessoas se afastam das demais, andando a passos largos pelo caminho principal, marchando demoradamente e com tranquilidade. O guarda da esquerda tem quase o dobro do tamanho do guarda da direita e carrega uma espada com quase a metade do meu peso. Na mão do outro, consigo distinguir o reflexo de duas lâminas. Machados. Meus dedos se retorcem, querendo tocar o cabo de esmeralda preso contra minhas tranças.

Kola se concentra nos guardas e de repente dispara, correndo, com os braços abertos.

— O que você está fazendo? — pergunto, me jogando para a frente em pânico.

Eu coloco a mão no cabelo, tirando desajeitada minha adaga, mas quando consigo libertá-la, os guardas já estão em cima de Kola.

***

— Adekola! — grita o enorme guarda, deixando a espada de lado e agarrando Kola com os dois braços.

— Bem! Então é assim que me recebe em casa? Com flechas?

Com a túnica preta cor de ônix e tiras polidas de couro para segurar as armas que cruzam por cima de seu peito, o sorriso que se abre no rosto do imponente guarda parece deslocado. Segurando Kola longe de si, Bem levanta a cabeça e solta um gargalhada alta para o céu.

— Fomos abençoados! Fomos abençoados! Yinka? Eu não te disse que ele voltaria para nós?

A careca do guarda brilha no sol, combinando com a cabeça da garota próxima a ele. Alta, com membros longos que se movem com a graça de um leopardo, ela me encara com olhos grandes. A falta de cabelo apenas acentua suas maçãs do rosto bem-delineadas e a curva de seu pescoço. A túnica de Yinka é da mesma cor preta que a de Bem, mas cingida de forma mais apertada em torno do peito e do quadril. As mesmas tiras de couro polido estão ao redor de seus ombros, justas contra a pele que brilha como o céu da meia-noite. Ela mantém os olhos em mim e os punhos firmes no machado de ouro em cada mão ao apertar Kola contra si.

— Disse, sim, Bem — ela responde com voz suave e monótona.

Há um julgamento indiferente no olhar que ela direciona para mim que me faz querer recuar. Em vez disso, ergo meu queixo.

Kola coloca os braços em volta dos dois. Suas cabeças se juntam, Bem se curva e, por um momento, recai um silêncio enquanto eles abraçam uns aos outros pelos ombros. Quando se separam, Kola olha de um para o outro.

— Está tudo bem em Okô? Os Tapa atacaram de novo?

— Não. Mas depois que você foi capturado, seu pai ordenou que partíssemos para atacá-los de qualquer maneira. — Bem para, abaixando as sobrancelhas.

Yinka abre a boca para falar, mas Bem a interrompe, envolvendo o ombro de Kola com o braço e o conduzindo na direção da entrada da aldeia.

— Vem — ele diz suavemente. — É uma longa história. E que é melhor se contada pelo seu pai.

Kola assente e então se vira para mim, gesticulando para que eu me aproxime. Eu caminho até ele, e o rosto de Yinka reluz com algo mais que não consigo distinguir direito.

— Bem, Yinka, essa é Simidele. Sem ela, eu não estaria aqui.

Enquanto exclamam suas preces a Olodumarê e Ogum, eu não tiro os olhos de Kola. Ainda há traços de ansiedade por cima de meus pensamentos. Embora fosse isso que eu queria, a ideia de seguir adiante sem ele me deixa de alguma forma desequilibrada. Além do mais, vê-lo com Yinka e Bem, como eles são próximos, torna ainda mais óbvio o quanto eu não pertenço àquele lugar. Eu me lembro do peso do corpo de Kola ao lado do meu quando ele estava descansando e depois das palavras de Iemanjá, de seu aviso para não me aproximar dos humanos. Estou começando a entender o que ela estava tentando me dizer. O quanto o sentimento é doloroso, sabendo que você terá que abandoná-los.

Eu paro e elevo a voz, me sobressaindo à conversa:

— Agora que está aqui, vou seguir minha jornada. Se você me apontar a direção do babalaô, eu o encontrarei.

Kola deixa o braço de Bem escorregar de seu ombro e atravessa a pequena distância entre nós. Seus olhos estão em mim, me explorando da cabeça aos pés.

— Eu disse que te levaria e vou. — Kola se aproxima ainda mais, e eu luto contra a vontade de recuar. A mão dele envolve a parte de cima do meu braço delicadamente, e eu sinto o calor em meu peito de novo. — Vou manter minha promessa, se não fizer diferença para você.

Eu me viro e olho na direção do mar, depois de novo para os muros de Okô. Qualquer lugar que não o rosto de Kola.

— Simi. — Ele diz meu nome suavemente, e não consigo deixar de direcionar um rápido olhar para ele. — Você fez tanto por mim que não consigo nem começar a imaginar como retribuir. Levar você até o babalaô pelo menos é um início. — Os dedos dele deslizam pelo meu braço quando me solta, e luto para não estremecer ao seu toque. — Por favor?

Eu olho para sua boca quando ele diz meu nome e assinto, incapaz de confiar em minha voz. Kola espera até que eu me aproxime antes de caminhar pela trilha que dá nos muros de sua aldeia.

Enquanto nos aproximamos, o portão de madeira escura de Okô parece estar coberto por imagens, e quando chegamos perto, sinto minhas pernas enfraquecerem e um presságio surgir. A porta do lado esquerdo ilustra o mar, com peixes, tubarões e baleias, cada escama, presa e olho esculpido com delicadeza na superfície. O lado direito mostra os produtos das terras de Okô, com infinitas plantações de milho, banana-da-terra e mandioca, com as folhagens, galhos e flores parecendo tão reais quanto a vegetação atrás de nós.

Os portões são aqueles da minha visão.

Eu estava errada antes por esperar que os montes e as colheitas caídas que vi fossem diferentes daquelas em minha mente? A parte esculpida do portão se estende de uma parede marrom lisa até a outra, mas Bem é grande o suficiente para alcançar as duas, os músculos salientes. Será que ele vai escancará-las para mostrar os cadáveres dos aldeões de Okô?

— Simi, você está bem? — Kola me pergunta, sua mão pairando perto do meu cotovelo. Eu consigo assentir, secando as gotas de suor que escorrem por minha testa. — Não fique nervosa. Nós vamos parar e depois seguimos até o babalaô.

Não consigo falar. Prendo a respiração enquanto os portões se abrem com delicadeza para a estrada principal, iluminada pelo sol da manhã. Os aldeões de Okô estão alvoroçados, e as ruas estão repletas de mulheres com cabaças de água e safras recém-colhidas. Juntas, elas caminham até o mercado que está começando a se formar na praça no centro. Eu solto a respiração que estava prendendo, deixando a mão que apertava meu peito cair ao lado do corpo.

Vivo.

O povo está vivo.

Alguns frutos podres não significam necessariamente alguma coisa. Tento relaxar ao caminharmos pela larga rua principal. As paredes elegantes dos complexos se estendem, cada uma é a réplica exata das outras. Decoradas com as cumeeiras no padrão horizontal assim como imagens de guerreiros de Okô e de contos de suas façanhas pesqueiras, as paredes contam histórias de sucesso e poder.

Enquanto andamos pela estrada principal, indo na direção do complexo da família de Kola, mulheres e homens fazem reverência, abaixando seus produtos e cabaças, tocando o chão sob seus pés. Crianças gritam de satisfação, curvando-se em posturas respeitáveis ao serem lembradas.

Nós nos juntamos ao fluxo de pessoas que seguem na direção do espaço do mercado, as mercadorias em mãos e baldes equilibrados na cabeça. Carroças estão repletas de milho, batata-doce, carcaças recém-saídas do abate de cabras e gaiolas de galinhas. Embora o mercado logo deva ser aberto, vejo que alguns vendedores estão reunidos na esquina das barracas, sem se preocupar em montá-las ainda. Ao atravessarmos, eles não nos olham, ocupados em fazer carrancas e com as mercadorias que eles remexem em balcões. Esticando o pescoço para além de Yinka, vejo que o milho que eles têm está marrom, com um cheiro podre que pode ser sentido de onde estou. Um pescador se aproxima deles e entrega uma pequena pesca, as escamas embaçadas que falham em brilhar na luz da manhã.

Meu humor muda de novo, e a apreensão me perpassa. Yinka olha na direção que encaro e semicerra os olhos, hesitando por um momento antes de se voltar para Kola.

Ao andarmos pelo mercado, passamos por um velho sentado na entrada de uma casa, sua túnica verde desbotada embrulha sua pele enrugada pela idade e salpicada com manchas escuras do sol. As galinhas cacarejam na gaiola ao lado dele, com suas penas marrons caindo no calor crescente da manhã. O ancião traga um cachimbo de marfim que se assemelha a um pequeno leopardo, expirando um filete fino de fumaça antes de olhar para Kola e quase deixar seu cachimbo cair.

— Abençoado seja Ogum! — ele exclama, choque e satisfação retorcendo seu rosto enrugado em um sorriso. — Olha quem retornou para nós.

Kola assente e sorri na direção dele, elevando um punho até o coração.

— Sim, tio.

— É bom ter você de volta. — O velho se recompõe e uma sombra perpassa sua expressão. — Vá direto até seus pais! Vá agora! — ele diz de novo enquanto Kola apressa os passos e eu corro para alcançá-lo.

O povo continua a se abaixar e reverenciar Kola à medida que ele dispara até o complexo de sua família, ladeado por Bem e Yinka. Eu apresso os passos ao segui-los.

A argila vermelha das paredes da casa de Kola brilham da entrada quando ele me passa a bolsa que contém Issa. Coloco a bolsa no chão contra um dos arcos externos.

— Você vai poder sair logo, pequeno — sussurro.

Kola passa pelos painéis de bronze que representam Ogum, as superfícies cintilantes. Ali, o orixá é apresentado com espadas reluzentes e balanças para representar a justiça que ele busca. Um altar está posto sob os painéis, com oferendas como vinho de palma vermelho, noz-de-cola, um galo grande e duas batatas-doces. Nós seguimos Kola de perto, parando quando ele entra no pátio principal. Ele vira lentamente para encarar as quatro paredes de cada um dos aposentos de seus familiares, e seus braços pendem ao lado do corpo como se não pudesse acreditar que está de fato em casa. Logo que ele se volta para sorrir para nós, um estrondoso lamento corta o ar.

Uma mulher, com o corpo gordo sob dobras e nós complexos de sua túnica branca, se apressa até o pátio, com uma imaculada gele na mesma cor emoldurando seu rosto oval. Ela levanta as mãos para cobrir o nariz e a boca, mas o gesto não é capaz de conter o barulho de seu choro ou as lágrimas que escorrem por suas bochechas. Kola corre para o lado dela enquanto a mulher cambaleia, caindo de joelhos, soluçando. Ele derrapa ao chegar perto dela, afundando no chão quando os braços da mulher se esticam parcialmente ao redor dele.

— Ìyá — eu o ouço arfar quando a mulher o puxa contra si, chorando no pescoço dele.

— Adekola! Você está vivo! — ela choraminga, com os dedos tremendo pelas bochechas marcadas pelas lágrimas de Kola, enquanto ele beija a testa dela. — Abençoado seja Ogum! Eu tenho orado por isso há semanas e aqui está você! — Ela o afasta de si para poder encará-lo, com olhos ainda repletos de lágrimas enquanto ela sorri apesar do choro. — Aqui está você.

— Ìyá, por que você está usando branco? — Kola se afasta do abraço dela e olha em volta do pátio. Sua voz fica mais fraca de preocupação. — O está acontecendo? Quem morreu?

A mãe de Kola não responde. Ela se coloca de pé, puxando o filho junto e ajeitando sua túnica, tentando limpar um pouco da terra grudada no tecido.

— Onde está bàbá? E Taiwo e Kehinde?

Vejo Bem e Yinka se entreolharem, já que estavam perto de mim, antes de olharem para o chão de terra batida. O medo joga um véu gelado sobre mim que se sobressai com o calor da manhã, e eu esfrego as palmas das mãos na minha túnica.

— Estou aqui — o pai de Kola responde, entrando no pátio ao sair dos seus aposentos do lado oposto. — E contente por vê-lo em casa, ọmọ mi. — Quase tão alto quanto o filho e com o mesmo tom de pele marrom-escuro avermelhado, ele não sorri. A túnica branca está engomada, imaculada e amarrada com cuidado, com um fila combinando na cabeça. Anéis grossos de ouro brilham em cada um de seus dedos. O pai de Kola puxa o filho para si, pressionando a testa do filho contra a dele, atônito. — Pensamos que tínhamos te perdido.

Kola aperta o pai pelos ombros, seus dedos afundam ao reprimir mais lágrimas. Ele assente em vez de chorar, e vejo suas mãos tremerem quando ele solta o homem mais velho.

— Ìyá, onde estão Taiwo e Kehinde? — A mãe de Kola olha para outra direção, seu choro aumenta ao apertar os braços em volta de si. — Bàbá, onde eles estão?

Paira um silêncio no pátio enquanto o sol nascente arde no complexo, reluzindo sobre olhos vidrados e dentes apertados tanto por luto quanto por medo.

Kola forma punhos com as mãos e pressiona os lábios em repentinas linhas inexpressivas.

— Alguém vai me dizer onde estão meu irmão e minha irmã?

— Eles se foram — o pai de Kola diz com voz baixa e rouca. — Foram levados na noite passada.

CAPÍTULO 15

Eu me lembro do rosto de Salif, seus olhos cor de âmbar vazios e o choro arrasado que ele era incapaz de impedir. Os yumboes sentiram quando os gêmeos foram levados, tenho certeza disso agora.

Kola olha da mãe para o pai, balançando a cabeça, uma expressão diminuta da sua confusão.

— Não, não. Não pode ser.

O pai dele se aproxima, apertando Kola contra si quando as pernas do garoto cedem. Juntos, eles se agacham no chão, enquanto a mãe de Kola vai até eles, com as mãos nas costas dos dois e as lágrimas escorrendo tão rápidas quanto as deles. Os três permanecem entrelaçados por alguns instantes antes de Kola se afastar do agrupamento, ajudando os pais a se levantarem e observando o pai levar a mãe para dentro para descansar. Kola promete se juntar aos dois logo mais e, assim que eles saem de vista, ele se apressa até Bem e Yinka de cabeça erguida. Suas bochechas estão marcadas pelas lágrimas secas e seus olhos queimam com uma fúria que combina apenas com os punhos ao lado de seu corpo.

— Por que não me contaram?

Bem abaixa a cabeça, mas Yinka estica o braço até Kola, seus dedos roçando no ombro do garoto antes de ele se afastar. Uma sombra perpassa o rosto dela com essa reação.

— Não tínhamos o direito — Bem diz baixinho. — Não houve sinais deles desde então. Nós estivemos procurando a noite inteira, toda a guarda.

Kola os encara, e seus olhos brilham com mais lágrimas não derramadas.

— Eles não estão... mortos. Eu sei. — Ele respira fundo, exalando lentamente, deixando seus punhos se abrirem. — Quem os levou?

Bem olha para Yinka com olhos escuros, e as marcas profundas da pele franzida marcam sua testa.

— Exu — ela responde calmamente, e depois pigarreia. — Vários guardas foram mortos. Aqueles que não morreram descreveram o orixá.

O silêncio é pesado. Há uma frágil ausência de som até que Bem suspira, seus olhos se enchendo d'água quando ele pisca devagar. Bem abre a boca para falar, mas é interrompido.

— E onde vocês estavam? — Kola sibila. — Vocês sabem que os gêmeos são Ibeji, eles são importantes. Onde estava o resto da guarda da minha família?

— Não precisa nos fazer sentir mais culpa ainda — Yinka diz, dando um passo para perto de Kola. A cabeça dela chega apenas aos ombros dele, mas ela parece maior pela forma como mexe os lábios com irritação. — Na verdade, nós não estávamos aqui. Por que não? Porque estávamos por aí procurando por *você*. — Ela trinca os dentes, a raiva contorce seu rosto. — O filho que decidiu ignorar o pai e fazer algo por si só, saindo sem permissão e tentando fazer um trato com os Tapas.

Eu me encolho contra a parede da entrada ao ouvir a raiva nas vozes deles. Sem falar nos dedos de Yinka no punho de osso de seu machado dourado.

— Todos os dias, Bem e eu te procuramos, visitando diferentes aldeias, fazendo perguntas. — Yinka não desiste, incendiando de raiva. — Tentando encontrar *você*.

— Eu estava tentando garantir que os Tapas não atacassem! — Kola grunhe, mas até eu consigo ver a culpa conflitante em seu rosto. — Estava tentando garantir que Taiwo e Kehinde ficassem seguros. — A voz dele falha nas últimas palavras e seus ombros caem.

Bem se aproxima dos dois. Ele levanta um braço musculoso e o posiciona gentilmente entre eles, separando-os.

— Agora não é a hora de nos dividirmos. O que estão sentindo é por se preocuparem um com o outro. Os dois. — Ele está parado entre os dois agora, o olhar fixo em nenhum deles, a voz melodiosa e calma. — Vamos pensar em uma solução, não no problema. Nenhum de nós prospera quando nos dividimos.

Kola respira fundo antes de se virar para longe, abrindo as mãos e pressionando as palmas contra as paredes com os ombros tensos. Yinka caminha até a fonte no fundo do pátio.

— E a cerimônia de confirmação? — pergunto em tom baixo. — O babalaô a fez?

— Sim, e uma para proteção — Bem diz quando Kola volta até nós. — Há apenas alguns dias. Acho que isso é parte do motivo do pai deles estar furioso. Ele anda falando sobre punir o babalaô, porque claramente não funcionou.

— Não pode ter funcionado, se eles foram levados. — Kola tinha chegado até nós agora, com ombros rígidos. — Eu vou levar Simi até ele e ver por mim mesmo o que ele tem a dizer.

— Nós iremos com vocês — diz Bem quando Yinka volta. Ela solta seu machado, mas ainda está com a testa franzida.

— São apenas algumas horas — Kola fala.

— Nós fazemos parte da guarda, é nosso dever te proteger — ela acrescenta com as narinas infladas. — Nós vamos com vocês.

Kola e Yinka se encaram e eu me preparo, mas a garota entorta a cabeça e levanta a mão para tapar o nariz.

— Mas primeiro você precisa tomar um banho e trocar de roupa. Está fedendo a mar e suor.

Eu não me mexo, segurando a respiração e movendo meus olhos entre eles enquanto Bem de repente se engasga com uma gargalhada que ecoa pelo pátio.

— Isso é verdade, Kola. Se limpa e depois iremos até o babalaô. — Ele dá um tapinha no ombro de Kola e o aperta. — Juntos.

Kola encara Yinka enquanto ela o testa com um pequeno sorriso. Ele balança a cabeça, com os olhos mais suaves.

— Está bem, está bem. — Ele anda até mim com uma expressão preocupada. — Você precisa de algo? Comida?

— Nós vamos cuidar dela — Bem diz, soltando-o e parando ao meu lado.

— Está bem para você? — Kola pergunta calmamente, e eu assinto. Eu já me acostumei a estar rodeada de tantos outros humanos. — Eu não vou demorar muito.

Kola caminha para dentro dos aposentos diretamente à nossa direita, a cabeça se move pelos lados enquanto ele absorve a visão de seu lar.

— Vou conferir os guardas em rodízio hoje — Yinka diz, e então parte pelo pátio sem dar outra olhada para mim, desaparecendo pelo corredor no outro lado.

Eu me agacho ao lado da bolsa e puxo um lado da abertura, conferindo o yumbo. Issa dorme no fundo, abraçado a uma batata-doce e com a boca entreaberta. Fecho a bolsa e me levanto para encarar Bem quando ele volta da fonte com um balde brilhante de cobre. Ele abaixa a mão, desprendendo um copo combinando de lá de dentro, afundando-o na água e o entregando para mim. Eu aceito com um balançar de cabeça como agradecimento.

— Nós não fomos apresentados apropriadamente — Bem fala, apertando a mão duas vezes do tamanho da minha contra o peito. — Bem.

— Simidele — digo, imitando-o. — Simi.

— Você veio de longe? De onde é seu povo, Simidele?

A pergunta é feita em uma voz suave, mas ainda assim me surpreende. Levo um momento, brincando com a esmeralda em meu cabelo. Penso no mercado, no palácio de Alafim, nos meus pais.

— Oió-Ilê.

— Capital? — Bem olha para mim, surpresa exposta em sua expressão. — É um longo caminho.

Dou de ombros. Ele me encara de um jeito questionador, com as sobrancelhas erguidas, como se tentasse me desvendar.

— E você? — eu pergunto, tentando desviar a atenção. Minha voz soa esquisita. Não estou mais acostumada com isso. — Você sempre morou em Okô?

— Okô é o único lar que conheço, mas meus pais não nasceram aqui. — Ele para, ajeitando a espada atada em suas costas. — Minha mãe e meu pai fugiram de uma guerra bem longe ao norte. Eu era um bebê. É por isso que escolheram o nome que me deram.

— Que significa...?

— Paz. — Ele pega o outro copo e o enche, tomando um suave gole. — Nós nos instalamos em Okô porque a habilidade do meu pai foi bem-vinda. Ele era um pescador, com especialidade em rios, mas logo se adaptou ao mar. Ele me ensinou muita coisa. Cordas, nós. Ele costumava me levar quando o céu ainda estava escuro. Meu pai me ensinou a usar as estrelas para navegar. — Bem parou, seus olhos brilhando com as lembranças. — Nós comíamos a refeição que minha mãe embrulhava, geralmente banana-da-terra e alguns ovos cozidos se tivéssemos sorte.

— Ele parece muito inteligente.

Bem abre um sorriso enorme, e sua franqueza me deixa à vontade.

— Ele teria adorado ouvir você dizer isso.

— E Kola? Vocês se conhecem há muito tempo?

— Desde que éramos bem pequenos. Ele nunca se importou que eu não tivesse nascido na aldeia. E assim que ele me aceitou, todos os outros fizeram o mesmo. Nós sempre quisemos... Deixa. — Ele balança a cabeça, com um sorriso tímido nos lábios.

— Não, continua.

Bem se inclina para mim com entusiasmo e parece mais jovem, sua altura e tamanho sumindo por um momento.

— Nós dois falávamos sobre velejar para o mais longe que podíamos, visitando o máximo possível de novas terras.

— Um novo mundo — digo, me lembrando de como me sentia no mar e com tudo que lá continha. Um outro universo completo.

Bem assente vigorosamente.

— Exato! Mas para explorar... não para tomar. E você e Kola? — A voz dele é mais baixa agora. — Como se conheceram?

— Eu... — Me interrompo, pensando no quanto devo dizer. — Eu o encontrei depois de ele ser jogado do navio dos òyìnbó.

O horror do outro destino de Kola paira entre nós por um momento enquanto Bem pensa sobre o que eu disse.

— Então estou te devendo uma, Simidele. — Ele não está sorrindo desta vez, e sua reverência me pega de surpresa. — Obrigado. Por salvá-lo.

Abro a boca para responder, mas quando Yinka reaparece, se aproximando a passos largos, eu a fecho. Ela é um pouco mais alta do que eu, com um corpo esguio que explica o porquê de ter sido aceita na guarda de Okô. Embora seja mais magra, músculos se aglomeram por baixo de sua pele quando ela ajeita a postura, se movendo, sempre se movendo. Eu percebo ressentimento quando ela deliberadamente evita meu olhar. Seus olhos grandes estão fixos em Bem, mas tenho a sensação de que mesmo se eu me mexesse um centímetro agora, ela perceberia.

Yinka me encara e depois afasta o olhar, ficando alerta com a bolsa perto de mim.

— O que tem aí? — ela pergunta.

— Mantimentos — respondo. Eu deveria manter minhas respostas curtas de agora em diante. É mais seguro assim.

Sou salva de mais perguntas quando Kola surge dos aposentos de seu pai e vem direto até mim. Sua pele brilha à luz do sol, e com uma nova túnica pendurada em torno da cintura, recaindo em dobras perfeitas, ele parece exatamente o filho do líder de uma aldeia.

— Simi — ele diz, aproximando-se de mim, com cheiro de sabonete preto, manteiga de karité e óleo de coco que tornam seus cachos limpos menores. — Se Exu levou os gêmeos, você acha que o babalaô será capaz de me dizer onde ele está?

Eu o encaro e meus olhos percorrem a cor marrom-rosada de seu lábio carnudo. Eu me viro, com o coração batendo forte de um jeito que acontece apenas quando há algo errado.

— Talvez — eu me forço a dizer, incapaz de olhar diretamente para ele. — Se ele for aquele que Iemanjá descreveu, seu conhecimento é infinito.

— Ótimo. — Kola se vira para longe de mim, permitindo que minha pulsação se torne regular. — Bem, Yinka? Vou me despedir dos meus pais e depois vamos partir.

Nenhum dos dois o questiona. É fácil reconhecer a lealdade e a confiança que eles têm em Kola, e eu me pergunto se ele um dia vai se sentir dessa forma em relação a mim.

Kola prende de novo a espada na correia e está a firmando na cintura no momento em que sua mãe aparece, seu rosto tão ameaçador quanto o trovão conjurado por Xangô. O pai dele vem logo atrás, seguido por meia dúzia de guardas carregados de espadas, machados e lanças.

— Aonde você pensa que vai? — A mãe de Kola se apressa até ele e segura a mão do filho. — Você acabou de voltar!

— Eu sei, ìyá. Mas nós vamos até o babalaô. Simidele precisa vê-lo, e eu quero descobrir se ele sabe onde Exu está.

— Simidele? Quem é essa Simidele? — A mãe de Kola espia ao lado dele para me examinar, e eu abaixo o rosto em respeito, me perguntando se deveria tocar o chão diante dos pés dela. Antes que eu assim o faça, ela se vira rápido para o filho, com raiva e medo contorcendo as expressões de seu rosto. — Não, Adekola. Eu o quero aqui, seguro comigo, por trás dos muros de Okô e com a força da guarda para nos defender.

— Mas Taiwo e Kehinde…

— Nós mandamos pessoas para procurar por eles e vamos continuar fazendo isso — o pai de Kola o interrompe com uma carranca, e a fúria pulsa em seus olhos. — Não vou permitir que você corra tolamente por aí de novo.

Kola levanta os ombros e leva um momento antes de falar, medindo cada palavra.

— Eu estava errado em ir aos Tapas sem você, bàbá, não importa quais eram minhas intenções. — Ele coloca a mão sobre coração, mantendo o tom uniforme. — E por isso eu peço desculpas. Mas desde então, minha família e meu lar estiveram constantemente em meus pensamentos. Eu não parei por nada ao tentar voltar para cá. Taiwo e Kehinde não estão mortos, e eu vou encontrá-los. — Ele para por um instante quando sua voz falha, e eu me vejo dando um passo na direção dele sem perceber. — Eu vou encontrá-los e trazê-los de volta a Okô, às nossas terras. De volta para vocês, para nós, onde eles pertencem. Mas, para conseguir fazer isso, preciso falar com o babalaô e ver se ele sabe onde Exu está.

— Não é seguro! — a mãe de Kola explode, sua expressão se aprofundando com sofrimento.

— Nós vamos cuidar dele — Yinka diz, seu tom firme ao olhar de Kola para a mãe dele.

Bem dá um passo à frente e se curva.

— A senhora sabe que eu daria minha vida por ele.

O silêncio se estende enquanto o pai de Kola nos encara furiosamente. E então ele assente, afundando os ombros.

— Você vai até o sumo-sacerdote — ele diz, com a voz mais decidida do que a expressão em seu rosto. — E se ele te disser onde Exu está, eu te dou permissão e minha bênção para ir procurá-lo. Mas... — O pai de Kola levanta a mão. — Você vai voltar para buscar suprimentos suficientes e vai levar Ifedayo com você.

O guarda mais alto atrás dele se mexe para nos encarar com a cabeça repleta de finas tranças e um rosto longo que não corresponde com os outros sentinelas, que parecem mais velhos.

— Um novo guarda, bàbá?

— Um que veio de Oió-Ilê para ajudar com a ameaça dos Tapas.

Kola hesita por um momento antes de assentir e pegar a mão da mãe, pressionando-a contra a bochecha.

— Vou estar de volta antes do sol se pôr, ìyá.

Ela o encara e assente em vez de falar. Parece ter escondido sua preocupação ao perceber que não pode fazer Kola mudar de ideia.

— Primeiro, você vai comer.

Ela levanta a mão com ondulações, os dedos cintilando com pedaços polidos de diamantes em grossos anéis de ouro.

— Ìyá...

— Não. Você vai comer antes de qualquer coisa. — A mãe de Kola coloca a outra mão na bochecha dele, segurando seu rosto e levando o olhar dele até o dela. — Vai me permitir ao menos isso.

Kola vai com a mãe quando ela atravessa o pátio, seu braço firme nos ombros dela. Eles passam um bom momento conversando antes de ela desaparecer em um corredor e Kola voltar, olhando para mim. Abro a boca para falar e sou interrompida pelo grito de Yinka. Ela está ao lado de nossa bolsa, sacando os machados como reação.

— Há algo ali dentro!

Eu corro para me colocar entre a arma dela e a bolsa. Um lado do tecido está aberto e Issa espia pelo canto. Yinka recua, arfando. Eu olho para Kola me sentindo impotente, e ele levanta o pequeno garoto.

— Um yumbo! — Yinka exclama ao se curvar, tentando vê-lo mais de perto.

Issa sorri abertamente para ela da segurança dos braços de Kola.

Bem também se aproxima, sua expressão se abrindo em fascínio.

— Não achei que as lendas sobre Bakhna Rakhna fossem reais.

— Eu nunca duvidei — Kola diz defensivamente quando deixa Issa descer. O yumbo faz uma reverência para Yinka e Kola. — Eles me salvaram quando nosso barco naufragou. Só tome cuidado. Ele é pequeno.

Issa olha para Kola e franze a testa.

— Eu sou pequenino, mas sou forte. Você sabe disso, ẹ̀gbọ́n ọkùnrin.

— Vem, senta comigo para que os servos não te vejam — Yinka diz quando Issa vai para seu lado, segurando a mão que ela o oferece. — Você gosta de milho? O contador de histórias dizia que todos os yumboes gostam de milho.

— Aham. — Issa assente, contente, ao seguir Yinka. — Gosto muito mesmo.

Kola está os acompanhando quando Bem segura seu braço.

— Tem certeza de que não vai nos revelar mais nada? — Ele ri, e eu vejo Kola forçar um sorriso, olhando muito brevemente para mim.

Meus joelhos tremem um pouco e não consigo deixar de olhar para meus pés, ainda negros e com aparência comum.

— Vamos nos aprontar para comer, está bem? Quanto mais cedo terminarmos a refeição que minha mãe vai empurrar para nós, mais rápido podemos partir.

Issa se encaixa entre Yinka e Bem quando nos sentamos nos tapetes postos para nós, e ele é tão pequeno que as dobras das túnicas dos dois só faltam cobri-lo. Quando a mãe de Kola retorna, ela está sendo seguida por servos que trazem uma mesa de mogno baixa. Outro grupo de servos se aproxima com diversos pratos em bandejas reluzentes. O cheiro de cabra assada enche minha boca d'água.

— Meu filho me contou pouco sobre você, mas o suficiente para saber que lhe devo um agradecimento. — Ela sorri para mim, suas bochechas redondas brilhando. — Por favor, coma.

Ela me passa uma cumbuca de egusi e um outro prato de iyan quando me sento de frente para Kola. Minha boca se enche d'água com o cheiro da sopa e do inhame moído, e o pátio fica embaçado ao meu redor.

— Desse jeito, Simidele — minha mãe diz, descascando a camada marrom de fora do vegetal. Ela corta a parte branca e a lava em uma cabaça com água limpa. — Agora coloque na panela. Precisa ferver por uns dez minutos.

Sou alta o suficiente para ser capaz de ver dentro da panela. Com cuidado, acrescento o inhame cortado na água fervendo e depois ajudo a jogar as cascas fora. Eu confiro a galinha que está cozinhando separadamente e pego outra pimenta vermelha, pronta para acrescentar.

— Não coloca muito, Simi. Tudo que vamos sentir é o ardido.

Reviro os olhos e jogo metade da pimenta quando ela está de costas.

— Quando seu pai estiver se engasgando e pedindo água, vou falar para ele de quem é a culpa.

Estalo a língua nos dentes e pesco a pimenta de volta com uma colher. O cheiro de comida se espalha por todo o complexo, e meu estômago grunhe quando penso na refeição que vamos compartilhar. É o aniversário do Alafim e uma grande celebração está sendo organizada na praça principal.

— Prova — minha mãe fala, espiando a panela e indo para o lado para dar espaço para mim. — Veja se está macio o suficiente.

Eu me inclino até o cozido, espetando um pedaço de inhame com uma pequena faca.

— Está pronto, ìyá.

— Tudo bem, agora certifique-se de que a água não evaporou por completo, porque você vai precisar dela quando moer o inhame. Podemos sempre acrescentar um pouco, mas é melhor usar a água onde cozinhou. — Ela coloca um pilão e um almofariz ao lado da panela. — Agora use o pilão para moer.

— Assim? — pergunto, triturando o pilão contra o almofariz de pedra.

— Isso, assim — minha mãe responde, sorrindo. Ela tira um pedaço de inhame de sua túnica e coloca as mãos nos quadris ao me observar. — Você está fazendo um trabalho maravilhoso, Simidele. Muito bem, pequena.

— O que é isso? — meu pai pergunta ao entrar na cozinha, atraído pelo cheiro da comida. Ele respira fundo, com as mãos na barriga. — Quem está fazendo toda essa comida deliciosa? O Alafim vai sentir esse cheiro e ordenar que deem tudo para ele!

— Eu, bàbá! — eu me gabo. — Fui eu!

Ele olha para baixo, fingindo surpresa.

— Não, como pode isso? Certamente você não é grande o suficiente!

— Sou, sim! — digo, rindo quando ele me levanta e beija minha bochecha, uma, duas, três vezes.

— Você não só está ficando tão inteligente e bonita quanto sua mãe, agora também está cozinhando como ela?

Eu dou uma olhada para minha mãe, para seu rosto redondo e sorridente e seus dentes retinhos. Ela ajusta a túnica. Até mesmo seus movimentos simples são graciosos.

Ser como ela? Meu coração aumenta. Sorrio e retribuo o beijo de meu pai.

Fico paralisada, a lembrança da minha mãe me ensinando como fazer iyan ainda está em minha mente. Suas mãos fortes, a forma como ela me mostra a porção exata de tempero para a sopa de pimenta. Os elogios que sua comida receberia depois que ela contasse suas histórias. Como todo mundo observaria a beleza em seu rosto cintilante, tão hipnotizante quanto a fogueira em volta da qual se reuniam.

À minha frente, a fumaça saía do egusi, um lembrete de que eu nunca ensinarei minha própria filha como cozinhar. Eu nunca terei uma família como Kola, Yinka e Bem. Eu nunca amarei ou serei amada. Uma onda de melancolia me abate, mas eu me recuso a ser tragada por ela. Eu sabia disso, digo a mim mesma. Estar aqui, com Kola, lembrando como minha vida era antes, não muda nada.

Eu não sou a mesma, mas não deixarei isso me impedir de fazer o que é preciso.

— Coma — a mãe de Kola repete, me entregando uma cumbuca.

Agradecendo-a, eu me forço a beliscar um pouco do iyan e o moldo em minhas mãos antes de molhá-lo no egusi, tentando não fazer muita sujeira. Bem e Kola escolhem a cabra assada e o espinafre, comendo mais carne do que eu achava ser possível duas pessoas comerem.

A mãe de Kola nos observa, sorrindo de leve para o filho ao pedir que tragam o último prato. Fatias de coco frito preenchem o ar com seu aroma doce enquanto os olhos de Kola se arregalam. Eu como um pouco, incentivada por ele, e quando a massa branca do coco derrete em minha língua, contenho um gemido de satisfação.

Assim que a refeição termina, os servos com expressões solenes arrumam as bandejas enquanto nos colocamos de pé. Kola puxa a mãe para um abraço apertado, a cabeça dela alcançando apenas o peito dele.

— Voltaremos hoje mais tarde — ele murmura.

Quando ele a solta, ela o mantém a um braço de distância e o examina, reparando com atenção.

— Você não está usando branco? — a mãe de Kola pergunta ao analisar a túnica dele, franzindo a testa.

— Não, ìyá. — Kola meneia. — E você também não usará. Eu não vou ficar de luto por Taiwo e Kehinde. Eu vou trazê-los para casa.

CAPÍTULO 16

Kola planeja velejar pelo rio Ogum até onde o babalaô mora. Três jangadas mirradas estão atracadas na margem. As madeiras foram amarradas para formar uma plataforma flutuante e um grande mastro foi colocado na ponta para conduzir, mas parece que elas mal vão aguentar o peso de Issa, que dirá o de alguém como Bem.

— É mais rápido se pegarmos essa rota — Kola diz enquanto encaro as embarcações. — Confie em mim.

As jangadas parecem ainda mais insubstanciais do que o barco com o qual saímos da ilha de Iemanjá. Mas pelo menos só vamos lidar com o rio.

O rio. Uma grande faixa que serpenteia pela floresta. A lama se mistura com o cheiro de água fresca que é filtrada pelas rochas, e as bolhas na água parecem quase chamar meu nome. Eu queria poder apenas mergulhar. Minha pele parece repuxar, os ossos ajustados de um jeito estranho. Apesar de todo o tempo que passo deitada na ilha de Iemanjá, deixando minhas lembranças da vida humana voltarem para mim, tudo que consigo pensar agora é em estar sob a superfície da água. Flexionando a cauda. Cintilando as escamas. Livre de preocupações, livre de se importar. Mas me lembro do medo no rosto de Kola quando me viu pela primeira vez e a fúria de Iemanjá pelo fato de eu ter me revelado para um humano.

A mão de Kola hesita em meu cotovelo quando subimos na jangada.

— Cuidado — ele diz, e eu me lembro das vezes que tropecei diante dele.

Agora não, penso, me concentrando em onde coloco os pés até que posso me sentar na frente da jangada, bem longe da água para que a transformação não ocorra. Embora minhas pernas estejam secas, as escamas parecem estar ali, cutucando a superfície da minha pele. Eu as esfrego, deslizando as mãos para os meus dedões, apertando-os até ficarem dormentes.

Yinka leva Issa em sua jangada, o yumbo acena para mim do seu banco na frente. Ele se vira para sorrir para a garota, e eu a vejo se segurando para não corresponder à adoração descarada no rosto dele. Bem ri para o pequeno garoto, os pés distantes quando empurra sua jangada para longe da margem, e eu me pergunto como ela sequer se mantém flutuando com um gigante assim em cima.

O rio serpenteia, calmo, mas fluindo rápido, e eu entendo por que Kola prefere pegar essa rota. Massageio as solas dos meus pés em agradecimento, observando a terra ao passarmos, movimentada com os gritos dos macacos-de-pescoços-brancos e com o trinar dos calaus-rinocerontes, com seus bicos laranja reluzindo na luz do sol.

— Obrigado.

A palavra de Kola sai baixa, carregada pelo zunido da água quando ele empurra o mastro para seguirmos pelo rumo.

Ergo a mão para proteger meus olhos do sol, ganhando tempo para dar uma resposta que não tenho certeza de como dizer.

— Eu sei que você precisa chegar até o babalaô. Eu sei que você precisa conseguir os anéis. — Kola para e eu o ouço puxar o mastro; o cheiro de manteiga de karité misturado com suor recai sobre mim. — Sou grato por ter me trazido a Okô. Você não precisava.

Escolho não tirar a mão dos olhos.

— Você está me retribuindo me levando até o babalaô agora. — Não acrescento que também sou grata, contente por ele ainda estar comigo. — Sinto muito — digo, com a culpa tornando meu tom mais profundo. — Por Taiwo e Kehinde.

— Não sinta. — Ele empurra o mastro para baixo com força, grunhindo. Sem olhar para mim. — Eu vou trazê-los de volta.

Eu não falo mais nada e ele também não. O resto da jornada é preenchido com o lodo do rio levantando, seu limo podre e a agitação das epuyas, com as barbatanas apenas às vezes visíveis. Issa tagarela sem parar, as respostas de Yinka são intermitentes, sua voz mais suave do que já ouvi. Bem continua atrás de nós, esquadrinhando a terra, uma espada livre da correia. Quando o rio começa a se tornar mais largo, Kola nos puxa para o lado, atracando a jangada contra a escura lama macia da margem.

— Vamos deixá-las aqui antes que a corrente costeira se torne forte demais.

Yinka e Bem fazem o mesmo, enrolando a corda ao redor das jangadas, mantendo-as juntas usando uma árvore de ube, com seus inhames roxos pendurados em pequenos galhos. A floresta é densa aqui, e Bem vai na frente, usando sua espada para cortar o matagal e as videiras contorcidas que se enrolam em volta dos mangues-vermelhos. Ninguém mais parece achar o chão difícil de caminhar, mas meus pés logo ficam machucados. Eu vou mais devagar, tentando escolher as partes que têm mais terra.

— Não está longe — Kola diz gentilmente ao ficar para trás e perto de mim. — Só mais o próximo arvoredo e a floresta dá lugar para o mar.

Ele passa os olhos por minhas pernas, repousando-os em meus pés. A dor volta, e embora seja fraca no momento, sei que já comecei a mancar um pouco. Eu me forço a andar na frente dele, determinada a não nos atrasar.

As árvores começam a ficar mais escassas, e sussurro uma oração de alívio para Iemanjá quando o som dos ventos do mar perpassa pelo bosque de bananeiras. Um ruído ondulante que soa como meu lar. O chão se torna mais arenoso, e nós logo abandonamos a floresta em direção a uma praia que se expande à nossa frente. Em um branco límpido, a areia reluz, se alongando em ondas que alcançam a terra, seus dedos de água marrom e branca buscando por mais. Uma pequena residência fica perto da fileira de árvores, logo onde o mar e a terra se juntam em uma curva.

— O babalaô tem sido nosso sumo-sacerdote e aquele que consultamos desde que me lembro — Kola diz ao andar com pesar pela areia. — Você trouxe o vinho para ele?

— Trouxe — Bem responde, dando tapinhas na bolsa que havia prendido em suas costas. — O babalaô nunca falaria conosco sem isso. — Ele ri. — Disso eu tenho tanta certeza quanto o céu ser azul.

O ar é preenchido por um tilintar que muda com a brisa, e à medida que nos aproximamos, vejo as conchas que estão penduradas em torno de uma propriedade pequena e circular. Pendendo de um teto feito de folhas de bananeiras longas, elas colidem umas contra as outras, produzindo um som delicado que quase parece se misturar com o som do mar. Com as paredes feitas de barro escuro e com um banal tecido trançado pendurado na entrada em forma de arco, a moradia é simples. Penso na certeza de Iemanjá de que o babalaô me dará os anéis e respiro fundo. O desaparecimento dos gêmeos plantou sementes de preocupação, e agora que finalmente estou aqui, temo estar prestes a colhê-las.

— Kola, se estiver tudo bem, eu vou primeiro — digo, minha voz acima da dos outros.

Yinka semicerra os olhos para mim, mas eu a ignoro. Não são apenas os gêmeos que estão em jogo.

— Aqui, leve isto e me avise quando eu puder entrar — Kola diz, me passando o vinho de palma.

Assinto com sua compreensão ao pegar a garrafa. Lembro da cicatriz nas bochechas de Iemanjá e então afasto para o lado o tecido, entrando na escuridão fria, tudo em apenas um movimento.

Meus olhos levam um momento para se ajustarem à iluminação fraca antes que eu veja o homem sentado no meio do cômodo. Envolvido por uma túnica tão amarela que quase parece dourada, o babalaô é menor do que eu esperava. Ele é careca exceto por um tufo de cachos brancos atrás de sua cabeça, que combina com a barba espessa de mesma cor. Os pequenos olhos pretos estão fixos em mim, emoldurados pela pele que traz marcas da idade e do sol.

— Saudações, menina.

Eu me curvo, tocando o chão diante dos pés dele e colocando o vinho no chão extenso e duro. A moradia é espaçosa, com um caldeirão muito bem guardado na lateral e um colchonete vermelho e laranja do outro lado. Ainda se pode ouvir o mar, um movimento constante de água que soa como um sussurro lento. Folhas secas de vernonia estão penduradas em ganchos, e cascas de árvores e frutos estão empilhados de forma organizada em uma mesinha bem abaixo. O cheiro penetrante deles é acolhedor, me lembrando dos medicamentos usados pelo babalaô em Oió-Ilê, mas não são os aromas que prendem minha atenção. Esculpidas no barro estão as ondas do mar que rodeiam as paredes de dentro. Caracóis e ondas enovelam sete garotas com caudas, seus cabelos com cachos apertados estão adornados com pérolas e presas de tubarões.

Mami Wata.

Kola estava certo quando falou do sumo-sacerdote com Iemanjá.

— A mãe Iemanjá está bem? Ou é por causa dela que está aqui?

O alívio me toma quando me levanto, virando meu olhar de volta ao babalaô. Dou de cara com a diastema em seu sorriso, que estica a pele envelhecida de seu rosto em rugas ainda mais intricadas. Raios de sol perpassam o teto e iluminam o velho, fazendo-o brilhar. O babalaô me chama para mais perto, com os braceletes grossos de ouro nos dois pulsos tinindo suavemente.

— Como sabia?

— Posso sentir a magia da orixá em você — ele responde, sua voz ritmada se elevando no final, como se suas palavras fossem uma canção. — Até mesmo o aroma de seu sangue é de sal e mar. Sem falar da joia em seu pescoço.

Meus dedos vão até a safira, deslizando sobre o pingente.

— Eu lapidei sete desses, todos sagrados. Eu reconheceria um em qualquer lugar. — O babalaô bateu a mão no chão. — Sente-se, menina do mar. E me diga por que veio tão longe.

Assustada, eu me posiciono na terra batida, cruzando as pernas sob mim de um jeito que sei que costumava fazer com facilidade. Agora preciso pensar em cada movimento, cada osso e músculo, para garantir que estou fazendo a coisa certa.

— Iemanjá me enviou. Eu… Eu fiz algo, e agora preciso consertar.

Sinto meu peito apertado ao pensar no combinado entre Iemanjá e Olodumarê. Aquele que eu desobedeci. Levanto a mão para o rosto e esfrego minhas bochechas, como se pudesse impedir as lágrimas que sinto se formarem.

— O que, menina? — A voz do babalaô é intensa e suave, envolvendo suas palavras com uma preocupação latente. — O que você fez?

— Eu peguei alguém do mar.

— Você salvou uma vida?

Assinto.

— Mas eu não sabia sobre o decreto de Olodumarê. Sobre a punição de Iemanjá e tudo que as Mami Wata iriam encarar. — Minha voz se torna um sussurro quando lágrimas deslizam por meu rosto. — A morte. A… destransformação.

O babalaô se reclina, mordendo o lábio inferior. Ele coloca as mãos no colo e olha para mim.

— Você veio pelos anéis de Ifé.

Dou uma fungada, secando o rosto e ajeitando a postura.

— Sim. Iemanjá disse que é o único jeito de convocar Olodumarê para pedir por perdão.

O babalaô se balança para trás lentamente.

— Minha menina, eu sinto muito. — O sorriso dele desaparece. — Mas eles não estão mais comigo.

Suas palavras despencam como rochas em meu estômago.

— Você não está com os anéis?

— Não. — O velho balança a cabeça. — Eu os tinha há uma semana, e então eles foram reivindicados.

Fico parada por um momento, incapaz de me mexer enquanto a realidade recai sobre mim. O que eu farei agora? Um enjoo me toma e eu me curvo, envolvendo meu abdômen com os braços. Encaro o chão de terra batida, minha visão tremula com as lágrimas. Como posso voltar até Iemanjá e contar isso a ela?

O babalaô estica a mão para mim; seus dedos estão arqueados, os ossos das juntas inchados.

— Venha aqui, menina. Por favor.

Não há maneira de corrigir o que eu fiz, e agora Iemanjá e a outras Mami Wata vão sofrer as consequências. Enquanto ainda não consigo me mover, enquanto as lágrimas brotam e me ouço soluçar, o babalaô se levanta devagar de seu banquinho e me envolve com seus braços finos. Eu me agarro em sua túnica, o cheiro forte de almíscar e vernonia. Ainda consigo ouvir o mar lá fora, e ele fala comigo com mais força do que nunca, o barulho das ondas quebrando bem alto agora, um chamado excepcional que não posso responder.

— Ainda há um jeito — o babalaô diz, os dedos tortos dando tapinhas em minhas costas.

Eu não levanto a cabeça. Consigo perceber que meu rosto está inchado e molhado, e a vergonha que sinto é grande. Maior do que chorar e ser consolada por um babalaô como aquele. O que eu fiz? Ao salvar Kola, condenei minha própria espécie.

Ouço alguém entrar, mas continuo com a cabeça abaixada.

— Simi. — Sinto mãos segurando meus ombros, me puxando para trás, contra uma pele quente. — Está tudo bem.

Kola.

Eu me viro para seus braços e pressiono meu rosto contra o peito dele, e até mesmo por escolher fazer isso eu me odeio. Porque tenho a sensação de que ainda o salvaria mesmo se soubesse das consequências. Como eu poderia deixar qualquer pessoa morrer no mar?

— Eu ouvi o que o babalaô disse. Mas você o escutou para valer? Existe outro jeito. — Os lábios dele estão em meu ouvido, sua voz tão suave quanto algodão. — Não desista agora. Não vou te deixar fazer isso.

Eu não respondo. Deixo minhas lágrimas salgadas se misturarem com o cheiro de suor e sabão preto que vem de Kola. Mantenho meu rosto pressionado contra a pele dele e respiro profundamente seu aroma até ficar um pouco mais calma.

— Que outro jeito? — pergunto, com a voz rouca.

O desespero espeta minha garganta como a espinha de um peixe podre.

Eu me viro para ver o babalaô sentado novamente no banquinho, ajeitando as dobras de sua túnica. Uma longa corrente de ouro está pendurada para fora do tecido, entulhada com uma esmeralda do tamanho de um ovo de pássaro.

— Os gêmeos são únicos.

— Isso foi confirmado na cerimônia? — Kola pergunta, sua voz se elevando, esperançosa.

— Sim. Depois de você ser capturado, seus pais os trouxeram até mim no dia designado. — O babalaô vira seus olhos pequenos para Kola, seus lábios se franzem de um jeito pensativo. — Nós já tínhamos suspeitas do quanto eles eram raros, mas quando a cerimônia foi iniciada, a verdade sobre isso me foi revelada completamente.

— Eles são orixás encarnados — digo baixinho, me afastando dos braços de Kola para sustentar o olhar do sacerdote.

— Sim. Os Ibeji de fato se manifestaram neles. Dois com apenas uma alma. Senhores das chuvas, provedores de prosperidade e saúde. — Ele levanta a mão coberta com um enfeite marrom-escuro e toca um dedo na joia em seu pescoço. — E motivo pelo qual Okô e as terras ao redor se desenvolvem.

Dois anéis, ambos com imenso poder. Me dar conta disso é o suficiente para ajeitar minha postura.

— O senhor os deu aos gêmeos. Os anéis, digo. Um para cada um.

O babalaô respira fundo e assente.

— Sim. Assim como dei as safiras para Iemanjá. As pedras falam por si só, e elas escolheram os Ibeji. Mas tem mais. Além de guardar uma potência enorme, elas também são amplificadoras. — O velho para, seu rosto banhado por luz. — Qualquer orixá que estiver com elas terá o poder aumentado.

— O quanto mais forte? — Kola pergunta.

— A extensão completa é desconhecida, mas é de uma magnitude inimaginável. Quando os gêmeos nasceram, eles se conectaram com a terra. Okô e as terras ao seu redor prosperaram. Mas com a posse dos anéis? Eles farão todas as terras prosperarem. — Os olhos do babalaô se iluminam, sua boca franzida se abre em um sorriso. — *Todas* elas. E, com isso, talvez haja paz. Alimento o suficiente para todo mundo, saúde, mais comércios. Uma chance de união nunca vista antes.

Fico em silêncio por um momento. Faz muito sentido, e entendo o motivo de ele dar os anéis aos gêmeos. Mas se eu não posso usar os anéis, isso significa a morte de Iemanjá e de nossa espécie.

— Simidele — o babalaô murmura, vendo minha expressão mudar. — Não se desespere. Eu não fui capaz de proteger os gêmeos de Exu, mas fui capaz de conectá-los com os anéis, em vida e morte. Ninguém pode removê-los ou usá-los a não ser que os gêmeos permitam. Eles ainda podem ser usados para convocar Olodumarê. Mas primeiro você precisará encontrá-los.

— Então Exu realmente os levou? — Kola pergunta, colocando-se de pé e com a cabeça quase tocando o teto de folhas.

— Sim.

— E a proteção que prometeu aos meus pais? — As palavras de Kola estão repletas de frustração.

— Minha cerimônia foi forte o suficiente contra os Tapas, mas contra um orixá tão poderoso quanto Exu? Não.

Kola se aproxima do babalaô com as mãos retorcidas. O velho não se mexe, apenas observa as mãos de Kola agarrando a espada que carrega ao lado. Sei que Kola quer um motivo para se enfurecer com alguém, mas isso não é certo. Quando estou prestes a puxá-lo para trás, Kola se ajoelha diante do velho, tocando o chão perto dos pés do babalaô.

— Peço desculpas por ser desrespeitoso. — Kola ergue a cabeça, e as lágrimas brilham em seu olhar. — Por favor, nos diga como trazê-los de volta. — Ele me encara e depois olha de novo para o babalaô. — Os gêmeos e os anéis.

Eu me aproximo para ficar ao lado de Kola.

— Para onde Exu os levou?

O ancião coloca as duas mãos inchadas nos joelhos e olha para além de nós, para os murais nas paredes. O único ruído é o do mar, que diminuiu para um baixo zunido e sussurro.

— Eu compreendo a dor. De ambos. — Ele levanta a mão e rodopia o indicador nodoso no ar, gesticulando para a imagem atrás de nós. — Exu os levou para sua ilha.

— Por quê? — Kola pergunta.

Penso em Exu, em seu descontentamento e sua ânsia por mais, em sua busca, que tanto Oiá quanto os yumboes descreveram.

Poder amplificado.

O terror me perpassa, serpenteando por minha coluna.

— Ele quer os anéis de Ifé — afirmo baixinho.

— Sim. Mas já que os gêmeos estão conectados com os anéis, ele precisará tentar convencê-los a lhe oferecer.

— O que ele quer com os anéis? — pergunto, mexendo os dedos, nervosa. — E sua obrigação com Olodumarê?

— Com os anéis, viria a amplificação de todos os poderes de Exu. — O babalaô remexe um bracelete de ouro maciço em seus pulsos ossudos, e os ossos inchados das juntas estremecem. — E ele não teria uma obrigação com Olodumarê. Em vez disso, seria capaz de se equiparar ao Deus Supremo. Ele não teria mais que passar mensagem alguma. Não teria mais que ouvir Olodumarê ou qualquer um de seus decretos.

— Ele poderia fazer o que quisesse? — sussurro, minha voz tremendo pelo horror do que o babalaô acabava de dizer.

Eu me lembro do que Iemanjá contou sobre a ambição e a inveja do orixá.

— Sim — o babalaô responde, com a voz falhando. — Exu há muito cansou de ser o mensageiro de Olodumarê. Ele anseia por mais do que já tem, mais do que entregar as orações dos humanos. — O velho sacerdote inspira por entre sua diastema. — Se conseguir os anéis, seu poder será tanto que ele será tão venerado quanto o Deus Supremo, terá a mesma influência sobre os humanos e os orixás. Sem precisar responder a ninguém, ele estará livre para fazer o que quiser.

— Talvez ele faça... o bem? — pergunto, a esperança surgindo em minha voz. — Ele não é mau. Exu mantém o equilíbrio entre ajogun e orixás. Isso traz um grau de paz para o mundo.

— Ele faz isso, mas e se decidir não o fazer mais? Por capricho ou apenas para seu próprio entretenimento? Não dá para saber. Esse é o risco. Todos ouvimos histórias sobre as brigas incitadas por Exu entre irmãos, vizinhos, reis e rainhas. Mas pense nisto... — O babalaô se inclina na nossa direção, seu olhar penetrante à medida que sua voz fica mais baixa. — Olodumarê sempre foi a força maior... lá para mantê-lo sob controle. Com o poder concedido pelos anéis? Exu poderia trazer caos para o mundo inteiro e ninguém seria capaz de impedi-lo.

Eu tremo ao ouvir as palavras do babalaô, ao imaginar o mundo ao dispor de Exu.

— O que acontecerá com os gêmeos depois que Exu pegar os anéis? — Os ombros de Kola se curvam de leve, como se seu corpo já soubesse a resposta.

— Ele não vai parar até consegui-los. Depois disso? Não tenho certeza, mas eles não serão mais... necessários. — O babalaô se vira para Kola. — A vida deles como seu irmão e sua irmã é importante, assim como a ligação deles com a terra.

— O que quer dizer? — pergunto, mas minha mente já está girando, lembrando da visão e do que ele nos disse antes.

— Não esqueça que os gêmeos estão ligados à terra. Eles são o motivo de nossa terra ser abundante. O motivo de ela ser tão *viva*.

— Então sem eles...

Eu me lembro do medo dos elefantes ao fugirem, os galhos escuros e tortos nas árvores na beira da floresta. As raízes marrons já começando a infectar as plantas ao redor da aldeia de Kola.

Minha visão.

Os ossos e sua brancura intensa. Yumboes e humanos.

— Sem os Ibeji, a colheita morrerá, assim como os animais e as pessoas. Haverá fome em uma proporção que não é vista há milhares de anos. E Okô... — O babalaô coça o queixo com a mão trêmula. — Okô não será capaz de existir, e a oportunidade de outras terras gozarem de boa saúde será perdida.

CAPÍTULO 17

O silêncio se instala entre nós. Conseguir os anéis era algo que eu precisava fazer por Iemanjá e por todas as Mami Wata, mas agora é muito mais do que isso. A pressão reprime minhas palavras, e tudo o que consigo pensar é no que precisa ser feito.

— Como chegamos até a ilha de Exu? — pergunto.

O babalaô para antes de abrir os braços e balançar a cabeça na direção das paredes curvas.

— Se olhar para trás, você verá.

Eu me viro lentamente. Aquilo que reparei antes, os entalhes na argila da moradia, representam mais do que só Mami Wata. É um registro do mundo inteiro. Analiso os mares interrompidos por ilhas e massas maiores de terra, completo com vulcões e relevos das florestas, planícies com gramas, montanhas, cidades e aldeias. A beleza dos entalhes se estende pelas paredes, nos incluindo em nossa terra e naquela de nossos ancestrais.

— Isso é incrível. E nós estamos… — Os olhos de Kola estão arregalados de animação enquanto ele passa as mãos por uma larga baía, parando ao alcançar a floresta que leva ao mar. — Aqui?

— Correto — o babalaô responde, levantando-se de sua banqueta e se arrastando até o lado mais afastado de sua casa. Com um dedo artrítico, ele traça uma faixa de mar e para em um pequeno volume, sozinho em um oceano de ondas. — Essa é a ilha de Exu, coberta por florestas, com apenas campos ocasionais e um vulcão ativo. O palácio dele é rodeado por água.

Quando me inclino para a frente, vejo que o pontinho de terra não está inteiramente sozinho. Pequenas formas monstruosas estão entalhadas em volta dele, algumas felinas e outras aladas. Todas com presas. Estremeço e olho para o velho.

— Você não esperava que estivesse desprotegida, não é? — Ele volta para o facho de luz do sol e se senta. — Não se preocupe, vou explicar tudo que sei enquanto copiam o mapa.

Olho da imagem para Kola.

— Como vamos fazer isso?

— Espere um momento — ele diz simplesmente, e se abaixa para sair pela porta.

Ele volta alguns minutos depois com Yinka, que desliza para dentro da casa do babalaô e imediatamente se inclina para tocar o chão diante dos pés do ancião. Ela murmura uma oração que evoca um sorriso e um balançar de cabeça no velho. Ele joga o corpo para a frente, toca com delicadeza uma das mãos sobre a careca da garota.

Yinka se levanta, observando o mapa, os olhos arregalados em adoração. Kola estica a mão até a ilha de Exu, apontando para o pequeno ponto de terra. Vejo o rosto dela se empalidecer ao encarar as figuras entalhadas.

— Yinka vai criar um mapa para nós — Kola diz, olhando para mim. — Mas também vamos precisar de você, Simi.

Abro a boca para perguntar o motivo quando vejo Yinka soltar os dois machados e colocá-los na entrada, ao seu alcance. Ela se senta em um pequeno banco ao lado da mesa e me chama com impaciência. Ela não está sorrindo, mas também não está olhando com raiva, e entendo isso como um sinal positivo.

— Você me ajuda a colher algumas vernonias e cascas de árvores — o babalaô anuncia para Kola, assentindo ao passar por mim. — E eu farei o melhor para descrever a ilha e tudo com o que precisam se preocupar. — Ele espera quando Kola segura o tecido na porta para abrir caminho. — Mas lembre-se: muito disso é mito. Ninguém jamais esteve lá e voltou para contar propriamente.

— Confie nela como eu confio — Kola murmurou para mim ao se virar para sair com o velho. — Ela consegue criar padrões com cabelos que são mapas. É como a guarda de Okô tem delimitado as novas áreas ao redor de nossa aldeia. Quando os guardas voltam, os mapas são passados para pergaminhos e, se forem muito importantes, são entalhados em pedra ou metal.

Eu olho para a cabeça perfeita e macia de Yinka, e depois abaixo o olhar quando a vejo me encarando.

— Eu ter escolhido raspar o cabelo não quer dizer que eu não saiba o que estou fazendo — Yinka afirma com uma ponta de irritação na voz quando Kola e o babalaô partem. — Venha.

Eu me sento no chão, entre as pernas de Yinka, pensando sobre a engenhosidade da cartografia deles. Mapas vivos. A habilidade necessária para trançá-los deve ser enorme, imagino enquanto removo a adaga do meu cabelo. Yinka esfrega os dedos pela minha cabeça ao desfazer as tranças que já estavam lá. Ela é delicada, mas às vezes seus dedos passam por nós e eu me encolho. Eu desfaço aquelas que consigo alcançar, deixando-a colocar minha cabeça na posição que quer, sem reclamar quando os músculos do meu pescoço se contraem. Quando meu cabelo está solto, Yinka toma um momento para massagear e esfregar meu couro cabeludo com um pouco do óleo de coco deixado pelo babalaô, passando as mãos até as pontas dos meus cachos.

— Acha que vai conseguir colocar o mapa inteiro? — pergunto, com as mãos nos joelhos.

— Acho que sim. Sua cabeça é bem grande.

Fico em silêncio por um momento antes de perceber que ela fez uma piada. Sorrindo, eu me recosto e fecho os olhos. Os dedos de Yinka deslizam pelo meu cabelo, puxando e torcendo as mechas escuras. De vez em quando, ela para e encara o mapa entalhado, puxando minha cabeça junto.

Parece errado não conversar, sentando tão perto de Yinka, mas abro a boca para falar várias vezes e depois a fecho, insegura do que dizer.

— Okô é um lugar único — tento.

— É, sim.

Yinka não diz mais nada por um tempo, e eu me recrimino pela escolha de palavras. Elas parecem rasas e tolas até mesmo para mim.

— Você, Bem e Kola são bem próximos — tento de novo.

— Somos. — A voz de Yinka sai baixa e quase rouca. — Tudo que eles fizeram, eu fiz também. Incluindo velejar. A maioria do povo de Okô é ensinada a velejar logo que começa a andar, mas o pai de Kola o levou ao mar assim que ele aprendeu a engatinhar. Ele deu um pequeno barco ao filho no seu aniversário de seis anos com instruções severas para se manter no raso, mas nós não ouvimos.

Yinka ri baixinho. Eu fico bem imóvel caso algum movimento possa fazê-la mudar de ideia sobre conversar comigo.

— Os pescadores tiveram que nos salvar quando fomos puxados por uma correnteza. Eu fiquei petrificada. Bem estava tremendo, mas Kola sorria. Radiante. Ele sempre quis ir o mais longe que pudesse. Seu pai achava que era para escapar das responsabilidades, mas eu sabia que era por ele ter um espírito incansável, sempre esperando para explorar coisas novas. — Ela fica em silêncio por um momento, puxando cabelos errantes para colocá-los no lugar com a unha. — O pai de Kola lhe deu um barco maior quando ele fez doze anos. Às vezes passávamos o dia inteiro no mar.

Enquanto ela puxa meu cabelo para o lado, percebo sua mudança de tom ao falar de Kola.

— Yinka, posso te perguntar uma coisa?

Os dedos dela param.

— A resposta é não. — Seu tom é frio, destoando do calor da residência e do suor que escorre por nossas clavículas e costas.

A resposta abrupta de Yinka me faz remexer as mãos sobre o colo. O momento de silêncio se alonga antes que ela continue, seus joelhos apertando meus ombros um pouquinho mais forte.

— Sei o que vai perguntar. — Ela inspira fundo e solta o ar lentamente. — A família de Kola queria que nos casássemos em algum momento, e por um tempo, achei que eu também queria.

Meu coração se aperta enquanto prendo a respiração.

— O que aconteceu?

— Ele nunca foi meu, e certamente não o é agora. — Ela sorri, consigo sentir em sua voz. — Ele é um irmão para mim, e sempre vou protegê-lo.

Eu me lembro dos olhares cortantes que ela me lançou quando me viu pela primeira vez; agora eles fazem mais sentido. Os dedos de Yinka se movem mais rápido ao chegarem no fim da trança.

— Sempre vou querer o melhor para ele. Nada menos do que isso.

E eu sou menos do que isso. O pensamento é brusco e repentino. Menos do que humana. Eu não sei como ainda me permito pensar em Kola, mesmo se fosse permitido que eu ficasse com ele. As palavras dela ficam comigo enquanto muitas horas se passam; a luz do sol se move pelo buraco no teto, provendo luz para Yinka enxergar. Minhas pernas ficam dormentes enquanto ela dobra e prende as tranças bem apertadas contra minha cabeça. Mesmo ela tendo dedos rápidos e ágeis, quando termina, a cabana está úmida com o forte calor do fim de tarde.

Quando ela toca meu ombro para avisar que terminou, meu cabelo desliza por cima dos meus ombros, recaindo no meio das minhas costas em tranças finas. Passo a mão na minha cabeça, as pontas dos dedos tocam os padrões em meu cabelo, que demonstram os mares largos e as saliências que marcam as ilhas, tanto grandes quanto pequenas. Parece que Yinka não deixou nada de fora da nossa rota, seus dedos hábeis incluíram tudo entalhado nas paredes.

— Obrigada — digo baixinho ao me erguer do chão, dando vida novamente aos meus músculos.

— De nada — Yinka responde sem sorrir, mas com a expressão mais suave.

— Posso ver?

Kola entra na casa com a cabaça cheia de água fresca e com uma pequena bolsa com folhas de vernonia. Ele as coloca na mesa baixa e se aproxima de mim.

— Sim — digo com vergonha ao ajeitar o ângulo da minha cabeça.

Kola coloca as mãos nos dois lados do meu rosto, examinando as voltas e os padrões das tranças que se curvam da testa até a nuca. Prendo a respiração quando a mão dele desliza pelas minhas bochechas, movendo minha cabeça delicadamente.

— Perfeito — ele diz com voz baixa e rouca. Penso que ele está falando do meu cabelo, até olhar para cima e vê-lo encarando meu rosto.

— Obrigada — consigo dizer. — Yinka é muito talentosa. — Dirijo um olhar para ela, e Yinka se vira para ir embora, mas não sem antes fazer um pequeno gesto com a cabeça.

O babalaô insiste em nos servir ẹ̀fọ́ rírò quando Bem e Issa se juntam a nós lá dentro. O cozido de espinafre acaba de sair da panela, temperado gentilmente e quente; ele enche meu estômago de uma forma que eu não me lembrava.

— Como disse a Kola, vocês vão precisar ter cuidado com as criaturas que Exu usa para proteger a ilha e o palácio.

— Com o que vamos lidar? — Bem pergunta, comendo o espinafre ruidosamente e recebendo um olhar severo de Yinka.

— As histórias variam — o babalaô responde, abrindo bem o braço com a pele flácida no bíceps. — De criaturas como leões a morcegos gigantes. Embora eu não saiba ao certo o que vão encarar, apenas saibam que a ilha de Exu será protegida por algo. Não confie no que virem ou ouvirem.

O cozido acabou, e todos os olhos se voltam depressa para o babalaô enquanto ele desliza o olhar por nós.

— Lembrem-se de quem é Exu.

— O trapaceiro — Kola diz.

— O guardião das encruzilhadas da vida — Yinka acrescenta.

— Mestre da linguagem e mensageiro de Olodumarê — Bem conclui.

— Hum, sim. — O babalaô se recosta, os olhos espremidos de preocupação. — Não se esqueçam de nada disso. — As mãos dele descansam nos joelhos. — Não o subestimem por nada.

***

O sol está quente acima de nós, o céu ferve em um azul cristalino que arde os olhos ao encarar. Ao voltarmos às jangadas, minha respiração está pesada pelo calor e estou suando de novo. Até as folhas parecem mais pontiagudas, arranhando meus braços e pernas. Penso na água gelada do rio e passo por uma nuvem de moscas irritadas. Yinka fica para trás comigo, observando meu desprazer com um sorrisinho nos lábios.

— Aqui — ela diz, arrancando a folha de uma planta que tem pequenas flores roxas. Ela a esmaga entre os dedos e espalha pelo pescoço. — Mantém a maioria das moscas longe.

Ela me passa algumas das folhas, e eu a imito, passando o líquido contra a pele encharcada de suor do meu pescoço.

— Obrigada.

Yinka faz um gesto com a cabeça e caminha na frente, seus machados cintilando nas costas. Tento apressar o passo para alcançá-la, mas as pontadas de dor voltam para a sola dos meus pés; eu tropeço e Kola pula para me segurar antes que eu caia de joelhos. Atrás, sempre atrás, e caindo. Meu rosto esquenta e me afasto o mais rápido que posso, ignorando a mágoa no rosto dele.

O babalaô foi sincero em seus avisos, e embora eu saiba como usar minha adaga em uma luta, como posso ser páreo quando minhas pernas são fracas assim? E se eu falhar com todos eles? Eu me apresso atrás deles, me forçando a ser mais rápida, mesmo quando parece que agulhas estão presas em ambos os pés a cada passo que dou. O cabelo gruda em meu pescoço, molhado de suor, e até mesmo meus braços ardem por tirar arbustos do caminho.

Sinto o rio me puxar antes de chegar lá, e quando ele surge em nossas vistas, eu quase me abaixo na margem. Kola para por um instante para pegar água, mas sei que ele fez de propósito, para me dar tempo de descansar.

Depois de beber um pouco da bebida que Issa me oferece, eu encaro o rio. A superfície está ondulada, a luz balança pela marola em raios nítidos enquanto levanto as pernas. Meus ossos parecem mais moles e minha pele, mais rígida. Posso sentir as escamas tentando se formar e, por um momento, considero a ideia de apenas deslizar para dentro do rio. Issa me vê olhando para a superfície desejosamente e vem para o meu lado.

— Bem e Yinka não pensariam nada de diferente sobre você — o yumbo sussurra. — Eles gostam de mim.

As palavras dele me trazem de volta, e penso neles me vendo em minha forma real. Estremeço, mas forço um sorriso para Issa, pensando nas palavras de Iemanjá.

— Obrigada, pequeno, mas não acho que seja sábio.

Massageio os pés. Yinka salta para sua jangada, equilibrando-se perfeitamente enquanto os outros desamarram as cordas e conferem se elas estão seguras. Inveja se remexe dentro de mim enquanto a vejo pular de volta à margem para pegar Issa. Com o yumbo segurando em seu pescoço, ela dá um pulo de novo, impecável.

Kola mantém a jangada firme enquanto subo nela, me alertando de que talvez seja um pouco mais difícil, já que iremos contra a correnteza.

— Tem um afluente menor que será mais fácil, então vamos pegar essa rota.

Assinto, porém já estou fechando os olhos, agradecida pela brisa no rio e por finalmente não estar mais de pé. Inspirando o cheiro úmido e molhado, tento tomar um pouco da calma dos raios de sol do fim de tarde que fazem a superfície da água cintilar. O barulho do rio é mais suave do que o do mar, um sussurro baixo de água que cutuca com gentileza minha mente.

É meu décimo aniversário e minha mãe está me levando ao rio Ogum, como faz todo ano. A caminhada até lá é longa, serpenteando as beiradas das florestas, mas eu saltito pela maior parte do tempo, levantando pequenas nuvens de terra avermelhada.

Quando chegamos às margens cheias de gramas, minha mãe levanta a dobra de sua túnica amarela e, juntas, nós entramos no raso.

— Ai, está gelado, Simidele!

Sorrio e mergulho as mãos na correnteza, observando os pequenos peixes se afastarem depressa.

— Consegue sentir, ọmọbìnrin ìn mi? — Ela ri, tocando as pontas dos dedos na superfície do rio e espirrando água em mim. — Consegue sentir o poder do rio?

— Sim, ìyá — respondo, sentindo a água me puxar.

Ela desliza sua mão molhada pela minha.

— Vamos orar para Iemanjá. Repita comigo.

Nossas vozes circulam com a correnteza, aumentando a cada palavra. Quando terminamos, minha mãe me puxa para perto, gotejando água sobre minha cabeça, me abençoando em nome de Iemanjá. Eu arfo e sorrio, piscando os olhos através do véu de água cintilante.

Nós subimos à margem e nos sentamos na grama, deixando o sol nos secar. Mais tarde, vamos jantar com meu pai e outras pessoas de nosso complexo, mas esta tarde? É só para nós duas.

Depois de comermos, minha mãe me deixa brincar e nadar enquanto ela mergulha os pés no rio. Mantenho minhas pernas juntas, fingindo que são uma cauda e que sou Iemanjá. Quando mergulho, a lama do fundo abaixa e observo o peixe que nada para longe de mim, indo na direção das plantas. As pernas da minha mãe desaparecem e, quando subo, eu a encontro deitada no sol.

— Simidele! Venha descansar. — Ela dá um tapinha na grama. — Senta do meu lado.

Eu nado até a margem e subo, amarrando a túnica e me jogando ao lado da minha mãe. Ela pega meu cabelo e desfaz uma das minhas tranças, aproveitando a chance de trançá-la de novo enquanto estou parada. Eu me inclino na direção dela e sinto sua pele quente contra a minha.

— Você se lembra do motivo pelo qual viemos neste rio todo ano?

— Para celebrar o dia em que eu nasci?

— Exato. Mas sabia que também é porque você nasceu bem aqui, neste rio? — Ela solta a trança refeita e faz carinho no meu cabelo. Balanço a cabeça, e ela sorri. — Vou te contar como aconteceu.

— Sim, ìyá — digo, fechando os olhos e esperado que ela comece.

— Aqui vai uma história, e uma história que assim diz: quando você estava em minha barriga, eu vinha ao rio muitas vezes. Sentada bem aqui nesta margem, eu sentia seus movimentos. Dando cambalhotas e se contorcendo dentro de mim.

Eu abro um olho. Ela nunca me contou essa história antes. Não digo nada para não interromper.

— A última vez que visitei o rio foi uma semana antes da data prevista para você se juntar a este mundo, eu estava preocupada porque você não se mexia como deveria. Eu vim ao rio em busca de paz e conselho da mãe Iemanjá. Eu estava bem grande e me levou o dobro do tempo para chegar aqui. — Minha mãe coloca a mão no meu ombro, apertando e massageando com delicadeza. — Enquanto refrescava meus pés na água, orei para Iemanjá por sua segurança. Depois de um tempo, eu senti você mexer. Só uma mexida e uma agitação, mas foi suficiente. Eu fui abençoada, porém estava prestes a ir para casa quando senti uma dor enorme. Não conseguia voltar para Oió-Ilê e não havia ninguém comigo. Eu sabia que Iemanjá tomaria conta de mim. Ela me chamou para o rio.

— Você a viu? — Dessa vez não consigo me impedir de interromper. Abro os olhos e me sento. — Você viu Iemanjá?

Minha mãe assente e dá tapinhas no próprio colo. Ela não vai continuar até que eu me deite.

— Ela me chamou para a água. Ancorei meus pés na lama do leito e me segurei na margem, deixando a correnteza levar um pouco da dor. Iemanjá massageou minhas costas enquanto eu paria e tomou conta do resto. Quando você nasceu, ela te pescou do rio e te passou para mim, te abençoando ao fazê-lo.

Abro meus olhos e encaro o rosto da minha mãe. Ela se inclina para a frente e dá um beijo na minha testa.

— Apenas se lembre de que você tem a bênção de Iemanjá. Ela sempre está com você. Não precisa orar para ela apenas aqui. Sempre que precisar da força da mãe Iemanjá, faça a oração que eu te ensinei.

Iemanjá era nossa orixá ancestral, eu sinto isso. E, com esse conhecimento, vem uma paz.

E uma força.

Flexiono meus pés, retorcendo meus tornozelos. A lembrança me mostra a tenacidade de minha mãe. O amor dela por mim e a bênção de Iemanjá mesmo antes de eu ser refeita. A coragem da orixá em criar outras Mami Wata. Me lembra da minha própria determinação.

Minha escolha.

Minha decisão de ser forte para consertar as coisas. De salvar os gêmeos e os anéis.

Esticando as mãos, passo os dedos pelo mapa trançado em meu cabelo. Toco as ondulações do mar e os pequenos nódulos que demarcam as ilhas até chegar ao final, perto da parte de trás da minha cabeça.

A ilha de Exu.

Eu paro, mexendo nas tranças até repousar o indicador na esmeralda da adaga. O que for necessário, digo a mim mesma.

CAPÍTULO 18

Os peixes aparecem na água do rio, com as barrigas inchadas e pálidas viradas para o sol. A pele opaca se estende por distância o suficiente para fazer o rio parecer cercado de carcaças. Nós continuamos em silêncio enquanto nossas jangadas vão em direção à margem, a plataforma de madeira perpassando os peixes mortos enquanto minha inquietude volta.

Yinka se inclina e pega um, examinando-o antes de olhar para Kola.

— Não está marcado — ela diz, com os olhos estreitos ao jogá-lo de volta no rio. Ela limpa a mão na túnica e retorce a boca com nojo.

— Eu não gosto disso — Bem comenta, seus ombros enormes se curvando quando ele se abaixa até a massa de corpos.

Kola afasta o olhar dos peixes mortos e me encara brevemente.

— Nem eu. — Posso ver a preocupação enrugando sua testa. — Deveríamos voltar o mais rápido que pudermos.

Bem e Kola amarram as jangadas e nós corremos para a terra, observando troncos de árvores que agora estão com marcas marrons e pretas de podre, a folhagem murcha. O silêncio nos recebe, recobrindo a floresta, intenso o suficiente para abafar nossas palavras se encontrarmos a coisa certa a dizer. Mas não conversamos, e à medida que vamos traçando nosso caminho de volta a Okô, as árvores se tornam mais afligidas, algumas com galhos inteiros escuros, sem folhas ou qualquer verde.

A profecia do babalaô sobre fome e morte com a perda dos Ibeji preenche minha mente, e eu estremeço diante da terra que já está começando a provar que ele estava certo.

— Kola... — começo a falar, mas sou interrompida por um grito repentino que corta o clima quente.

Bem e Yinka correm por entre as árvores finas, e Kola para apenas para pegar Issa, indo atrás dos dois. Eu os sigo, com os pés deslizando pela terra enquanto sinto meu coração pulsar. Chegamos ao caminho até Okô, que agora é cercado por árvores cor de obsidiana e pilhas de colheitas podres. O cheiro de morte preenche o ar. Bem e Yinka atravessam a terra arada com cuidado, seus pés descalços esmagando os milhos mortos quando outro grito corta o ar. Eu abaixo a cabeça e paro meus braços de repente, derrapando até parar atrás de Kola. Ao lado dele, vejo Yinka se inclinando por cima de uma garota, que não deve ter mais do que dez anos de idade, agachada em meio as plantas devastadas. Ela balança para trás e para a frente, com as mãos sobre a túnica de uma velha caída no chão. Tufos brancos de cabelo escapam das tranças grossas feitas com linha vermelha.

— Por favor, ìyá àgbà caiu e agora ela...

A garota se dissolve em mais lágrimas antes de terminar. Yinka a afasta delicadamente e se curva para conferir a pulsação da mulher.

— Ela está viva — Yinka diz —, mas precisamos levá-la para dentro de Okô agora. Ela precisa de uma curandeira.

Bem levanta a velha com cuidado enquanto Yinka ajuda a garota a colocar-se de pé.

— O que aconteceu? — ela pergunta ao darmos a volta até a trilha.

A garotinha tenta passar a língua pelos lábios rachados, mas sua boca está seca demais. Eu pego meu odre de água e entrego a ela, observando-a beber.

— Nossa vaca estava doente ontem à noite — ela fala com a voz rouca. — Ìyá àgbà achou que podia ajudar hoje de manhã, mas, quando chegamos, a vaca já estava morta.

— O que aconteceu com sua avó?

— Não tenho certeza. Esta manhã ela acordou e estava respirando com dificuldade. — A voz dela fica mais fraca, virando um sussurro. — Eu tentei convencer ela a não caminhar até aqui. Eu disse que podia vir sozinha, mas ela não deixou.

Bem segura a velha. Sua cabeça se curva sobre o peito do garoto e ela puxa o ar com esforço por curtas inspirações. Eu vou até eles e vejo as feridas nas pernas finas dela.

— Isso é recente? — pergunto, gesticulando para a perna da anciã.

A garota assente, coçando o próprio braço levemente.

— Apareceram na noite passada.

Tento sorrir, torcendo para que confiança apareça na minha expressão.

— Tenho certeza de que a curandeira vai saber o que fazer.

Os portões de Okô ainda estão abertos, e eu vejo um olhar inquieto em Yinka e Bem ao repararem na falta de guardas. Quando entramos, sentimos a pressão da umidade e o cheiro de podre misturado com doença.

— Eu vou levá-las para casa e podemos chamar a curandeira — Bem diz enquanto a garota murmura as coordenadas até seu complexo.

— Nós vamos esperar você aqui — Yinka responde, com os dedos no punho dos machados.

Kola assente e coloca Issa no chão.

— Onde está todo mundo?

— Exatamente o que estava me perguntando — Yinka diz. Ela desprende seus machados, disparando os olhos pela estrada vazia.

O sol produz um calor escaldante, e eu consigo senti-lo queimando as partes pálidas do meu couro cabeludo que as tranças deixaram expostas. O suor goteja na minha testa, escorrendo pelo meu rosto, e eu toco minha adaga com as pontas dos dedos. Há algo de ameaçador neste silêncio, nem mesmo o cacarejo de uma galinha ou gritos de uma criança. Kola caminha pela estrada que leva ao complexo de sua família, surgindo adiante, no instante em que Bem volta.

Kola pega Issa e nós andamos sem fazer barulho, nossos pés levantando pequenas nuvens de terra ao passarmos perto das portas fechadas e do mercado vazio. Ouvimos as pessoas antes de vê-las: gritos de raiva misturados com angústia. Corremos em direção aos sons e, quando contornamos uma curva, entendemos por que as outras partes de Okô estão vazias.

Quase todos os aldeões estão reunidos nas portas do complexo da família de Kola. A rua está cheia com os resmungos baixos de reclamações cobertos por medo, e alguns homens chegaram até os degraus, protegidos apenas pelos guardas de Okô. Os soldados armados fazem gestos, mandando as pessoas se manterem distantes, e é quando nos aproximamos que ouço o motivo pelo qual estão tão irritados.

— Nossa colheita está morta! — uma mulher grita, sua voz aguda pelo desespero. Em suas mãos ela aperta alguns milhos pretos.

— Da noite para o dia. Como pode? — outra grita.

— O que vamos fazer antes que todos morram de fome?!

Mais aldeões se juntam a elas, e os gritos aumentam, cortando o ar. As portas do complexo se escancaram e o pai de Kola aparece.

Sua túnica branca reflete a luz do sol quando ele dá um passo para a frente, ladeado por mais guardas.

— Estou ciente do que está acontecendo. — O povo fica em silêncio quando o líder de Okô levanta as mãos. — E eu peço pela paciência de vocês.

— Paciência não vai nos alimentar! — uma mulher grita, segurando um bebê contra o peito. — Nos diga o que está havendo.

Kola começa a abrir caminho pela multidão, com a ajuda de Bem e Yinka. Issa se abaixa dentro da bolsa, com um lampejo de preocupação no rosto antes de desaparecer. O pai de Kola fica em silêncio até que o filho se aproxime. As pessoas arfam e agradecem a Ogum e Olodumarê, como se Kola tivesse ressuscitado dos mortos. E, para eles, é verdade. Ele balança a cabeça, aceitando as orações e os toques de alguns aldeões. Mas consigo ver a tensão em volta de seus olhos, seus lábios pressionados. O cheiro do vinho de palma é forte, e quando olho para as oferendas a Ogum, vejo que alguém deixou a bebida cair.

— É verdade, bàbá — ouço Kola murmurar. — Algo está acontecendo. Até os peixes do rio estão morrendo.

O rosto dos dois, protegidos das pessoas pelos guardas, espelham um ao outro em um pânico contido.

O homem mais velho aperta o braço do filho e depois passa pelo lado dele, parando diante do povo de Okô.

— Voltem para casa! — ele grita. — Vou descobrir a causa desta doença, e juntos vamos passar por isso.

— Mas o que está havendo? — um homem gordo pergunta, sua barriga grande recaída abaixo da dobra de sua túnica escarlate.

— Ainda não temos certeza, Adewale, mas vou descobrir.

— Como? E quando? — o mesmo homem pergunta, com os olhos arregalados. Ouro cintila em seus dedos e ao redor de seus pulsos. — O povo vai precisar morrer como a colheita antes que você tome alguma atitude?

— Um dia se passou, Adewale. — A voz do pai de Kola está fina pelo cansaço, e penso no peso que ele deve carregar. Primeiro com o sumiço dos gêmeos, e agora isso. — Espere mais de Olodumarê, mas eu sou apenas um homem. Agora voltem às suas casas, usem o estoque de comida que já têm e venham amanhã à noite para a reunião.

— Ouviram o que foi dito! Vão para casa, povo!

Os guardas começaram a descer os degraus, dispersando os últimos aldeões que permaneciam ali.

Adewale é o último a partir, lançando um olhar enojado para os guardas antes de caminhar para longe.

Kola se vira para nós com um músculo tremendo no lado esquerdo de seu maxilar rígido.

— Enquanto explico para os meus pais o que o babalaô contou, vocês podem preparar o que precisamos para partir? — Sinto urgência na voz dele. Não temos muito tempo. — Leve Simi e Issa ao barco — ele diz a Bem. — Pegue toda comida e água que vamos precisar. E Yinka? — Kola assente para ela com um olhar frio. — Junte o máximo de armas que puder.

Enquanto Kola passa Issa para mim, o calor entre nós tremula.

— Logo estarei lá — ele diz.

Eu o encaro e tento sorrir, confiante, mas saber que tanta coisa depende de conseguirmos os anéis me deixa nauseada. Kola faz um gesto com a cabeça para mim e depois passa pela porta do complexo.

— Por aqui — Bem diz.

Traçamos o caminho pelas ruas vazias de Okô, indo na direção do barulho do mar e da areia que invade e reparte tufos de grama e chão de terra batida.

Eu me forço a ir rápido, para alcançar as passadas longas de Bem. Nós passamos por portas e entradas de complexos que estão trancadas, como se a madeira e a rocha pudessem afastar a peste. Faço uma oração para Iemanjá ao passarmos por cada uma, o medo dos aldeões quase palpável, e um aperto se espalha pelo meu peito.

Endireito minha postura. Não deixarei que mais ninguém se machuque por causa de Exu. O que eu precisar fazer, penso enquanto levo minha mão à esmeralda em meu cabelo, farei.

Yinka se afasta, indo em direção à fortaleza robusta na ribanceira, enquanto Bem aponta para uma embarcação atracada só um pouco além do raso. Nós perambulamos pela areia oscilante, e seu calor aumenta a dor sempre presente em meus pés.

— Bem-vindos ao meu navio — Bem diz, mas eu olho para além do barco, para a ondulação do mar, suas curvas azul-escuras e claras. — Bem, o navio de Kola, na verdade, mas eu coloquei o mesmo tanto de amor e trabalho nele.

Eu passo por ele, suas palavras se infiltrando enquanto escuto as ondas. Elas se estendem pela terra em tons de marrom e azul, e sinto o poder da água. Algas são deixadas pela areia molhada quando o raso despeja suas franjas salgadas na orla. Eu continuo caminhando na direção das ondas, a colisão agitada delas combinando com a pulsação do meu coração.

Venha, diz o mar, com sua água salpicada em branco ao longe chamando minha atenção. *Retorne para seu lar, onde você pertence*. Dou outro passo, e meus pés afundam na areia quente que dá lugar ao chão molhado e duro.

— Simidele?

Não ouço meu nome, não de verdade. Tudo o que consigo pensar é no mar e no seu chamado. No seu poder. Meus pés caminham adiante. A água se aproxima de mim, e posso sentir as pontadas das escamas que começam a empurrar minha pele. Elas brilham, um ouro roseado visível apenas entre as veias dos meus pés e pernas. Seria fácil voltar.

— Simi! — Bem diz, me examinando com atenção. — Você está bem, Simidele?

A pergunta de Bem me liberta da urgência irresistível, e eu cambaleio para trás, quase caindo na areia. Encaro o mar, atônita. Ainda não posso voltar.

— Eu estou bem.

Yinka volta, correndo pela praia enquanto carrega um depósito de armas: uma bolsa de pelos repleta de adagas, duas espadas, pontas de várias flechas, e a madeira maleável de arcos.

— Kola está vindo, assim como Ifedayo.

— Ifedayo? — pergunto.

— O guarda de Oió-Ilê. Aquele que o pai dele disse que queria que viesse junto. Ainda é a única forma de ele deixar Kola ir. — Yinka solta as armas no chão diante dela e ajeita a postura, com as mãos na cintura. Ela encara o mar, estreitando os olhos contra a brisa e resmungando tão baixo que quase não consigo ouvi-la: — Como se Bem e eu não fôssemos mais confiáveis.

Bem coloca a mão no ombro dela brevemente, e ela relaxa, lançando um olhar de gratidão para ele.

Kola volta e se aproxima pela praia. Ao lado dele está Ifedayo, e imediatamente o reconheço do complexo de Kola. Tão alto quanto Bem, mas não tão largo, quase magro, Ifedayo tem a cabeça repleta de finas tranças que roçam contra seu maxilar bem-definido, tocando seus lábios finos quando ele joga as tranças para longe do rosto. Os olhos dele são tão escuros que parecem pretos, e uma sensação de força se mostra na forma que ele se porta, a postura desajeitada, mas os músculos rígidos.

— Simidele, Issa. Esse é Ifedayo.

Kola caminha na frente quando o rapaz nos cumprimenta com um gesto de cabeça antes de ir até Yinka. Um suave coxeado interrompe seus passos enquanto ele conversa com ela, espiando a coleção de armas. Ele deve aprovar o que vê, porque um sorriso se abre em seu rosto sem alcançar seus olhos escuros. Eu analiso seu rosto, me perguntando se já o tinha visto antes em Oió-Ilê, mas nenhum de seus traços parece familiar.

— Vamos zarpar agora mesmo. — Kola vira seus olhos castanho-claros para mim. Ele está tão perto que posso sentir o cheiro familiar de sabão preto. Ainda sinto uma onda de calor quando ele se aproxima, até perceber que Kola está olhando para o mapa no meu cabelo. — Se partirmos agora, chegaremos no fim da tarde ou começo da noite de amanhã.

Abro a boca para responder, mas vejo sua expressão preocupada.

— O que é?

— Eu não acho que devamos levar Issa. — Kola suspira e passa a mão por seus cachos e pela lateral do rosto. — Ele é jovem demais e...

— Você não quer que ele se machuque.

Kola assente e nós olhamos para Issa parado ao lado de Yinka, com a mão grudada na dela. A garota encara Ifedayo, que simplesmente abre um sorriso fácil para ela, parecendo não se incomodar com o yumbo. Issa puxa a garota pela mão e traz a atenção dela para si, escolhendo uma pequena adaga que ele brada como uma espada.

— Ele não vai embora facilmente.

Kola suspira com força.

— Eu sei.

Issa brinca com Yinka, que finge duelar com ele, sustentando um machado de maneira frouxa e uma careta falsa no rosto. Eles levantam nuvens de areia quente ao circularem em volta um do outro, escondidos do resto da praia por uma fileira de coqueiros.

— Tão feroz — ela grunhe, fingindo ter sido atacada por um golpe fatal.

— E obviamente muito habilidoso com uma espada — Kola grita, sorrindo ao correr para perto e levantando o yumbo pela cintura.

— Adekola! Você está estragando meu ataque!

— Me desculpe. — Kola o devolve ao chão e o vira para si para se encararem. — Eu estava falando com a Simi e... — Ele para, organizando os pensamentos, torcendo para usar as palavras certas. — Nós achamos que é hora de você voltar para casa, pequeno. Afinal de contas, você nos mostrou o caminho até Okô.

Issa olha para mim.

— Mas, ẹ̀gbọ́n ọkùnrin, você precisa de mim. — O yumbo corre até a bolsa de suprimentos e segura um canto dela.

— Eu estou bem — Issa declara. — Além do mais, quem vai ajudar com tudo isso?

Bem, vendo o rosto de Kola, toma a bolsa da mão do yumbo e a joga sobre o ombro. Vejo os olhos de Yinka brilhar, mas ela pega a adaga com a qual Issa estava lutando e a coloca junto com as outras armas.

— Ele está certo — ela diz, sua expressão voltando a ser neutra. — Vai ser perigoso demais para você.

— Não! Não vai! — Issa gira, olhando para cada um de nós por vez, sua postura ereta e suas mãos em punhos. O lábio inferior do yumbo treme, e eu respiro fundo. — Por favor. É por causa do Ninki Nanka?

— Não, não tem nada a ver com isso, e sim com minha promessa para Salif. — Kola coloca a mão no ombro do garoto, seus ossos tão frágeis quanto de um pássaro. — Você foi um guia excelente. Nunca teríamos chegado em Okô tão rápido sem você. Mas agora é hora de você ir para casa. Não quero colocá-lo em mais perigo.

— Mas você não está fazendo isso! Por favor — Issa implora, segurando a mão de Kola. — Quero ajudar você e Simi.

— Você vai nos ajudar — acrescento, tentando sorrir. — Indo para casa. Dessa forma, nós vamos saber que você está seguro.

Kola respira fundo e depois empurra o yumbo gentilmente.

— Vai. Vai logo. Não precisamos mais de sua ajuda. *Eu* não preciso mais da sua ajuda.

Issa está longe de nós, parado e com os olhos derretidos em lágrimas quentes.

— Mas, ẹ̀gbọ́n ọkùnrin…

— Eu não sou seu irmão. Nunca fui. — A voz de Kola é severa e alta o suficiente para fazer o menino yumbo tremer. — Agora vai! Antes que nos faça morrer por causa de outra coisa.

Issa olha para mim, suas bochechas manchadas por lágrimas prateadas, e depois para o punho apertado de Kola antes de correr. Quando o yumbo chega na beira da floresta, ele para e se permite olhar uma última vez antes de desaparecer entre os arbustos.

— É melhor assim — digo baixinho.

Kola está franzindo a testa enquanto encara a fileira de árvores, e seus olhos brilham. Penso em esticar o braço para tocá-lo, mas ele se afasta rapidamente, gritando para os outros pegarem o que precisam.

— Vamos, estamos perdendo tempo.

***

Kola está quieto enquanto vamos para o navio com um barco, seu olhar encara a direção na qual Issa desapareceu. Outra embarcação, tripulada por dois aldeões, surge ao nosso lado, com comida, bolsas com armas e barris que são passados por uma escada de corda para Ifedayo. Kola inspeciona o navio para ver se tudo está em ordem enquanto Bem prende as velas e Yinka iça a âncora.

Bem consulta o mapa em meu cabelo, decidindo a melhor rota para seguir. O dia é drenado do sol, e rapidamente perdemos Okô de vista. Dividimos as vigílias entre nós, com Yinka pegando o primeiro turno. Escuto Kola murmurar quando Bem pergunta sobre as semanas em que esteve longe de Okô. A maioria das palavras é levada pelo vento, então apenas entendo o tom de sua dor e angústia.

Quando sinto Kola olhando na minha direção, finjo estar dormindo, com os braços abraçando as pernas contra o peito e a bochecha apoiada nos ossos dos joelhos, que irritam a maciez da minha pele. As piscadas se alongam até acabarem em um cochilo inevitável.

Estamos em uma ilha repleta de preto e vermelho, morte e sangue, dor e destruição. Kola, Bem e Yinka estão lá enquanto subimos ao topo de montanhas, o cheiro de podre e de ossos descarnados forte no ar, prendendo-se em nossa pele e revestindo nossas gargantas quando respiramos. Eu vejo Exu, maior do que achei que seria possível, apertando os outros, sem dar a chance de que eles se defendam, puxando-os membro por membro, seus corpos espalhados na terra escura da ilha improdutiva. Sangue escorre pelo chão, seu cheiro forte de ferro está fresco quando meu lamento rompe o ar e a tristeza perpassa minha alma. O sentimento serpenteia até se aprofundar em mim, me preenchendo com uma escuridão apenas comparável com a parte mais escura da noite, e pairando ao meu redor estão as mortes de todos aqueles com quem vim a me importar. E então Exu se vira para mim e eu...

Arfando repentinamente, eu acordo para encarar uma lua que paira baixo, logo após as velas, seu brilho amarelo revestindo o convés enquanto o navio balança nas ondas com a cor da noite. Alguém havia colocado um cobertor de tecido sobre minhas pernas, mas ainda sinto o frio da noite. Me espreguiçando, inclino meu pescoço para os dois lados, girando meus ombros enquanto meus olhos pairam pela extensão do mar, as ondas pretas e azuis se movendo como vidro derretido.

Olho novamente para o convés, com os gritos e os corpos destroçados do meu sonho ainda frescos em minha mente. Todos ainda estão dormindo; até mesmo Ifedayo, que está de guarda, parece estar cochilando. Meu coração acelera ao pensar em algo acontecendo com eles. Ergo as mãos para o mapa em meu cabelo, as pontas dos dedos e unhas se movendo pelas espirais de ilhas e mares. É o único jeito de encontrar a ilha de Exu além das paredes da casa do babalaô.

E se eu fizesse isso sozinha? Se eu for embora agora, eles não saberiam como chegar ao palácio de Exu. Eles estariam em segurança. A ideia se esgueira para dentro, crescendo até que eu me levante sob o luar e passe os olhos por eles. Eu poderia enfrentar Exu e resgatar os gêmeos. Pedir a permissão deles para usar os anéis.

Kola se remexe enquanto dorme, a bochecha equilibrada sobre a mão. Eu ando silenciosamente até ele, me agachando e encarando seu rosto. Esticando a mão, eu quase toco seu queixo, mas me interrompo.

Kola.

Suspiro. Quero que ele e os outros fiquem a salvo, mas sei que, se eu for embora, ele não pararia até me encontrar. Ele não desistiria, sinto isso profundamente. Mesmo se isso significasse voltar ao babalaô e copiar o mapa de novo e depois ir para a ilha de Exu, ele me encontraria.

Há apenas uma coisa a fazer. Eu levanto, meus joelhos estalam, e encaro o mar. Estamos mais ou menos a seis horas da costa, o que significa que devemos estar perto do destino que tenho em mente. Indo à balaustrada, penso no mar lá embaixo, suas profundezas e escuridão e tudo o que lá vive, monstros e maravilhas, mortos e vivos. Eu tremo, pois sei que não tenho escolha. Terá que ser assim, digo a mim mesma.

Buscar por sua ajuda é a única forma que tenho de garantir que todos vivam. Iemanjá, Mami Wata, os gêmeos e o povo de Okô.

Conferindo que ninguém está observando, solto a escada de cordas e deslizo para o lado de fora do navio. Sinto um formigamento tão forte na pele que meus ossos parecem quebrar. Respiro fundo, sabendo que não posso mais conter.

Sem fazer barulho, mergulho no oceano, sentindo a separação entre minhas coxas se juntando e a cauda se formando em uma barbatana grande. Eu me inclino no mar, envolvida por suas dobras profundas, flutuando com as ondas que me carregam para longe do navio. Acima, a noite está repleta de estrelas que perpassam o céu, estendendo-se ao infinito com suas explosões de luzes mortas. Suspensa entre o mar e o vasto céu brilhante, eu me sinto desimportante. Pequena. E depois penso em Iemanjá sob o mesmo cobertor de estrelas, nos gêmeos e no medo que devem sentir, e sou tomada por um propósito que se espalha para cada parte de mim.

Sentada na casa do babalaô por horas enquanto Yinka trançava meu cabelo, percorri os olhos pelo mapa repetidas vezes. Uma cauda e uma capa de pérolas tinham se tornado claras no fim, representando um orixá que os seres humanos muitas vezes temem, mas algumas vezes esquecem, e um reino que abrange o fundo do mar inteiro com um palácio que perpassa a rota que tomamos até a ilha de Exu.

Olocum.

Orixá das profundezas e guardião da Terra dos Mortos. Aprisionado abaixo do mar, Olocum não vê o sol há mil anos. Furioso com a humanidade por não oferecer homenagem a ele, o orixá mandou ondas gigantescas para devastar e enterrar a terra. Assim que viram as montanhas de água que invadiam a terra, o povo rogou a Obatalá, o pai de todos os humanos, por ajuda. Ele interceptou Olocum e se colocou entre seus amados mortais e a fúria das ondas enormes. Com medo do perigo pelo qual suas criações passavam, Obatalá acorrentou o orixá no mais fundo leito do mar, banindo-o para a Terra dos Mortos, onde ele ainda reside até hoje.

Minha decisão se firma e eu me rebato na água, me afastando do luar e mergulhando para baixo. A água desliza por mim como cetim enquanto nado sob o navio, que corta as ondas. Um cardume de cavala segue em espirais. Nadando para a esquerda e depois para baixo, eu os evito, querendo apenas a escuridão das marés que varrem a parte mais funda do oceano. Fica mais frio, mas eu não paro, apenas o fazendo quando vejo o brilho branco do osso.

Algumas vezes encontro mais do que almas. Algumas vezes vejo as estruturas dos corpos que antes mantinham a essência humana. Elas ficam mais brancas com o passar dos anos, separadas da carne pelas correntezas e pelos necrófagos. Murmurando uma oração pelo bem dessas vidas e pela jornada delas até Olodumarê, eu jogo areia de volta sobre os restos, torcendo para que essas pessoas tenham olhado para a luz do sol antes de fazerem a passagem para Olodumarê. A água escura gira ao meu redor quando peixes, tanto cinzentos quanto monstruosos, deslizam. Com olhos redondos e barbatanas definhando, eles são sussurros e sombras de pesadelos.

— Por que você veio tão fundo? — a voz ecoa na água, fazendo as algas tremerem.

Puxo minhas mãos para trás, sentindo um repentino e intenso frio dentro de mim.

— Olocum.

Ainda não consigo ver o orixá, mas me abaixo até o lodo, com a barriga arranhando as rochas enquanto espero que ele apareça. A profundeza é iluminada pelas luzes de um peixe-pescador deformado e o brilho azul das lulas vagalumes que se prendem ao recife. Nas águas distantes, consigo distinguir a silhueta de um palácio de coral, as paredes afiadas e pontudas.

Ouço Olocum se aproximando antes de vê-lo. A corrente dourada que prende sua cintura tilinta enquanto eu me balanço na água, meu coração pulsando em quase pânico.

Olocum desliza de trás das rochas pretas no leito do mar.

— Seu lugar não é aqui. — Seu tom é ácido, com humilhação acentuando suas palavras simples. Duas vezes maior do que Iemanjá, Olocum tem escamas roxo-escuras com toques prateados que combinam com a frieza de seus olhos. Suspenso nas profundezas, ele deixa a correnteza gelada o empurrar para mais perto de mim, revelando seus lábios carnudos e um nariz largo que podia ter sido esculpido em pedra, de tão preciso que são seus cumes e contornos. Ele levanta seu queixo com covinha e fala de novo: — Você está bem, Mami Wata?

Uma cascata de pérolas negras do tamanho de uvas se derrama por cima de seus ombros, formando uma capa escura que se move e tilinta gentilmente na água.

— Estou tão bem quanto se poder estar. — Eu sempre tive compaixão por esse orixá. Punido sem uma recompensa ou uma chance de se redimir. Livre para vagar pela camada mais escura do mar, mas acorrentado tão nas profundezas para nunca ser capaz de ir para a superfície, nunca ser capaz de ver o sol de novo. Erguendo as sobrancelhas, eu o observo se aproximar. — Eu vim pedir sua orientação. Sua sabedoria e conhecimento.

— Você não deveria ter vindo tão fundo. — Olocum se empina para mim, com a cauda serpenteando sob ele em grosseiras espirais iridescentes. — Mas vou ouvir o que tem a dizer.

Assinto, as pontas das minhas tranças flutuando na água quando coloco a mão no centro do peito em cumprimento.

— Estou a caminho da ilha de Exu.

— Exu! — Olocum cospe o nome e me rodeia, sua pele brilhando sob a luz pálida do peixe. — Ele ignora meus pedidos para levar mensagens a Olodumarê sobre minha causa. Por que você o procuraria?

Ele inclina sua cabeça colossal para um lado, me observando.

— Ele capturou duas crianças.

— Ibeji encarnados.

— Como sabe?

O orixá nada ao meu redor, agitando o lodo em nuvens marrons que se erguem e abaixam com arcos suaves.

— Boatos. Eu ouço coisas, mas os outros nunca me escutam.

Seguindo seus movimentos, eu giro delicadamente na água.

— Que tipo de boatos?

— Sobre o desejo de ter mais poder. — Olocum para de costas para mim, as pérolas negras grossas em seu pescoço e ombros. — Sobre os anéis e os gêmeos.

Eu espero, me retorcendo para manter Olocum à vista. Ele vem até mim. Eu não me mexo, mas contenho todos os meus nervos para isso. O orixá se aproxima e pega uma de minhas tranças, prendendo em volta do seu punho, trazendo meu rosto para mais perto do dele.

— O que é que você quer de mim, Mami Wata? — Olocum grunhe suavemente, as correntes douradas tinindo na água, seus elos grossos tão sólidos quanto a base.

Eu engulo em seco, preparando minhas palavras.

— Ajuda com Exu. Eu preciso dos gêmeos e dos anéis. Ele os tem — digo enquanto Olocum me solta, observando suas costas musculosas quando ele nada para longe e depois mergulha, virando de novo para mim.

— Ajudar você quando ninguém nunca me ajudou! — Olocum levanta parte de sua corrente e a puxa, seus músculos escuros estão rígidos. — Eu tenho suportado minha punição, ainda assim, sou esquecido aqui embaixo! — Suas palavras estão cortadas com raiva, o rosto retorcido por revolta e desespero. — Eu tenho estado sozinho há um milênio. Ninguém além dos restos de ossos como companhia. — Olocum chega mais perto, enrolando a corrente em volta de seus grandes punhos. Eu não deixo isso me abalar, sustentando seu olhar até que ele abaixe o braço e bata a corrente em uma rocha que está no leito do mar. Os elos não se quebram, nunca vão se quebrar, a não ser que Olodumarê ou Obatalá o soltem. — As pessoas contam histórias sobre mim agora, mas eu sou mais do que um mito! Sou mais do que algo a ser relatado por um contador de história!

Eu me encolho pela dor e tortura em sua voz.

— Se você me ajudar, eu darei meu melhor para fazer o mesmo por você. É só me dizer como.

— Você me ajudaria, Mami Wata? — Agora a voz do Olocum é suave e evasiva. — Não importa o que eu te peça?

Penso por um momento, me perguntando o que ele poderia pedir. Qualquer coisa valeria a pena, reflito, se Iemanjá e os gêmeos estiverem seguros.

— Ajudaria se você também me ajudasse. Contanto que Exu seja derrotado.

O rosto de Olocum muda, seus olhos se estreitam com uma astúcia que me faz querer nadar de novo para a superfície e nunca olhar para trás. O orixá parece perceber isso, porque ele se inclina na minha direção, me pegando em seus braços e me apertando forte enquanto murmura em meu ouvido, e meu cabelo se prende em volta da corrente que está em torno dos seus punhos. As palavras de Olocum são repletas de maldade e vingança, e quando o orixá termina, ele me solta.

Olocum flutua no mar diante de mim, seus músculos definidos e a cauda tão longa que se enrola sob ele como uma serpente do mar. Ele me encara, esperando por uma resposta.

Minha garganta parece ter fechado com a barganha que ele me ofereceu, com o que ele espera que eu faça em troca de sua ajuda. Eu penso no sol e no ar lá em cima. Em Kola. E então eu me lembro do medo no rosto de Iemanjá e penso em todas as Mami Wata sendo punidas, no luto de Kola e de sua família. Eu tento invocar palavras que não surgem. Erguendo o olhar para Olocum, eu engulo em seco e assinto, as pontas das minhas tranças flutuando em volta da minha cabeça.

— Que assim seja — Olocum diz.

Ele sorri, estalando a língua nos dentes e os lábios em satisfação, antes de voltar girando de volta para a escuridão, com as correntes arrastando no leito do mar.

Eu espero por alguns momentos, me permitindo cair, descansando no lodo que parece macio, mas é apenas uma fina camada entre minhas escamas e a rocha embaixo. *Você concordou e agora é hora de seguir em frente*, penso.

Eu me impulsiono para cima, na direção do navio, quando a primeira luz do dia começa a clarear o mundo lá em cima. Agitação e esperança se aninham nos espaços do meu coração que agora estão livres da raiva, e, quando vejo o casco curvado, nado mais rápido, me levantando para me limpar do mar quando chego lá. A noite está prestes a terminar, a lua fica mais fraca agora, e eu percebo que passei mais tempo no mar do que tinha planejado. Minhas mãos molhadas seguram a escada de corda, os ossos das pernas se formam e estalam à medida que me arrasto para subir, com os braços tremendo pelo esforço.

Assim que estou quase alcançando a balaustrada do navio, Yinka aparece, a superfície de suas bochechas iluminadas pela luz do sol da manhã. Seu rosto está tenso quando abaixa a mão e segura a minha, me ajudando a subir.

CAPÍTULO 19

Ela me viu no mar.

O amanhecer recobre o céu em rosa-amarelado e cinza quando eu paro, encarando os grandes olhos dela. Yinka me ajuda a subir pela última parte da escada e solta minha mão, dando um passo para trás. Ela observa enquanto as últimas escamas se tornam pele e depois corre para longe. Eu jogo minhas pernas por cima da balaustrada, caindo de pé do outro lado, não sentindo firmeza no convés duro sob mim e com o balançar do mar. Iemanjá me avisou para ficar na forma humana por causa da ganância e da violência que a aparência das Mami Wata pode causar, mas eu também segui sua ordem por causa de outras reações. Aquelas que vi no rosto de Kola logo depois de salvá-lo. Aquelas que temo ver no rosto de Bem e Yinka.

Medo.

Repulsa.

Uma ponta de vergonha invade meu coração. Por ser a criatura que não lembra quem foi. Por como as pessoas podem me ver agora, não uma orixá, mas outra coisa.

Inumana.

Ergo o olhar dos meus pés, me perguntando qual reação estará espalhada no rosto de Yinka, apenas para vê-la de costas andando pelo convés.

— É Simi — ela grita, pulando por cima das cordas grossas com nós.

Eu a sigo com cuidado. Kola se ajeita na vela e me observa enquanto caio na direção dele, tropeçando na mesma corda que Yinka havia pulado. Meu rosto deve expressar confusão com clareza, porque ele pula para a frente e põe uma das mãos na minha cintura para me firmar em meus pés recém-formados.

— Não se preocupe — ele diz em voz baixa, carregada de pesar. — Mas eu tinha que dizer alguma coisa. Eles acordaram e você tinha sumido.

— Você contou para eles?

Mesmo quando as palavras saem da minha boca, eu me lembro do aviso de Iemanjá sobre os humanos e sobre confiança. Kola acabou de provar que ela estava certa.

Eu lanço um olhar para Bem e Ifedayo, que está perplexo enquanto me examina e para quando seu olhar recai em meus pés. Bem enrola um pedaço de corda em volta do braço, os lábios apertados. Eu o encorajo a sorrir, mas então Yinka se aproxima dele e sussurra algo em seu ouvido. Nenhum dos dois olha para mim, e o calor da vergonha se arrasta do meu pescoço para meu rosto.

— Eles entendem — Kola diz, mas não consigo dizer se a incerteza que ouço em sua voz é real ou imaginária.

— Não parece. — Eu me afasto dele, me virando para a balaustrada.

Depois de encarar Olocum, volto para as pessoas que eu estava tentando proteger para descobrir que elas estão me olhando como se eu fosse um monstro? Mordo a parte interior da minha boca, usando a dor para ignorar a vontade de mergulhar de novo no mar.

— Você não deveria ter dito nada para eles — consigo dizer, a dor apertando minha garganta. — Não era seu segrego para contar.

— Simi, eu não tive escolha. Você simplesmente desapareceu, e eu sabia que você voltaria em algum momento. — Kola suspira e vem para o meu lado. — Bom, eu esperava que você voltasse. Iria querer explicar então? Responder as perguntas deles? — Ele repousa as mãos na minha cintura de novo e percebo que não consigo respirar, focando no toque de seus dedos. — Além do mais, eles estavam preocupados. E eu também.

Quando me viro para ele, vejo que seus olhos estão repletos de preocupação.

— Eles estavam preocupados? — sussurro.

— Sim. — As mãos dele ainda estão em mim e eu não me afasto. — Você pode confiar neles. Pode confiar em mim. Nenhum deles estaria neste navio agora se eu não confiasse inteiramente neles.

— E Ifedayo? — pergunto, tendo um vislumbre das tranças do rapaz balançando enquanto ele confere os nós do tecido da vela. Pelo menos a curiosidade dele é melhor do que nojo.

— Se meu pai confia nele, eu também confio.

— E Bem? — Minha voz é fraca agora, quando me lembro da conversa que tive com o garoto gigante em Okô. Sua sede por aventura e sua gentileza. Eu gostava dele, queria que ele gostasse de mim também.

— Ele está perplexo. Você vai ver. — Eu respiro fundo e deixo que Kola me vire para encará-lo. — Dê uma chance a eles, Simidele. — Ele sorri para mim e, apesar da minha irritação, meu estômago se revira ao ver sua boca curvada. — Deixe que eles tenham um tempo para pensar sobre isso. Para absorver o fato de que estão em companhia de uma filha de Iemanjá.

Eu paro por um momento, mas a raiva já está desaparecendo. Assentindo, empurro o peito dele com delicadeza, usando isso como uma desculpa para sentir sua pele lisa. Ele solta um riso baixo repleto de alívio, e, quando me solta, percebo que quero voltar para os seus braços, ter as mãos dele ainda em mim, mas então Bem o chama e Kola se afasta.

Mantendo-me ocupada conferindo os suprimentos, digo a mim mesma que é bom que Kola tenha contado para eles. Não posso continuar fingindo ser uma humana. É isso o que sou e não tem como esconder, não deveria esconder. Nem de mim mesma.

Quando Yinka nos chama para comer papaia ressacado, eu me junto a eles no convés. Nós nos sentamos, e enquanto Bem me passa algumas frutas, ele balança a cabeça para mim, pressionando seus dedos grossos contra o coração.

— Viu? — Kola sussurra. — Ele só precisava de um momento.

— E Yinka? — pergunto.

Kola se inclina para perto de mim para olhar para a mesma direção que eu, nossas bochechas quase se tocam.

— Pode não parecer, mas ela está maravilhada.

Eu rio baixinho.

— Sério? Quase posso sentir a alegria vindo dela.

— Ela pode ser... superprotetora. Dê uma chance a ela, Simi. Sei que ela pode parecer difícil, mas é porque se importa, e ela sabe que você me salvou. Quando fui capturado, ela e Bem levaram a culpa. Não oficialmente, mas sei que eles se culparam. — Kola suspira. — Eu não quis levá-los comigo porque não queria que Okô os perdesse se algo desse errado.

— E ainda assim estava disposto a se sacrificar?

— É o que você está fazendo agora. O que eu estou fazendo de novo. Pelo bem daqueles com quem me importo, eu me arriscaria de novo e de novo.

Ele está certo, penso. Quando Kola começa a se afastar, eu seguro seu pulso, meus dedos em volta das cascas das feridas.

— Desculpa — deixo escapar, enquanto o solto rapidamente. — Eu desci ao mar para encontrar Olocum. Pensei que talvez ele pudesse ajudar.

— Olocum? — Ele fica tenso e depois se vira para me encarar. — Achei que ele tinha sido banido para um lugar onde ninguém pudesse encontrá-lo.

Eu me lembro dos peixes estranhos e da luz azul da lula.

— Na água existem muitas coisas que a humanidade não conhece. — A imagem dos ossos repousando quietos sob o peso da água me vem em mente, assim como a das pérolas negras de Olocum e as correntes que prendem seu corpo. — Quando se retira as escamas do oceano, nunca se sabe o que vai encontrar.

— Você o viu? O que ele disse?

Eu me forço a não tremer, mas quando me lembro das palavras que Olocum sussurrou na escuridão, sinto algo tão gelado que apenas senti lá embaixo, nas profundezas. Não posso contar a Kola. Afasto o olhar dele e olho as ondas.

— Não, eu não o vi.

O vento fica forte, soprando as pontas das minhas tranças pelo meu rosto. Eu tremo e as jogo para trás.

— Assim é melhor. Há um motivo para algumas coisas ficarem escondidas nas profundezas — Kola diz.

— Você realmente acha que eles vão… me aceitar? Aceitar o que eu sou? — pergunto, mudando de assunto.

Minha promessa para Olocum não é algo com que preciso me preocupar. Por enquanto.

— Por que não vai conferir?

Quando Yinka finalmente me encara, eu tento sorrir, tirando a adaga do meu cabelo. Eu vou tentar, penso, e que maneira melhor do que com algo que a garota parece adorar?

— Quer lutar comigo? — Minha pergunta é recebida com um levantar de sobrancelhas e uma contorção de lábios.

Kola ri e eu vou para o pequeno espaço vazio no convés, plantando os pés no chão, um distante do outro, e jogando a arma de uma mão para a outra. Yinka solta ambos os machados e sorri, mostrando seus caninos pontudos. Eu balanço a adaga uma vez, observando a surpresa dela quando a lâmina surge.

— Vai devagar com ela, Simidele — Kola grita, e Yinka quase solta um sibilo de irritação ao se balançar e fazer um arco dourado com um dos machados.

Eu bloqueio o movimento com minha adaga, empurrando de volta na direção dela para ter espaço para golpear. Acerto sua outra mão com a que tenho livre, deixando frouxo o seu aperto no machado da mão esquerda.

Yinka aperta os dedos com força no punho dos machados, abaixando-se de forma maleável, os tendões de seus membros se mexendo em linhas graciosas. *Não tropece*, digo a mim mesma ao golpear, mirando na barriga de Yinka. Ela gira para longe, me acertando no ombro com o punhal de um machado. Eu cambaleio e retomo o equilíbrio, virando para encará-la. Estou respirando pesado e feliz ao ver que Yinka também está. Ela sorri para mim, cruzando as lâminas e depois as afastando com um tinir satisfatório.

— Vamos lá, Mami Wata! Vamos ver se você é boa fora do mar!

Eu sorrio em resposta, meus músculos aquecidos agora, a adaga se tornando um borrão em minhas mãos ao deslizá-la em golpes, defendendo vários ataques e conseguindo dar alguns. Yinka gira ao meu redor, seus machados cintilando e seu sorriso suavizando sua expressão. Eu bloqueio vários golpes antes de encontrar uma abertura, rindo ao ver sua lateral direita desprotegida. Yinka se contorce para longe no último momento, rolando no convés e se levantando a vários passos de distância de mim, sua risada sendo carregada pelo vento.

É apenas quando Bem se aproxima de nós com um pouco de água, muito necessária, que paramos, nossos corpos cobertos de suor, pernas e braços tremendo pelo esforço. Sentando com a balaustrada de estibordo às nossas costas, nos revezamos bebendo do odre de água, permitindo um descanso aos nossos músculos quentes.

— Kola nos contou como você o salvou. — Yinka despeja água em seu rosto, deixando-a escorrer em filetes por seu pescoço. — E o que faz com as almas que encontra.

Fico quieta. O tom dela é de respeito.

— Minha tarefa era salvar almas, mas eu nunca poderia deixar Kola no mar. — Aperto minha nuca, fazendo uma careta. — E agora é por isso que preciso enfrentar Exu. Bem, é um dos motivos.

Yinka me observa secar a umidade do rosto com a parte de dentro do meu braço.

— Somos abençoados por ter você.

Deixo as palavras dela se aprofundarem, saboreando o tom de aceitação.

— Yinka, como aprendeu a lutar desse jeito? — pergunto.

Ela para, bebendo um pouco de água.

— Minha mãe. Ela não era do reino de Okô.

A pergunta de onde ela era está na ponta da língua, mas a contenho, sentindo que Yinka não precisa ser persuadida, apenas ouvida.

— Seu nome era Nawi. — Yinka para e ajusta sua túnica, brincando com as dobras antes de continuar. — Ela vivia com o Fon. Foi levada ao Império de Bornu por sua beleza e força. Era iniciada e treinava para ser uma das Ahosi.

— Protetoras do rei?

— Sim. Todas guerreiras — Yinka diz, cheia de orgulho.

— Ouvi histórias sobre elas — digo, secando meu odre. — Elas são ferozes. Lutam melhor do que os homens de Fon.

— Minha mãe me disse o mesmo quando eu era uma garotinha. Ela me ensinou a lutar. A nunca ser subjugada. — Yinka sorri, com os olhos brilhando. — Ela costumava cantar para mim antes que eu fosse dormir toda noite... sobre ser melhor do que os homens em todos os aspectos. Ela contou que, quando saía do palácio, uma serva sempre ia com ela, tocando um sino para mandar os homens saírem do caminho e olharem em outra direção.

— Acho que você podia fazer o mesmo — digo, sorrindo ao pensar nos rapazes de Okô e no fascínio em seus rostos sempre que Yinka passa. — Embora, pelo que vi, você não precise de um sino para isso acontecer.

Yinka ri, um ruído suave que não tinha ouvido até então. Ela se inclina para a frente com os cotovelos nos joelhos.

— O treinamento Ahosi é como nenhum outro. Pular em muros de espinhos para aprender como aguentar a dor, lutar e ilimitados exercícios com lanças. Dizem que uma Ahosi consegue cortar um homem ao meio com um golpe. — Ela corta o ar, sorrindo de novo. — Elas fazem um juramento sobre sempre vencerem ou morrerem diante do inimigo.

Ficamos em silêncio por um pequeno momento antes de Yinka olhar dentro de meus olhos, sua pupila quase tão escura quanto a íris.

— Eu quero ser forte assim, e brutal e *persistente*.

— Você é — digo, a verdade surgindo claramente em minhas palavras.

Yinka me encara com olhos nítidos.

— Obrigada, Simi.

— Como ela foi parar no reino de Okô? — pergunto.

— Não sei a história inteira — Yinka diz, mudando de tom. — Só que ela foi carregada até a praia, quase morta. Meu pai a encontrou e ela escolheu ficar. — Yinka olha para mim. — Existem boatos sobre ela ter sido banida, mas eu nunca perguntei e ela nunca me contou. Os dois morreram ano passado, quando a doença assolou Okô. Doenças não são coisas que se pode destruir com machados.

— Que Olodumarê abençoe a jornada deles — digo baixinho.

— Ela podia ter escolhido ir para qualquer lugar, mas escolheu Okô. — Yinka termina de beber a água e olha para Bem e Kola. — E essa é minha escolha também.

***

O dia passa depressa em um borrão de velas e ventos que nos conduzem mais rápido do que eu achava possível. No fim da tarde, Bem conferiu o mapa em meu cabelo várias vezes, garantindo que estávamos na rota. Enfim, ele nos diz que chegaremos à ilha de Exu em algumas horas, e o ânimo muda. A expectativa vira pressentimento e um senso de propósito quando todos se reúnem, olhando o horizonte e segurando a balaustrada.

— E quando chegarmos lá? — Yinka pergunta. — Tem algo específico que devemos procurar?

— Acho que é melhor presumir que é perigoso — Ifedayo diz. — Devemos nos preparar para isso. Exu não vai apenas nos deixar entrar tranquilamente e dizer "Meus cumprimentos, poderoso, nos dê os gêmeos e os anéis". — Ele ergue as sobrancelhas para a careta de Yinka e aperta o cinturão de suas armas.

Talvez a petulância de Ifedayo seja a forma que ele usa para esconder o nervosismo, mas eu também não gosto.

— Kola, o que o babalaô disse para você?

— Ele só pôde me contar histórias que ouviu. — Kola hesita. — Sobre os morcegos gigantes que circulam o castelo e o vulcão. — Ele para, brincando com o punho da espada. — E criaturas que acha que podem ser algum tipo de gato grande.

Eu imagino as imagens que vi nas paredes do babalaô e estremeço.

— Bom, o que quer que tenha lá, nós vamos encarar de cabeça erguida — Bem diz, e depois bate as mãos bem alto, me fazendo pular. — Então, para estarmos preparados para o que vier, vamos comer e descansar enquanto podemos. — Ele se vira para sorrir para nós. — Minha comida é lendária em Okô, então estão com sorte.

Yinka gargalha.

— Precisamos te lembrar da vez que fez sopa de pimenta? Você quase queimou nosso estômago.

— Foi bem ruim — Kola concorda.

Tento sorrir junto com eles, mas não consigo. Ifedayo vê meu olhar e percebo que também não está tranquilo. Enquanto Bem assume a cozinha, monitorado por Yinka, eu sigo Ifedayo até a popa.

— Está preocupado? — pergunto a Ifedayo quando paro ao seu lado. — Ou está acostumado com coisas assim? Não que em Oió-Ilê tenha morcegos gigantes.

Observo a expressão dele ao encarar a água.

— Não — ele diz simplesmente, suas tranças balançando no vento.

Ele tira uma pequena faca do seu cinto de facas, girando a lâmina por entre os dedos longos.

Ficamos parados em silêncio enquanto a última parte do sol se esconde atrás do horizonte, então ele se vira para mim, guardando a faca e dizendo:

— Já ouvi muito sobre Exu. Tem algo mais que possa acrescentar?

Eu analiso seu rosto estreito.

— O que ouviu?

Existem muitas histórias sobre Exu que erroneamente focam nele como um trapaceiro em vez de no seu vasto conhecimento. Estou interessada em saber em qual das versões Ifedayo vai se apoiar.

— Ele é o senhor das encruzilhadas... mestre das portas que se abrem e fecham e dos caminhos da vida. Poderoso, representa as rotas que escolhemos, o começo e o fim da vida.

— Sim, ele é isso — digo.

Os olhos de Ifedayo lampejam e ele continua:

— E ele trapaceia os humanos e orixás pelo próprio entretenimento. Parece que ele seria divertido em outras circunstâncias.

Espero que Ifedayo ria, mas ele não o faz.

— São histórias — digo em um suspiro. — A maioria é exagerada.

— Então está dizendo que ele é incompreendido?

— Não foi o que quis dizer — falo, cruzando os braços. — Não estou dizendo que ele não... trapaceia humanos e orixás, mas ele é o elo mais importante entre o céu e a terra, entre os humanos e Olodumarê. Ele até mesmo impede que os ajogun destruam a humanidade e os orixás. É triste que ele arruinaria tudo isso pelo seu desejo por mais. — Eu paro quando uma preocupação familiar surge. — Exu é um ser poderoso. Um que será difícil de vencer.

— Ah, então você acha que temos uma chance?

— Claro. — Mas posso me sentir franzindo a testa, as unhas afundando na pele dos meus braços. — É como Exu e suas encruzilhadas... depende da pessoa qual caminho vai escolher. E todos temos que fazer essa escolha.

— Eu concordo.

Ifedayo se vira de novo para o mar e eu analiso seu rosto de lado. Suas tranças finas emolduram o nariz empinado e a boca carnuda.

— Sua família vai sentir sua falta, Ifedayo? — pergunto, observando sua túnica cinza-escura. Embora o tecido tenha uma cor simples, a linha é luxuosa. — De que parte de Oió-Ilê você disse que era mesmo?

— Eu não disse. — Ifedayo continua encarando o mar. — Mas o complexo da minha família fica perto da décima entrada.

Vasculho as lembranças que retornaram para mim, mas apenas a décima sétima entrada fica marcada, e sei que é a mais próxima de onde minha família morava.

— Okô é bem longe de lá — digo baixinho.

Ifedayo pega a faca que tinha acabado de guardar e começa a girá-la no ar; seus olhos seguem fixos em mim em vez de no borrão formado pela lâmina.

— Poderia dizer o mesmo para você.

— Hum — murmuro, virando de costas para ele. De repente, não gosto do rumo que a conversa está tomando. — Vou perguntar a Bem se estamos chegando.

Não espero por uma resposta e percorro o convés. Algo causa uma pontada em mim, alguma coisa que não consigo me lembrar sobre Oió-Ilê e minha vida de antes. Vai voltar, digo a mim mesma, assim como as outras lembranças têm voltado mais rápido quanto mais fico nesta forma. Só preciso ser paciente. Ainda de testa franzida, eu me aproximo da portinhola para o pequeno porão quando ouço um barulho lá embaixo.

Uma batida.

E depois outra.

Eu paro, abaixando ainda mais e tirando a adaga do meu cabelo. Outro barulho, um arranhado desta vez, e eu me esguelho em direção à maçaneta de corda, libertando a lâmina com um movimento. Se for um rato, é bom que seja um bem grande.

Assim que me coloco nas pontas dos pés na beira da portinhola, ouço um alvoroço barulhento lá de dentro. Eu recuo, arfando e com o coração batendo em um ritmo intenso. Correndo de volta, vou para a proa. Kola me vê chegando e se apressa para me encontrar, segurando meus cotovelos e analisando o pânico nos meus olhos.

— Tem alguma coisa no porão — sibilo.

CAPÍTULO 20

Nós nos reunimos diante das ranhuras da portinhola, esperando.

— Tem certeza, Simi? — Ifedayo pergunta, aproximando-se, seu mancar suave dando balanço à sua marcha. — Provavelmente é um rato.

Reprimo um suspiro. Tenho certeza de que ouvi algo, mas agora não há nem ao menos um sussurro.

— Só tem um jeito de descobrir — Yinka diz, curvando-se e pegando a maçaneta de corda. — Se preparem.

Minhas mãos tremem enquanto ajusto minha posição, empunhando minha adaga. Bem e Kola sacam suas armas também, e Ifedayo segura a faca que estava girando, combinando-a com outra idêntica.

A madeira chia quando Yinka abre a portinhola, rangendo ao escancará-la. O porão é um lugar escuro contra a luz amarelada do sol, engolindo parte do dia. Nós estocamos a maior parte dos sacos de arroz e vegetais lá para o caso de sermos tirados da rota. Quando meus olhos se adaptam, tudo que posso ver são três dos sacos. E outro que começa a se mexer.

— Ali! — aponto a adaga na direção do movimento.

— Se for um rato, eu sou a rainha do império de Mali — Yinka murmura.

Nós esperamos, observando o saco se agitar mais, sua ponta se abrindo quando um batata-doce cai.

E algo mais.

O lampejo de um fio prateado. O brilho dourado no tom exato de mel.

— Firme. Firme — Kola diz ao manter um braço na minha frente.

Eu o empurro para longe e me inclino.

— Espera.

O saco se parte por todo o comprimento, deixando vazar todo o resto das batatas-doces e um yumbo pequeno na madeira áspera do porão.

— Issa! — grito, com o coração quase parando e a pressão do meu sangue diminuindo. Minhas pernas tremem de alívio. — O que está fazendo? Esteve escondido aí todo esse tempo?

O yumbo assente, fechando os olhos para luz.

— Estamos longe da terra? — Issa se coloca de pé e nos encara.

— O yumbo? O que vem a seguir? — Ifedayo fala de um jeito arrastado ao examinar o garoto e depois se levantar. — Respondendo à sua pergunta, já estamos a quase um dia de Okô.

— Ótimo. Não tem como me mandarem embora agora! — Issa se gaba, fazendo uma dancinha antes de cambalear. — É muito quente aqui embaixo. Posso beber um pouco de água, por favor?

Yinka se abaixa e o levanta com facilidade nos braços enquanto Bem pega o odre de água. Ambos estão tentando parecer bravos, mas não conseguem. Quando olho rapidamente para Issa, o sorriso no rosto dele torna difícil ficar irritada.

— Ele deveria estar em casa — Kola diz, semicerrando os olhos quando o yumbo o encara. — Onde é mais seguro.

— Mas o que é segurança? — Issa pergunta, sua voz ficando mais alta pela indignação. — Eu não quero ficar sentado, esperando, eu quero lutar! — Ele afasta uma trança de fios prateados da testa suada e solta o ar pela boca, tentando ventilar o rosto. — Quero ajudar você dois.

Suas palavras são interrompidas quando Bem o ajuda a beber do odre. Ao terminar, o yumbo estala os lábios bem alto e sai dos braços de Yinka.

— Estaremos logo lá? — ele pergunta, andando para a lateral do navio para poder espiar o horizonte. — Olha! Posso ver a terra!

— Não tente nos distrair do que você fez, pequeno — Kola repreende. — Se esgueirar para embarcar é algo sério. Eu falei para você ir para casa!

Issa dá o seu melhor para parecer arrependido, entrelaçando os dedos e olhando para Kola por cima dos cílios prateados.

— Issa, você não pode...

— Terra! O yumbo está certo! — Bem grita.

Nós corremos para estibordo, em silêncio enquanto observamos as pedras escuras e o pedaço verde de terra ficando maior. Ifedayo senta na balaustrada, o vento levanta suas tranças e a adaga ainda em mãos.

— Logo será noite. Não é o melhor momento para desembarcar — Bem observa com preocupação na voz.

— Acho que o escuro vai nos dar alguma cobertura. — Yinka vira os ombros para trás, girando o pescoço. — Temos óleo de peixe suficiente para fazer tochas.

— Simi? Você sabe mais sobre Exu? — Issa pergunta, os olhos arregalados de fascínio e salpicados de malícia. Ele está tentando nos distrair para não falarmos sobre ele, mas Kola continua o encarando antes de seguir até estibordo.

— Sim, nos conte uma história sobre Exu enquanto nos aproximamos — Ifedayo diz, com tom de sarcasmo na voz. — Já que a ilha dele está logo ali, parece pertinente.

— Saber mais só pode ajudar — Yinka acrescenta com uma careta para Ifedayo.

Vejo Kola o encarando e me pergunto se ele está pensando o mesmo que eu. Que talvez Ifedayo não fosse a melhor pessoa para trazer. Mas se o pai de Kola confia nele, sua habilidade deve valer o fardo que é sua personalidade.

— Está bem — digo. Há uma lição a ser aprendida em toda história, e falar sobre Exu me lembrou de uma. Satisfeita com a lembrança, respiro fundo e começo:

— Aqui vai uma história, e uma história que assim diz... — Deixo que as palavras de minha mãe se desenrolem da minha língua. — Essa é sobre uma caravana de nômades. Eles eram viajantes de temporada que estavam acostumados a atravessar oceanos de areias que se estendiam de uma ponta a outra, levando mercadoria para vender. Um dia, quando o sol brilhava alto e quente no céu, eles se perderam no vasto deserto.

"Os nômades pararam para descansar e usaram o sol que se punha para ver que estavam seguindo para oeste. Eles decidiram esperar anoitecer, quando poderiam conferir a posição pelo céu noturno. Quando a lua brilhou, os nômades confirmaram a localização.

"Quando a manhã veio, eles traçaram a direção que pensaram que daria na cidade, mas o dia inteiro se passou e eles *ainda* estavam perdidos. Nenhum dos nômades podia entender por que usar o sol e a lua não os estava ajudando a encontrar a rota certa.

"Dias se passaram, o suprimento deles começou a acabar e alguns dos animais foram abatidos. Primeiro como tributo a Olodumarê, e depois para manter todos vivos quando o alimento acabasse."

Eu tremo ao imaginar morrer na areia.

— O que aconteceu depois? — Issa pergunta, com os olhos enormes, o mesmo tom fundido do sol se pondo atrás dele.

Esfrego os braços antes de continuar:

— Os nômades consultaram os anciãos, que disseram que estavam sendo enganados.

— Por Exu — guincha o yumbo.

— Sim, por Exu. Os nômades não tinham feito tributo para ele. Esqueceram, e, como punição, o orixá convenceu o sol e a lua a mudar de lugar, estragando a forma de navegação deles.

— Mas eles não morreram — Ifedayo afirma baixinho.

— Não — digo, me virando para ele. — Eles se desculparam e ofertaram café e o resto de seus favos de mel para Exu. Ele colocou o sol, a lua e as estrelas no lugar certo, e os nômades conseguiram se guiar até a cidade que estavam procurando. Exu não é mau. Ele mostrou misericórdia quando lhe mostraram respeito.

— Se está esperando que Exu nos demonstre misericórdia se apenas lhe mostrarmos respeito, acredito que seja tão delirante quanto o yumbo — Ifedayo zomba, dando de ombros quando viro meus olhos para ele, que está escorado contra o mastro e nos observa. — Não estou tentando preocupar vocês. — Ele levanta as mãos, mostrando as palmas pálidas. — Precisamos estar preparados, só isso. De acordo com Kola, o babalaô disse que toda a terra que cerca Okô vai morrer. E se isso acontecer? Seu povo também morrerá. Então me diga, o que mais vocês planejaram?

Ficamos em silêncio por causa da simples verdade de Ifedayo. Se falharmos, não são só as Mami Wata que estão em perigo. Ergo o queixo e coloco mais confiança do que sinto em minha voz:

— Primeiro precisamos atravessar a floresta do palácio de Exu. Precisaremos ser cuidadosos ao passar por lá, estar alerta, confiar em nossos instintos — digo, encarando o amontoado de rochas escuras que se aproxima ainda mais. — Precisaremos descobrir onde ele está mantendo os gêmeos.

— Eu posso entrar de fininho — Issa sugere.

— E depois nós... libertamos eles. — Nem eu mesma estou impressionada com meu plano fraco. — Olha, até chegarmos lá, não sabemos onde ou como. Mas sei que farei tudo que posso para garantir nossa saída de lá com Taiwo e Kehinde.

— E os anéis — Kola acrescenta, assentindo em encorajamento. — Simi está certa. O babalaô disse para ficarmos atentos com as planícies e o solo bem ao redor do palácio. É lá que ele acha que as... criaturas estarão.

— Não importa o que aconteça, estou com vocês — Bem diz, ajustando o cinto de couro que segura sua espada.

— Eu também. — Yinka olha feio para Ifedayo. — E se for encontrar problemas em tudo que fazemos, talvez seja melhor você ficar no navio.

— Só quero garantir que estejamos preparados. — Ifedayo abre a boca para falar de novo, e então parece pensar melhor, ocupando-se em conferir se suas armas estão todas seguras. — Eu prometi aos pais de Adekola que voltaria com o filho deles. — Ele me encara. — Eu jamais faria um juramento que não posso cumprir.

As palavras dele são melhores que nada, penso, ao sussurrar uma oração para Iemanjá. Para nos dar força e proteção.

***

Nós navegamos até o mais perto que podemos chegar da orla, e agora posso ver com clareza as pontas enormes das rochas e a areia cinza-escura que parece absorver a luz do céu. Quando nos preparamos para pegar um pequeno barco a remo para chegar no raso, eu penso em nadar, mas, em vez disso, me aperto junto com os outros, ainda sem querer que eles vejam minha transformação. Bem nos leva para perto, e suas espadas brilham, entrecruzadas pela largura de suas costas. Quando nosso barco encosta na areia escura, os outros pulam para o raso, mas Kola percebe minha hesitação.

— Posso...? — ele pergunta, esticando os braços para mim.

Eu assinto antes que possa mudar de ideia. Kola segura minha cintura e me levanta, me puxando para perto dele. As batidas apressadas de seu coração colidem com as minhas enquanto ele me aperta com força. Durante o espaço de alguns segundos, eu me esqueço de onde estamos. Tudo que consigo pensar é em como, se eu inclinasse minha cabeça, nossos lábios se tocariam.

Sua forma será revogada e você não será nada além de espuma no oceano.

As palavras de Iemanjá perpassam minha mente, e eu me afasto quando Kola me balança no ar e me coloca sentada na areia. Quando recuo, finjo que não consigo perceber a confusão nos olhos dele.

Os outros estão em silêncio e, ao me aproximar, percebo o motivo.

Juntos nós encaramos uma floresta que cerca a praia, com a areia preta afundando nossos pés à medida que o céu na cor de ardósia recai sobre nós.

— Já viram algo assim? — Bem pergunta.

Ninguém responde enquanto observamos a fileira de árvores firmes e pontudas. Troncos largos e escuros se esticam alto e descem até a areia da praia; atrás de todas elas, coroado por nuvens baixas, está o pico de um vulcão. A floresta parece ser uma extensão do monte: árvores nodosas e disformes que aparentam ter sido queimadas e formadas de novo de alguma maneira. Eu me lembro do meu sonho, de uma terra vermelha e preta, e estremeço.

— Nordeste — Kola diz, com as mãos no punho da espada, analisando a praia diante de nós. — O babalaô disse que o palácio de Exu está a nordeste. Logo depois do vulcão.

— Então é para lá que vamos — digo, encontrando as palavras e colocando uma confiança nelas que não sinto realmente.

Dou um passo na direção da fileira de árvores, jogando os ombros para trás e confiando que os outros vão me seguir. A areia quente é áspera sob meus pés, mas não faço careta, dando um passo de cada vez até que a grama começa a surgir em amontoados grosseiros.

Ifedayo é o primeiro a manter meu ritmo, sem diminuir a velocidade mesmo mancando. Ele está segurando uma das facas e ajustou o cinto para que o resto fique ao seu alcance. Ele gira o que entendo ser sua faca favorita; o punho preto entalhado é um borrão enquanto ele a joga no ar e segura de novo. Ele faz isso repetidas vezes, mas até mesmo ele titubeia quando chegamos na beira da floresta. A vegetação rasteira selvagem emoldura as árvores, rodeando-as com arbustos pontudos e espinhos do tamanho de dedos. Várias das plantas carregam frutas bulbosas em tons de granada e rubi. Ifedayo estica a mão para pegar uma, mas recua ao ver veias em relevo que cobrem as frutas grandes. Com um golpe rápido, ele corta a pele da fruta, soltando um suco viscoso que se esvai pelo galho, chamuscando as folhas verde-escuras.

— Sem refeições por aqui, então — ele diz suavemente, dando um passo com cuidado para longe da planta.

— Precisamos traçar um caminho. — Kola para perto de nós enquanto observamos a beira da floresta. — Fiquem atentos e estejam preparados.

Bem se junta a ele, usando as espadas para cortar arbustos e silvas até que possamos entrar na floresta. A vegetação rasteira cede assim que passamos pela fileira de árvores e conseguimos escolher um caminho além dos troncos grossos, o topo das árvores arqueadas acima, os galhos enrugados se curvando juntos como dedos se entrelaçando. Olho para cima, os pelos dos meus braços arrepiam quando percebo que as árvores dão a ilusão de estarmos em uma jaula.

Kola para de vez em quando para conferir se estamos indo na direção certa. A história que contei sobre Exu não sai de minha mente, e estou o tempo todo preocupada de estarmos indo pelo caminho errado, especialmente quando o sol poente continua desaparecendo atrás de nuvens densas. Com esses pensamentos em mente, andar pela floresta se torna ainda mais desconcertante. Os gritos dos macacos quebram o silêncio, me fazendo pular, com seus olhos vermelhos e rostos brancos girando por entre os galhos nos quais se balançam. Pássaros guincham no topo das árvores que não podemos ver, seus grasnados se alongam e quase se parecem com algo humano.

— Fiquem com as armas empunhadas — digo, e uma inquietude torna minha voz mais aguda do que o normal.

Eu seco a mão úmida na minha túnica e aperto os dedos na adaga.

Continuamos seguindo pela floresta, as pontas dos nossos pés afundando no chão repleto de folhagem podre, um cheiro pungente subindo a cada passo. Apesar do chão ser macio, meus pés logo começam a ficar cansados de novo. Quando fico para trás, Kola diminui o ritmo comigo.

— Está sendo demais para você? — Ele olha para os meus pés, franzindo a testa, preocupado. — Devo pedir para os outros pararem para você descansar?

Balanço a cabeça, tentando apertar o passo. A ideia de atrasar qualquer um deles me deixa com o rosto quente de vergonha.

— Eu estou bem — digo, secando o suor do meu pescoço e me forçando a dar passos normais, mesmo parecendo que agulhas estão sendo pressionadas contra minhas solas.

— Simi...

Caminhando, levanto a mão e balanço a cabeça. Não quero que ele sinta como se devesse cuidar de mim.

Damos apenas mais alguns passos antes de vermos os outros pararem à nossa frente. Eles estão em uma curva na terra, e Bem se vira lentamente para nós, erguendo o indicador até os lábios. Por instantes, ficamos petrificados, e então sinto uma atração familiar. Os outros continuam ouvindo até que se torna claro o que é o som que os intrigou. O rugido constante e baixo de água.

Kola passa ao lado de Bem e caminha para além das árvores que se curvam para a esquerda. Ele sai do campo de visão apenas por alguns segundos, mas meu coração se aperta até ele voltar a ser visto.

— Um rio. — Ele faz um gesto com a espada. — Vamos reabastecer e descansar antes que fique escuro e depois continuamos — ele diz, com a voz baixa e os olhos analisando os arbustos e árvores. — Parece que tudo tem sido fácil demais até agora.

— Como se estivéssemos apenas esperando por algo acontecer? — pergunto.

— Um pouco. — Ele passa a mão pelo rosto, suspirando na palma.

— Vamos encontrá-los — digo baixinho, dando um passo para perto dele, que abaixa a mão e se reclina, a cabeça perto da minha quando repito: — Nós vamos encontrá-los.

O rio está surpreendentemente limpo, deslizando por cima das pequenas pedras escuras que estão no fundo. Desde o fim das árvores até a borda do gramado da margem, a água está livre dos galhos escuros e tortos. Uma luz clara salpica a superfície, um lampejo prateado convidativo. Mergulho minha mão no rio e fecho os olhos. A corrente beija as pontas dos meus dedos em um deslizar gelado que me causa a ânsia de entrar na água.

Ao meu lado, Issa pega um pouco de água na mão, bebendo com delicadeza, e, quando ele sorri para mim, lembro da reação de Bem e Yinka quando o viram, e a forma que ficaram no navio depois que voltei do mar.

— Se te ajudar, você devia entrar — o yumbo diz, fazendo um gesto para o rio com as mãos molhadas. — Não sinta vergonha de quem você é.

Eu sorrio com as palavras sábias do jovem yumbo enquanto a água clama por mim. Os outros sabem o que eu sou, penso. Além do mais, vai dar um descanso aos meus pés, ficarei forte mais tarde.

Eu quase choro de alívio quando finalmente mergulho o corpo no rio. A queimação nas solas dos meus pés desaparece quando a ponta da minha cauda se forma, um dourado-rosé cintilante que lampeja ao sol. Suspiro e fecho os olhos, satisfeita, e afundo a cabeça para trás, ligando-a com a frieza bem-vinda. O resto das minhas escamas se forma com a túnica se moldando ao meu corpo, cobrindo meu peito e depois se estendendo para baixo da minha cintura em escamas douradas salpicadas com tons avermelhados e cor-de-rosa. Quando ergo a cabeça e abro os olhos, vejo todo mundo. Kola pisca algumas vezes antes de afastar o olhar, e Bem e Issa pararam de encher os odres e conferir as armas para olhar para mim. Ifedayo, que nem olhou, continua jogando suas adagas, mirando em uma árvore na beira do gramado. Abaixo a cabeça, e a vergonha engole o prazer que sinto no rio.

— Eles estão te encarando porque você é magnífica. — Yinka é a primeira a se mexer, deslizando entre Kola e Bem. Os garotos olham para longe agora, conferindo as armas para se ocuparem. — Kola de um jeito diferente dos outros. — Sua voz é suave e provocadora, mas as palavras recaem pesadas sobre mim.

Eu não olho para Kola, mesmo querendo. Submergindo, deixo a água me acalmar, empurrando todos os pensamentos, e me levanto apenas quando começo a relaxar. Yinka senta na margem quando eu emerjo, jogando suas pernas longas no rio. Ela suspira, chutando com uma perna e formando uma pequena ondulação.

— Tenho que admitir, isso é muito bom. — Yinka afunda os pulsos sob a água e molha os braços. — Posso te perguntar uma coisa?

Eu finalmente olho para ela e a vejo esfregando as mãos molhadas na nuca, enlaçando os dedos e apertando. Desta vez é Yinka que suspira de satisfação. Eu assinto.

— Como é? — Eu a vejo olhar para o rio e para o brilho na minha cauda. — Porque quando estou lutando, é como se... — Yinka para, tirando as pernas da água para deixá-las secar e apertando o couro do cinto com a fivela em seu ombro. — Como se eu mudasse. Quase como se eu estivesse fora do meu corpo.

— Como se fosse outra coisa?

— Uhum. — Yinka pega água com a mão, deixando-a escoar por entre os dedos.

Eu a observo, essa garota da minha idade que luta como um leão.

— Está ficando... mais fácil. Me transformar... e ser eu mesma na frente de vocês.

— Mas eu não me transformo fisicamente. — Yinka se vira para me encarar. — Como é a sensação?

Nadando para trás, eu deixo minha cauda espirrar água no ar, e o arco de gotas brilha no sol. Tomo meu tempo para pensar antes de responder:

— Eu me sinto como... se pertencesse à água. Como se eu fosse parte dela e ela parte de mim. — Enrugo as sobrancelhas. — Mas, para isso acontecer, também parece que estou abandonando quem eu fui. A maioria das minhas lembranças se perde, mesmo que algumas voltem quando estou na forma humana. Meus pensamentos são quase todos sobre o mar e outras criaturas que vivem nele. — Nado de novo até a margem, girando na corrente suave, tomando cuidado para não bater contra as rochas. — Algumas vezes parece que estou perdida. Como se, quando não consigo me lembrar de quem fui, não soubesse se sequer existo.

Sinto o calor em minhas bochechas e afundo a cabeça na água. Talvez eu tenha falado demais. Eu toco o leito do rio por um momento, me acomodando no fundo e olhando para a luz que se lança sobre a superfície da água. A imagem borrada de Yinka permanece, e sei que ela não vai embora até que eu volte. Quando subo, Yinka coloca a mão no meu ombro, e seu olhar é suave apesar de intenso.

— Você é *você*, Simidele. Nada mudou isso e nada vai mudar. Você não se perdeu de quem era. Você está bem aqui. — Ela se inclina para mais perto, seus olhos brilhantes presos aos meus enquanto me oferece um sorriso, o primeiro que ela direciona para mim. — E eu te vejo.

***

Quando deixamos o rio para trás, o sol se põe, um último brilho vermelho atrás das árvores escuras. Horas mais tarde, estamos todos sofrendo, e a luz de nossas tochas está fraca. O calor abandonou a floresta e agora um suor frio gruda nossas túnicas e camadas mais quentes de tecido contra a pele enquanto passamos pelas folhagens. Quando chegamos na parte em que a floresta começa a se estreitar, o alívio de todos é palpável.

— Como estão seus pés? — Kola pergunta.

Sei que estou mancando de novo, mas torci para que ninguém tivesse percebido. O rio apenas suavizou a dor no meu corpo por um tempo.

— Consigo andar — digo. — Precisamos continuar. Quanto antes encontrarmos os gêmeos, melhor.

Pedaços de um céu azul-escuro lampejam pelos espaços entre os topos das árvores à medida que mantenho meu ritmo. Kola se apressa para parar na minha frente, barrando minha passagem.

— Vamos descansar um pouco — ele grita para os outros.

— Finalmente — Yinka grunhe, jogando-se no chão.

Issa a imita, fazendo a mesma expressão de alívio que ela. Yinka pega um odre de água e bebe intensamente.

Bem e Ifedayo se agacham, conferindo as armas e bebendo água. Fico parada por um pouco mais de tempo até que Kola me puxa para uma árvore caída e se senta no ramo podre. Ele dá um tapinha no espaço ao seu lado, e eu hesito por um momento antes de me sentar. Levanto os pés, fechando os olhos e soltando um baixo gemido de satisfação pelo alívio.

— Espere aqui. — Kola se apressa até um arbusto verde-claro, inclinando-se para pegar algo perto da terra. Ao voltar, ele está com as mãos cheias de folhas. — Quando precisar descansar, você deveria falar.

Percebo que estou fazendo uma careta enquanto continuo massageando a sola do meu pé. Descansar significa parar, o que toma um tempo que não temos.

— Deixa eu ver. — Kola pega meu pé. Eu tento puxar de volta, mas ele estala a língua nos dentes. — Fique quieta por um momento. Se está machucada, precisamos ir mais devagar.

Eu bufo, mas não me mexo enquanto Kola segura meu pé com delicadeza. Prendo a respiração e sinto as batidas do meu coração ficarem um pouquinho mais rápidas. Ele passa o dedão pela sola e eu me encolho.

— Desculpa — ele diz suavemente.

Ele esmaga as folhas com a outra mão, soltando um pouco do líquido delas, e as enrola gentilmente em volta da sola do meu pé.

— Você precisa de um cataplasma de verdade, mas isso é melhor do que nada.

— Alface selvagem? Nunca ouvi falar — digo, tentando manter meu tom leve enquanto ele faz o mesmo com meu pé direito.

Kola sorri, mas não olha para mim, concentrado em aplicar as folhas na sola.

— Um passarinho me contou que ajuda com a dor. Vale a pena tentar.

Engulo em seco e espio seu rosto. Gotas de suor escorrem de seu cabelo, seus lábios estão repuxados e uma pequena ruga surge entre as sobrancelhas pela concentração que ele mantém ao aplicar as folhas.

— Simi, eu… — Algo no tom de voz suave de Kola faz meu coração acelerar. Penso na sua preocupação comigo quando fui procurar Olocum, no jeito que ele me olhou ao me pegar no colo no barco e me levar até a praia. Engulo em seco, com os olhos deslizando por seus ombros largos. — Quero te dizer o quanto sou grato por toda sua ajuda. E que eu… — Kola se interrompe, olhando para mim, e a luz em seus olhos me causa um pânico ainda maior.

Se ele me falar que sente o mesmo que eu, terei que explicar que nada nunca poderá acontecer entre nós. Precisarei explicar o aviso de Iemanjá.

Um anseio me perpassa depressa.

Se apenas eu fosse humana...

O pensamento recai sobre mim. Eu puxo meu pé de sua mão e me levanto, ignorando as pontadas de dor nas solas dos pés. Se ele me disser que sente algo por mim, será mais difícil. Muito mais difícil do que já é.

— Nós deveríamos continuar andando — digo, afastando o olhar da confusão e mágoa estampadas no rosto de Kola. — Vamos nos aprontar para partir.

Eu guio o caminho enquanto a lua finalmente faz uma aparição fraca, no instante em que nossas tochas se apagam.

— Devemos estar perto do vulcão. O babalaô disse que tem uma passagem através dele que nos levará até o palácio de Exu — Kola explica. — Vamos seguir.

A floresta está ainda mais escura agora que a noite avançou, e andamos mais lentamente, atentos às sombras que se movem ao nosso redor. Quando as árvores começam a ficar mais finas e podemos ver além de alguns passos à nossa frente, começo a me sentir um pouco mais corajosa. Até que um uivo corta o ar.

CAPÍTULO 21

Eu retiro a adaga do meu cabelo, a lâmina dourada cintila na luz prateada.

— O que foi isso? — sussurro.

Kola observa as árvores enquanto Yinka traz Issa para perto de si, os machados empunhados. Mesmo com a lua no céu, existem espaços de profunda escuridão onde qualquer coisa podia ser escondida. Outro uivo atravessa o ar da noite e estremeço, me movendo em círculos lentamente. Há algo estranho no rosnado que vem em seguida. Os barulhos ecoam e criam a imagem de dentes e sangue.

Os pelos de meus braços se eriçam.

— Precisamos continuar — digo, com a voz baixa e a adaga erguida à minha frente.

Eu guio os outros por entre as últimas árvores até chegarmos em uma clareira com um vasto gramado alto. Nós nos esgueiramos adiante quando uma névoa serpenteia ao redor de nossas pernas e um rosnado atravessa a noite.

— Chacais? — Yinka pergunta com Issa parado perto dela, segurando sua pequena faca.

Kola balança a cabeça.

— Chacais não soam assim.

— É um uivo, qual a diferença? — Yinka pergunta, com os olhos brilhando no escuro.

Nesta clareira, estamos completamente expostos. Ficamos tensos, ouvindo com atenção, até que outro uivo percorre o ar, seguido de um gorjear quase imperceptível.

— Hienas, talvez — Bem sugere, com seu rosto virado para a folhagem densa na beira da clareira. — Consegue ouvir? É quase como se tivesse um grito no final.

— Hienas? Mas... — Kola começa e se interrompe. — O babalaô disse algo parecido com isso.

Eu espio pela escuridão que aumenta, ansiosa quando a vegetação rasteira farfalha com a brisa da noite.

— Pode ser qualquer criatura se for algo relacionado com Exu.

— Precisamos acender uma fogueira — Bem diz. — Isso vai assustá-los.

— Não temos tempo — Ifedayo vocifera, entrando um pouco na clareira. — Deveríamos atacar antes que eles o façam. Seja lá o que forem.

— Fiquem juntos — digo com urgência quando o medo ameaça penetrar minhas veias.

Eu me forço a me manter andando, Kola ao meu lado e os outros logo atrás de mim. Quando uma sombra escura se afasta de uma árvore, estico o braço, fazendo todos pararem. Ifedayo se junta a nós, com as facas nas duas mãos.

— O que é? — Yinka sibila. — Consegue ver?

Coloco um dedo nos lábios e faço um gesto para mandá-los se abaixarem na grama. Quando me viro, um facho do luar alcança os olhos brilhantes embaixo no chão.

Uma das criaturas se esgueira para fora da floresta.

Uma hiena, muito maior do que qualquer uma que já vi. Com um enorme corpo cinza e pintas pretas espalhadas por seus pelos ásperos, ela fareja o chão e depois olha por cima do mato. Erguendo a cabeça pesada, o animal emite um grasnado agudo. Ao meu lado, Kola e Bem ficam tensos quando também veem o animal. Minha mente gira por entre as opções.

— Fiquem preparados — Kola diz, os olhos enormes no escuro. — Está vindo para cá.

— Eu nunca vi uma hiena grande assim — Bem afirma, empunhando a espada.

Troco um rápido olhar com Kola.

— Eu sei.

— Quando eu disser, quero que todos vocês corram de volta para as árvores — falo enquanto encaro o gramado que se estende pela escuridão da floresta. Se tem um, com certeza terão mais. — Subam.

— Não — Yinka rebate, mexendo-se para vir para o meu lado. — Ninguém vai abandonar ninguém.

E de repente, não há mais tempo para discutir. As sombras se repartem em várias hienas que se juntam à primeira. Tento acalmar minha respiração, o suor escorrendo por meu pescoço. Os arbustos tremem. Olhos brilham no escuro, perfurações cor de âmbar na luz morta.

— Lá! — sussurro, ajeitando minha mão na arma.

Mais olhos surgem, perpassando a névoa, revelando o que eram.

— Uma, duas, três... — Ifedayo para de contar quando mais se esgueiram pela beirada do gramado, sombras com olhos e dentes.

As hienas rodeiam por perto até que seus corpos grandes partem a neblina, as manchas irregulares marcando seus torsos musculosos. Paro de contar depois de ver dez. Os uivos das feras são altos, suas cabeças estão baixas enquanto farejam o chão, os maxilares pairando abaixo dos ombros robustos.

— Façam um círculo. Fiquem bem perto! — Kola grita, com os braços bem abertos.

Eu me viro para fechar o espaço entre mim e Issa. Eu controlei o Ninki Nanka; fui capaz de conversar com ele. Talvez a safira funcione para qualquer animal. Envolvendo meus dedos em volta da pedra azul do meu colar, eu recolho meus pensamentos e coloco todas as forças em minha voz. *Parem.*

As orelhas das hienas se erguem, mas elas ainda seguem atravessando o campo.

Vão. Eu prendo a respiração, observando se farão o que digo.

O otimismo nos olhos de Kola me incentiva.

Eu disse parem. Trago as palavras das minhas profundezas, da mesma forma que faço quando oro para Iemanjá, impulsionando força e confiança em meu tom de voz, enrolando os dedos para fazê-los parar de tremer.

Por um momento as hienas param, e meu coração parece pulsar na minha garganta. A maior delas inclina a cabeça para trás, baba pendurada nos lábios pretos, e lança um uivo alto.

Esperança queima dentro de mim.

Então a hiena solta um barulho que lembra um riso sarcástico e continua a seguir em nossa direção. As demais seguem atrás do líder.

Não! A frustração se mistura com o medo quando ficamos lado a lado.

O líder chega primeiro. Ele pula, a mandíbula tentando abocanhar o pescoço de Kola, mas Bem balança a espada, quase acertando o focinho da criatura. Ela recua, os pelos eriçados como espinhos pela curva de sua coluna quando se agacha diante de nós. O resto corre para alcançar, serpenteando por entre o gramado, lampejos de olhos brilhantes são o único sinal do movimento delas, que se espalham, gritando uma para a outra em coordenação.

Estamos cercados.

Assim que se posicionam, a hiena líder abre seu focinho preto para emitir um rosnado baixo que revira meu estômago. Ela circula ao redor do grupo com os dentes à mostra.

— Eles vão nos matar? — Issa pergunta, em um fio de voz.

— Não vamos permitir — digo.

O líder da matilha me encara, com seus olhos luminosos na escuridão.

As hienas rosnam, as mandíbulas abocanhando o ar da noite ao chamarem umas às outras em ganidos agudos. Elas disparam, esgueirando-se em volta de nós, pulando para a frente e mordendo o nada quando golpeamos com nossas armas. Yinka ataca, cortando o flanco de uma das hienas que ousou se aproximar demais.

Ela uiva antes que outra tome seu lugar. As hienas cercam, tentando nos separar, mas continuamos em formação, costas próximas e armas empunhadas. Ataco uma que se lança para a frente, seu hálito fedendo a podre e sangue velho, e sou recompensada com um ganido quando minha lâmina corta seu ombro robusto. Ifedayo joga suas facas, fazendo uma criatura tombar, mas outra toma sua posição, e me pergunto por que nenhuma acertou para matar até agora. Talvez estejam tentando nos cansar.

— Sigam firmes — Ifedayo incentiva quando mais hienas deslizam para a clareira. Lentamente, ele pega mais duas adagas do seu cinto.

Os animais nos circulam; o som de mandíbulas se fechando preenche o ar, mas as hienas não se apressam por um ataque direto. Elas se espalham, ladram e uivam para coordenar a aproximação. Exaustos, nós mantemos nossa posição de defesa até que uma das criaturas afunda as presas no braço de Bem.

O jorrar de sangue me faz gritar. Ifedayo arremessa uma faca, girando-a, e sorri com o ganido da hiena quando sua lâmina encontra o alvo, dispersando o resto das criaturas e as afastando de Bem.

O sangue espirra na terra iluminada pelo luar, e as hienas uivam em júbilo.

— Não! — Uma raiva ardente flui por minhas veias.

Berrando, Bem levanta a espada, a lâmina cintilando e seu rosto retorcido de dor. O cheiro de cobre dá um toque de ferro para o ar enquanto a ferida em seu braço se esvai sem parar. Ele dá um passo à frente, abaixando a espada em um arco, quando a mesma hiena morde sua perna. A criatura escapa da arma de Bem e enterra as presas na coxa dele, colocando-o de joelhos. Antes de poder se levantar, outra hiena trota para perto, provocando-o com dentes trincados.

— Bem! — Yinka grita, balançando os machados na direção das duas criaturas que vão juntas em sua direção.

O garoto tenta se levantar, mas a hiena o traz abaixo novamente, ajudada por outra que ataca o ombro dele. A mordida desajeitada em seu bíceps continua a esguichar sangue, mas ele ainda tenta levantar a espada, conseguindo ferir a criatura, o que finalmente liberta sua perna.

— Elas são muitas! — Kola grita, partindo a coluna de uma hiena que está se virando, indo até Yinka. Mais duas das criaturas se lançam para nós, mas ele as ataca, acertando uma bem acima dos olhos e a outra na pata dianteira. — Fiquem perto!

Bem tenta passar sua lâmina na hiena que tem a mandíbula presa em seu ombro, com a boca retorcida enquanto ele grita de dor. Kola corre para se juntar a ele, tentando dar um golpe para afastar a criatura da perna de Bem, deixando suas costas expostas. A hiena salta, colidindo contra ele e empurrando-o ao chão.

Eu corro adiante, gritando quando outra hiena morde a pele da coxa de Kola, prendendo-o contra a terra. Enquanto a primeira se inclina para baixo, com as presas brancas brilhando, eu corto seu rosto, triunfante ao vê-la uivar e voar para longe.

Atrás de mim, Yinka ruge, e eu me viro para ver os machados dela girarem no escuro, mal mantendo duas hienas afastadas; o líder se joga pelo ar na direção dela. Ele a pega com um arranhão de suas garras, levando-a ao chão. Yinka grita na escuridão da noite.

Eu aperto Issa em minha frente enquanto ele segura sua faca com a mão trêmula e lágrimas nas bochechas.

— O que faremos, Simi?

Abro a boca, mas não digo nada — e então algo pesado recai em minha lateral, me acertando nos joelhos. Minha adaga gira da minha mão, caindo entre o gramado. Eu consigo sentir o hálito quente da hiena. Tem um peso repentino em meus ombros quando a criatura me pressiona para baixo, sua baba morna caindo na minha nuca. Fecho os olhos, tremendo ao perceber Issa chorando sob mim, esperando que o corte das presas penetre minha pele.

CAPÍTULO 22

Contudo, isso não acontece.

Estou estirada sob a hiena, suas garras afiadas contra os músculos das minhas costas. Uivos e gritos acompanham o barulho de ossos quebrando. A pressão em minha espinha e meus ombros desaparece, permitindo que eu engatinhe na direção da minha adaga, pegando-a antes de me colocar de joelhos. Issa se arrasta da terra, pressionando-se contra mim quando jogo um braço ao redor de seus ombros finos.

— Kola? Bem? — pergunto, minha respiração desalinhada, o medo tornando minha voz quase inaudível quando olho ao redor. — Yinka?

Sinto um filete lento de sangue entre minhas omoplatas enquanto os outros se levantam. À nossa frente, as hienas se posicionam em um semicírculo frouxo, com os corpos retorcidos. Minha boca fica seca quando vejo Kola apertando a mão contra a ferida na coxa, o rastro vermelho escorrendo até seu tornozelo. Bem tem várias mordidas. Ifedayo e Yinka parecem abatidos, mas carregam apenas poucos arranhões feitos por garras. Se as hienas estiverem brincando conosco, a brincadeira não está longe de terminar.

A maior hiena está parada na frente das outras, as mandíbulas abrindo e fechando de novo, os dentes salientes por cima dos lábios pretos. A criatura abaixa a cabeça, seus olhos brilhantes em Yinka enquanto o animal treme, com o corpo se contorcendo e a pele se esticando. Um uivo se liberta quando a criatura curva a cabeça na direção do céu estrelado. Uivos ecoam ferozmente quando a pelagem é absorvida por uma pele cor de obsidiana, enquanto pernas se esticam e garras se retraem em unhas. Olhos luminescentes se estreitam e se fecham por um momento por causa da dor da mudança. É quando o uivo se torna um grito que vejo o que está emergindo.

A jovem está parada diante de nós, com um brilho de suor cobrindo seus membros que tremem pelo esforço da transformação. Ela seca a testa com as mãos trêmulas e unhas ainda pontudas e curvadas. O cabelo preto está ajeitado em dois coques grandes nas laterais da cabeça, dando a aparência de orelhas mesmo na forma humana, e alguma pelagem se mantém no corpo, criando um tipo de túnica cinza-clara. Hesitante, eu me preparo ao olhar para a mulher que, há apenas alguns minutos, era uma hiena.

Com pernas compridas e músculos sobressaltados em sua pele macia, ela está ereta, girando o pescoço. Faço uma careta quando seus ossos estalam alto no silêncio da clareira. Mais alta até do que Bem, os olhos pequenos dela perpassam por nós antes de repousarem em Yinka. Dando um passo na direção dela, a jovem sorri, com os lábios esticados em torno de seus dentes afiados.

— Você é da espécie? — ela pergunta, com uma voz melodiosa e profunda e os olhos ainda em Yinka. — Não vamos machucar aqueles que são como nós. Essa ordem não pode ser obedecida.

Atrás dela, outras hienas uivam, seus membros se esticando, os traços cintilando ao crepúsculo. Uma a uma, elas se transformam, ossos estalando e crepitando. Os focinhos diminuem e a pelagem cinza com manchas dá espaço para peles negras escuras. Os garotos usam o cabelo raspado nas laterais com duas tranças no topo, caindo dos dois lados da cabeça, e todas as garotas têm os mesmos coques que enrolam seus cabelos em volta das orelhas.

— Bultungin — Ifedayo diz, com um fascínio que o faz se aproximar. O semicírculo de pessoas, todas com túnicas que parecem feitas de pelagem curta cinza, focam a atenção em Yinka, com os olhos brilhando imperceptivelmente no escuro. Ifedayo percebe nossa confusão e explica: — Aqueles que podem se transformar em hienas.

Nós erguemos as armas quando as pessoas diante de nós, todas com membros longos e dentes afiados emoldurados por sorrisos suaves, nos observam. A jovem que se transformou primeiro caminha até Yinka, enquanto os outros se mantêm distantes.

— Eu sou Aissa — ela se apresenta, ainda com os olhos em Yinka. A líder coloca a mão no peito, os dedos alongados e com unhas pontudas. — Você é da espécie? — Aissa repete. — Acho que posso sentir o cheiro em seu sangue, na sua pele. Não posso dizer completamente...

— O quê? — Yinka aperta os machados, levantando as lâminas mais alto. — O que quer dizer?

Issa olha para mim e franze a testa, seus olhos dourados brilhando.

— Elas são da mesma família?

— Eu... eu não tenho certeza.

Eu me lembro da mãe de Yinka, sobre como ela foi parar em Okô. Será que poderia ter sido uma bultungin de alguma forma?

A líder se inclina devagar para a frente e alcança o braço de Yinka. Ela não se mexe, mas lança um olhar nervoso para a multidão diante de si. Com a mão esticada, a jovem não tira os olhos de Yinka.

— Não vamos te machucar — ela diz.

— Você acha que Yinka é uma bultungin? — Kola dispara, arrastando-se até o lado dela. — Ela viveu em nossa aldeia a vida inteira. — Ele estica o braço para trazê-la para perto de si e para longe de Aissa. — Ela saberia se fosse algo assim.

Surge um ganido de irritação vindo de um garoto baixo com tranças grossas.

— Nós não somos "algo", e sim um povo que foi dispersado por causa do medo de outros. — A expressão dele está distorcida pelo ódio, seus dedos contraem e se soltam. Ao levantar a cabeça, seu pescoço estala, seu corpo treme e se estende.

— Umar, se acalme. — As palavras de Aissa são baixas, mas firmes, e o garoto assente, o corpo se transforma mais uma vez, voltando a ser pele e longos membros.

Eu passo meu olhar pelo restante da matilha e percebo o mesmo acontecendo. Pernas ficando compridas e parando. Os bultungin estão lutando para manter a forma humana.

— Exu nos subjugou para que protejamos a ilha — Aissa diz. Mais uma vez, ela olha para seu povo, e eu vejo preocupação nas rugas de sua careta, o que se estende a mim. — Mas aqueles como nós? Não podemos matar.

Eu engulo em seco, olhando ao redor, preocupada e levantando minha adaga, preparada.

— Seu cheiro parece com o de alguém da espécie. — Aissa gesticula para o resto de nós. — Mas o deles não.

Um uivo explode do meio do grupo e Aissa volta para trás, procurando por aqueles que não podem mais manter a aparência humana.

— Vocês precisam ir antes de perdermos o controle sobre nossa mudança.

Uma garota, quase tão alta quanto Aissa, prende o olhar rígido em Kola. Ela abre a boca e grita, o nariz e a boca se alongando, os dentes crescendo até se curvarem para além de seus lábios. Dois garotos ao lado dela tentam acalmá-la, mas ela não consegue se impedir. A pelagem cinza se espalha ao longo de seus membros quando ela cai no chão, um rosnado rompendo seus lábios pretos.

— Vocês precisam ir agora. Rápido! — Aissa sibila, buscando pela matilha e depois se virando para Yinka.

Atrás dela, os bultungin estão se transformando, com uivos escapando de lábios contorcidos e a pele negra sumindo por baixo da pelagem. Aissa abre a boca para falar de novo, mas consegue apenas soltar gemidos, com os lábios se esticando muito, mostrando os dentes quando o focinho se forma. Ela gira o pescoço, caindo no chão, e seu quadril se afina, as mãos e os pés virando garras e patas. Atrás dela, as hienas bradam, com as mandíbulas erguidas para a lua baixa quando o último traço de humanidade os deixa.

***

— Yinka, vamos — insisto, correndo para puxá-la quando ela recua lentamente, com os olhos ainda em Aissa.

A líder da matilha agora está sobre quatro patas, a cabeça baixa e abrindo a boca para ganir. Com suas costas longas arqueadas e a pelagem cinza virando uma crista em sua coluna, ela não é mais uma mulher, mas me pergunto se ainda existe uma consciência humana ali. Uma que odeia aquilo que Exu os forçou a fazer.

Yinka para, os olhos trêmulos com incerteza sobre a criatura que era Aissa. Eu puxo seu braço assim que a hiena solta um uivo cortante e pula para a frente, a matilha logo atrás dela, disparando pelo gramado com a respiração fumegante e os dentes à mostra.

— Por aqui! — Ifedayo grita ao pegar Issa no colo e correr na direção do vulcão eminente.

Meus membros estão pesados por causa da luta, cada passo é um lampejo de dor, mas quando olho para Kola e Bem, fico ainda mais preocupada. Ambos estão cambaleando, com sangue escorrendo pelas pernas por causa das mordidas irregulares, e consigo ver com clareza que Bem está com dificuldade de manter a espada empunhada.

— Depressa! — grito.

Eu torço para não tropeçar quando o campo dá lugar a redemoinhos duros de lava fria e as árvores da floresta ficam para trás. Sinto a pulsação nos ouvidos, junto com nossas arfadas desesperadas e os ganidos das hienas.

Ifedayo chega na face do rochedo e perambula na frente de uma fissura torta. Quando chegamos até ele, vejo que na verdade é uma pequena entrada ladeada por duas colunas ornadas finas que estão cravadas com monstros de bocas abertas e dentes pontiagudos. Ele desliza para dentro da escuridão erma do túnel, com Kola e Bem logo atrás.

Eu lanço um olhar para trás e vejo os bultungin correndo até nós. Minha garganta se fecha quando tenho dificuldade para inspirar.

— Vamos, Simi! — Yinka grita ao me empurrar para o túnel na frente dela.

Está quente na passagem, e deixo meus dedos acariciarem as paredes ásperas enquanto corro adiante. O caminho à frente se ilumina com uma luz vermelha. Não demora muito para parecer que meus pulmões foram queimados pelo ar árido; quando tento engolir, minha língua estala, o gosto de enxofre no fundo da garganta. Quando o túnel se abre, vejo os outros logo à frente, caminhando por uma trilha estreita. Além disso, um rio de lava se move preguiçosamente, fendas vermelhas, douradas e pretas cortando sua grossura. Eu me mantenho perto da parede quando nos apressamos para alcançar os outros.

— Vocês duas estão bem? — Kola vira para mim, segurando meu braço suavemente ao examinar minhas feridas.

Yinka assente quando eu encaro a testa franzida dele.

— Não estamos machucadas. E o Bem? — Espio por cima dele. — Como ele está?

Kola me solta, e eu sinto a falta de seu toque na mesma hora.

— Ele está sangrando bastante, pior do que eu.

— Vamos continuar, Simi — Bem grita, ignorando Kola e cambaleando bem atrás de Ifedayo.

Issa está empoleirado nos ombros do jovem, mas ele se vira para nos olhar e vejo a preocupação no seu torcer de lábios.

— Estamos bem, pequeno! — Yinka grita quando ela segue minha linha de visão. — Continue!

Percebo a urgência em sua voz um pouco antes de ouvir garras contra os redemoinhos duros de lava pelo quais passamos. Um uivo suave seguido por um ganido baixo e os brados se amplificam pelo espaço apertado, e nos movemos o mais rápido possível pela passagem estreita, Ifedayo ainda liderando. Está quente e eu constantemente pisco para manter o suor longe dos olhos quando nos movemos pela passagem que segue em paralelo com a lava, indo para cima pelo próprio rochedo, até que Ifedayo para.

— O que é? — sussurro, com a voz oscilando pelo calor.

Não consigo ver muito além, mas posso ver os olhos em pontos brilhantes atrás de nós.

— A passagem está... bloqueada. — Ifedayo ergue a mão ao pescoço e massageia a nuca, a boca pressionada em uma linha de irritação.

— Bloqueada?

— Sim, não vamos conseguir sair por aqui.

À nossa frente, está uma cascata de rochas, despejando-se na passagem. Eu caminho até lá lentamente e subo nas mais baixas, ignorando a dor em meus pés. Uma brisa gelada, suave e fina passa pelos espaços pequenos entre as pedras.

— Tem como passar de outro jeito? Outra passagem? — Eu me viro para encará-los com a voz aflita.

Ifedayo balança a cabeça.

— Essa é a única rota.

— Deve haver um jeito de passar — Yinka diz ao olhar para a frente, com suor brilhando na testa.

Um uivo ecoa no ar úmido e ranhoso, e quando olhamos para baixo, vemos a fileira de hienas se aproximando de nós. Eu me viro para olhar a maior das rochas bloqueando a entrada. É grande, mas não monstruosa.

— Podemos mover isso.

Eu estico as mãos quando Bem e Kola se aproximam juntos, os dedos agarrando as rochas, tentando encontrar uma tração. Bem coloca as costas contra o bloqueio e se agacha, as mãos encontrando fendas atrás dele, enquanto Ifedayo e Kola empurram de lado.

Um rosnado mais alto reverbera pelo túnel. Yinka levanta os machados instintivamente, olhando para mim antes de recuar pelo caminho.

— Um pouco mais — Kola grunhe, e eles empurram de novo, os músculos saltando e brilhando na luz fraca.

Bem empurra as costas e os ombros contra as rochas, tremendo pelo esforço. Com os outros dois empurrando com força, as rochas se mexem para a frente para que o ar fresco da noite corra pela passagem. Fragmentos de estrelas brilham pelas fendas pontudas, emolduradas por rochas.

A hiena líder tinha chegado até Yinka agora e estava parada no meio do túnel, entre os invasores bultungin e nós. Quando a hiena uiva, Yinka balança os machados em um arco como um aviso, o brilho da lava transformando as lâminas de dourado para um vermelho-sangue cintilante.

— Deve ser espaço o suficiente — Ifedayo diz, abaixando Issa e empurrando-o pela passagem, olhando rapidamente para as hienas. — Depressa.

Mais uivos preenchem o ar cortado por enxofre, mas desta vez eles vêm acompanhados por uma cascata de pedras caindo e um tremor ressoando pela caverna. O chão sob nós treme, balançando rochas e pedras até que mais caem no rio de lava. Yinka grita quando a líder das hienas dispara contra ela, usando a parte de baixo da sua arma para golpear o ombro e a cabeça da criatura, mas a bultungin é mais ágil.

Com um movimento rápido, ela morde a mão de Yinka, fazendo um dos machados cair, batendo contra o chão do rochedo. Observo chateada quando o vejo deslizar pela beirada, desaparecendo na grossa fita preta e vermelha de lava.

— Yinka! — solto um grito agudo.

Ela se vira para mim com uma expressão calma.

— Eles estão atrás de vocês. Precisam ir. Agora.

— Não vou te deixar — grito de volta, minha voz falhando pelo calor e pelo cansaço. — Você vem conosco.

— Eu posso segurá-los. Se eu não o fizer, vocês não têm a menor chance. — Yinka balança a mão para afastar o sangue da mordida e reajusta a forma como segura o machado que resta. — Além do mais, se eu for mesmo da espécie, então não vou me machucar, não é? — Ela olha fixamente para mim e tenta lançar um meio sorriso. — Cuide deles.

Eu me viro para Kola e Bem, colocando minha adaga nas dobras do meu cabelo. Ifedayo se esgueirou pela passagem e colocou um galho grande na abertura pelo lado de fora, impedindo que as rochas caiam. Vejo Kola passando o amigo ferido pelo buraco e depois se virando para mim. Dando uma última olhada para Yinka, corro até ele, apertando seus dedos quando ele me passa pela abertura.

— Onde está a Yinka?

Eu balanço a cabeça e sinto o luto se retorcendo dentro de mim quando os olhos de Kola se turvam em compreensão. Eu o deixo me puxar pelo espaço, e a superfície das rochas arranha as laterais do meu corpo. Lá atrás eu ouço um berro, e depois o barulho distinto de uma mordida e um grito. Uivos emanam do túnel, e, assim que saio da fenda, os olhos luminosos e as presas com os lábios pretos recuados tentam forçar passagem pelo bloqueio.

— Yinka! — Issa grita, mas Ifedayo está lá, arrancando o galho, fazendo as rochas caírem e selando o túnel.

CAPÍTULO 23

Ofegante, eu me sento na terra fria sob a lua, sem me importar quando as lágrimas chegam.

Yinka.

Kola, Bem e Issa estão agachados, curvados pela própria exaustão e luto. Mas Ifedayo dá alguns passos à frente com seu modo de andar arrastado, examinando o caminho rochoso que dá para longe do vulcão. Fora alguns arranhões feitos por garras, ele não está ferido, e luto contra o ressentimento pelo fato de ele estar aqui e Yinka, não.

— Simi… — Kola estica o braço para mim, com os olhos brilhando, e vou até ele, deixando-o enfiar a cabeça em meu ombro ao chorar.

Eu não me mexo. Nem mesmo quando o músculo do meu pescoço fica tenso. E definitivamente não o faço quando Kola segura minha mão e suas lágrimas aos poucos vão parando. Algo dentro de mim se abre com aquele toque, e eu fecho os olhos, tentando impedir meu próprio choro.

— Caso ela seja da espécie, eles não vão machucá-la — sussurro, minhas mãos deslizando do seu ombro macio para suas costas rígidas antes de deixá-lo se afastar.

Caso ela seja.

Bem se senta em uma árvore caída, sua pele marcada com sangue vermelho-escuro, seu peito pesado com um choro silencioso. Issa se aproxima dele com cuidado, fazendo-o beber de um pequeno copo de madeira. É apenas quando ele se apressa até nós que vejo o que é. O resto do pó da abada.

— Guardei um pouco. Não sobrou muito — o yumbo diz com a voz fraca quando seus lábios tremem. — Mas vai ajudar.

Kola dá um abraço rápido em Issa, retraindo-se um pouco. Issa só permite que isso aconteça por um curto momento antes de se afastar, oferecendo o copo para nós.

— Bebam, vocês dois. Queria que tivesse mais.

— Obrigada — digo, segurando sua mão enquanto tomo o resto do líquido. É granuloso, mas não ruim; sinto a queimação que ele causa assim que passa por meus lábios.

A poção não nos cura por completo, mas faz nossas feridas pararem de sangrar e reduz a dor para um incômodo fraco. Depois de terminar de passar a água em nossas peles, nos colocamos de pé, conferindo nossas armas e o terreno ao nosso redor. Há apenas um caminho para seguir, então vamos pela estrada que envolve o vulcão, as rochas tortas e duras sob nossos pés. Nenhum de nós conversa, mas Bem e Kola caminham perto de mim, e Issa está colado ao lado de Kola. Apenas Ifedayo anda sozinho, liderando a caminhada.

À medida que seguimos o caminho, a verdadeira escuridão da noite é mantida à margem pela lua cheia, deixando o vulcão pairando perto de nós. Lembrando do mapa do babalaô e das criaturas representadas na ilha de Exu, eu me vejo olhando o céu em ondas de pânico, procurando por asas, presas e garras serradas. Minhas preocupações desaparecem por um momento quando nós dobramos a curva que nos afasta do vulcão.

Eu cambaleio e estaco, a dor nos meus pés me fazendo oscilar brevemente quando me espanto com a visão do palácio de Exu preenchendo a terra e o céu diante de nós. Pedras que espelham o cair da noite se erguem em cacos que perfuram as nuvens. As únicas janelas são enormes e perfeitamente ovais, tão grandes que milhares de olhos gigantes parecem nos encarar. Mas o que me surpreende é o fato de o palácio estar sobre um fragmento de rocha preta, separado da ilha onde estamos. Abaixo dele, podemos ouvir as ondas do mar quebrando, e posso sentir a água me chamando até mesmo de longe.

Finalmente dou um passo à frente, olhando adiante inquieta.

— Como atravessamos?

— Tem uma ponte — Ifedayo diz. — Olha, consegue ver?

Uma lasca de pedra cinza se alonga da costa, arqueando sobre o abismo. Ifedayo nos guia até a base, ladeando por entre as palmeiras que crescem aqui, iguais aquelas que tem na floresta. Tomamos cuidado para não deixar os frutos nos tocarem ao trilharmos o caminho.

— Fiquem por perto — Kola diz quando me alcança.

Issa se segura nas costas dele, os braços finos enlaçando o pescoço de Kola, seu pequeno rosto solene. Bem anda ao lado deles enquanto eu vou mais rápido, mantendo o ritmo, o coração batendo no tempo de cada passo apressado e doloroso.

A ponte é larga o suficiente para três pessoas passarem lado a lado. No fim há uma pequena plataforma que conduz até a porta de bronze polido, e sua superfície brilha como amarelo dourado mesmo na luz do luar. Abaixo da água agitada, rochas cortam parte do raso, e depois o vazio da escuridão das profundezas do mar. Volto minha atenção de novo para a ponte, dando um passo lento à frente, e é então que vejo as figuras gravadas na pedra.

— Vem — Kola diz, passando por mim. — Não vamos desperdiçar mais tempo.

— Espera… — digo quando ele se apressa para a frente, pressionando o pé na imagem das estrelas.

É tarde demais.

Quando ele sobre completamente, com os dois pés na rocha, a ponte estremece. A ponta mais distante da placa se retrai com um barulho muito alto, deixando uma fenda no final que pode ser vista.

— Não se mexa! — grito, olhando para onde Kola está pisando, com Issa se segurando no pescoço dele e os olhos bem fechados.

Parada atrás dele, analiso as pedras ao nosso redor. Um homem lançando trovões com as mãos, as plantas de um jardim e os fios trançados do cabelo de uma mulher. Passo os olhos no que mais posso ver. Há outras imagens no decorrer da ponte, mas não consigo reconhecê-las tão bem.

— Você pisou naquela ali e tudo estava bem… e então… você pisou naquela outra e a ponte recuou — murmuro.

— Talvez seja uma armadilha — Kola diz, olhando por cima do ombro para as imagens na ponte.

— Certeza que sim — respondo. — Mas acho que é mais do que isso. Me dê um momento. Fique onde está.

Eu pulo para a parte atrás dele, segurando em seus braços enquanto nos equilibramos na pedra com a mão e as estrelas.

— É como se as imagens estivessem... contando uma história. — Eu olho mais perto para um orixá que reconheço por sua expressão brincalhona e o símbolo do tridente, o cabo se sobrepondo por outra linha para formar uma encruzilhada. — Ali está Exu! — Assim que o reconheço, consigo ver pedras repetidas com sua imagem. — Se for uma história, deve ser contada de certo jeito.

— Então temos que pisar nas pedras na ordem correta? — Bem grita com a voz fraca.

— Sim, exato. — Eu pulo para trás para me juntar aos outros. — Qual história acha que Exu escolheria?

Issa abre os olhos o suficiente para dar uma espiada e depois os fecha de novo enquanto guincha:

— Eu faria uma história sobre mim.

Penso em todas as imagens de Exu na ponte.

— Você está certo.

— Mas qual? — Ifedayo pergunta. — Existem tantas.

Pense, digo a mim mesma, mas meu coração bate tão forte que por um momento só consigo me concentrar na pulsação que sinto nos ouvidos. Inspirando profundamente, eu encaro a ponte, pensando nas estrelas que começam a história.

— A segunda pedra. Estão vendo? Tem uma imagem, maior do que as outras, segurando um cajado com uma pomba na ponta. Os símbolos de Obatalá. Acho que representa ele, o pai de toda a humanidade. Parece que Exu está começando com a criação do mundo.

Eu me lembro das histórias sobre Exu enganando e jogando um amigo contra outro. Mas também penso nas histórias em que ele vence inimigos apenas usando seu dom da fala para se livrar de situações complicadas. Do que Exu deve ter mais orgulho?

— O que mais consegue ver? — grito para Kola.

Ele estica o pescoço ainda mantendo os dois pés firmes na segunda pedra.

— Tem algo que parece com uma batata-doce... e flores e árvores. Consigo ver a lua e acho... que o sol. Tem outros símbolos ali também.

Exu *colocaria* outros juntos, para deixar mais difícil. Não seria nem de perto tão complicado se a pessoa tivesse apenas as imagens corretas de uma história.

E então meus olhos se arregalam quando reconheço os símbolos e minha mente se enche de lembranças de outra história favorita de minha mãe.

— Por que não contar seu papel mais importante e como o conseguiu? Sua maior enganação, aquela feita com Olodumarê.

— A história de como Exu se tornou um mensageiro — Bem diz baixinho, assentindo em apoio.

— Exatamente.

Corro para a ponte e fico atrás de Kola. Com cuidado, eu o viro, colocando meus pés no lugar dos dele até ele voltar para a primeira pedra atrás de mim. A ponte se estende adiante, e percebo que existem três pedras com imagens para escolher para cada passo. As rochas cintilam com suavidade no luar. Se eu olhar de perto, posso ver os fios de prata que percorrem a pedra.

— Me deixa ir primeiro e depois me siga — digo, me forçando a diminuir meus passos desesperados. — Pise apenas nas pedras que eu pisar, e fique perto caso precisemos correr.

"Estou escolhendo a história sobre como Exu enganou Olodumarê e se tornou o mensageiro divino, responsável por levar as novidades entre o céu e terra."

Eu não espero por uma resposta; em vez disso, piso na imagem de Exu caminhando entre flores e árvores.

— *Aqui vai uma história, e uma história que assim diz...* — As palavras de minha mãe e a história como ela contou voltam para mim, sua voz me acalmando enquanto tento me concentrar. — Um dia Exu se esgueirou até o jardim de Olodumarê.

Todos nós ficamos parados, os olhos presos no fim da ponte, que permanece sem se mexer. Eu arrasto os pés, seguindo em frente, passando por algumas pedras vazias até encontrar outro conjunto de três imagens. Uma tigela, uma batata-doce e uma pera.

— Ele roubou algumas batatas-doces do deus da terra. — Dou um passo para a frente até aquela imagem, me sentindo encorajada quando a ponte segue sem se mexer. — Olodumarê ficou furioso de ver que alguém roubaria de um jardim celestial. — Eu continuo, me movendo de novo para parar sobre a imagem do Deus Supremo, com o rosto contorcido de raiva. A confiança deixa minha voz mais alta. — Exu não queria ser pego, então na noite seguinte ele pegou as sandálias de Olodumarê e as colocou, usando-as para deixar as pegadas no jardim ao roubar mais batatas-doces. Dessa forma, pareceria que a única pessoa que tinha caminhado por ali e roubado era Olodumarê.

Uma maresia com um sopro frio balança meu cabelo, com as pontas soltas agora, rodando em volta dos meus ombros. Estamos na metade do caminho. Mas as três imagens que vejo a seguir me fazem parar.

— O que é, Simi? — Kola pergunta, tentando olhar por cima do meu ombro. — Ah.

Todas as três imagens mostram tipos de sandálias.

— Pode ser qualquer uma delas — sussurro, lutando contra o pânico que vai subindo.

Conheço a história de trás para a frente, mas não sei qual tipo de sapatos Olodumarê usava. Como eu saberia qual sandália um Deus Supremo escolheria?

Respire, digo a mim mesma, colocando a mão no peito. Quantos de nós conseguiremos voltar se eu escolher a pedra errada e a ponte começar a recuar de novo?

Gravadas nas pedras como estão, não é fácil distinguir os pequenos detalhes em cada sapato. Eu me inclino, mantendo os pés no lugar, para poder olhar mais de perto. A primeira é simples e fechada atrás, então desconsidero como uma sandália. A segunda tem um pequeno salto e círculos geométricos, e a terceira tem tiras intricadas que dão um ar mais luxuoso do que uma sandália comum. Com certeza a de Olodumarê seria a mais opulenta, penso ao endireitar a postura. Exceto se o deus for o menos frívolo. No entanto, Olodumarê é um Ser Supremo, penso. Qualquer outra coisa não conviria com tal poder. Deve ser a de tiras intricadas.

O mar se agita sob nós, os recifes, os rochedos e as correntezas se tornam algo que mostra seus dentes de rochas escuras e avança contra a terra. Não tenho certeza se sobreviveria ou não àquela queda antes da minha transformação. Os outros não têm a menor chance. Eu dou um passo à frente com cautela, fechando os olhos quando as solas dos meus pés pressionam a pedra fria. A ponte começa a tremer, e eu cambaleio quase na beira da outra seção quando a ponta do outro lado recua. Estou tremendo. Um erro bobo, digo a mim mesma, você deveria ser capaz de fazer isso, conhece a história.

O grito agudo é baixo, mas atravessa a noite, alto o suficiente para todos nós ouvirmos. Eu congelo por um momento, levantando a cabeça para o alto e observando o céu estrelado, retirando a adaga do meu cabelo.

— Simidele — Kola murmura em meu ouvido. — Precisamos seguir em frente. Agora.

Eu me inclino, examinando a pedra de perto mais uma vez. Se eu não acertar, mais de nós com certeza morrerão. Sinto como se minha garganta fechasse; inspiro profundamente de novo e solto o ar devagar. Olodumarê não tem necessidade de tiras em padrões luxuosos ou de modelos decadentes. O sapato simples deve ser o correto, penso, mesmo tendo uma parte fechada. Eu abro os olhos e piso na imagem, a pedra um pouco ríspida sob meu pé descalço. A ponte permanece parada, e minhas pernas quase cedem pelo alívio que me perpassa, até que outro guincho corta o ar da noite, dessa vez acompanhado por bater de asas.

Eu olho para cima vendo as nuvens passando pela lua, sombras espalhadas pelo céu, mas ainda não consigo enxergar nada. Não pare agora, digo a mim mesma, olhando para baixo.

— Exu mostrou para Olodumarê o que pareciam ser as pegadas do próprio Deus Supremo e sugeriu que ele mesmo havia roubado as batatas-doces — digo, minha voz trêmula ao apressar as palavras, indo para o último agrupamento de imagens.

Ouço gritos e o que parece ser o ressoar de asas enormes bem acima de mim. Levantando a cabeça depressa, vejo quando uma criatura mergulha de trás de uma nuvem e vem em nossa direção, com suas asas duras bloqueando a lua e os pés retorcidos balançando de trás para a frente. Bem ergue a espada, elevando-a ao céu e investindo com força contra o ar, mas não antes de eu ter um lampejo das garras tão longas quanto meu braço e um corpo largo, peludo e musculoso.

Com rosto parecido com o de um morcego estranhamente humano, a criatura é duas vezes maior do que Kola. E quando se atira de novo contra nós, os olhos carmim queimam um buraco na noite antes de se virar para longe no último segundo.

— Sasabonsam! — Ifedayo berra quando mais quatro criaturas desfilam pelas nuvens, gritando.

Kola olha para cima, com medo nos cantos de seus olhos e na forma como aperta Issa.

— Eu deveria saber. Ou adivinhar pelas figuras. — Ele coloca Issa no chão e ajeita a forma como segura a espada.

— Não importa, ainda teríamos que enfrentá-los — Bem diz. — Eu diria para tentarmos acertar a cabeça e o peito, ou tentar ferir as asas.

Três das criaturas giram para longe na escuridão, seus guinchos ecoando ao nosso redor enquanto a noite as esconde.

— Irritado e confuso, Olodumarê ficou com medo de perder algo e, assim, mandou Exu visitar o céu todas as noites para lhe contar o que havia acontecido na terra naquele dia. — Agora estou falando sem parar, com a voz aguda e cambaleando ao pisar na lua e depois no sol.

O sasabonsam restante se joga, vindo direto para nós. Um grito surge da minha garganta, mas Kola investe a espada contra a criatura, que flexiona suas garras metálicas. Bem se vira, golpeando com sua lâmina a lateral do corpo do sasabonsam, que grita, com o sangue sendo espirrado na pedra cinza da ponte, que se retrai na direção do vulcão. Outra criatura gralha no céu, os contornos de seus corpos alados são escuros contra a lua.

— Você consegue, Simi. — Issa olha para mim, com seus olhos redondos, e se estica para segurar meus dedos, apertando-os suavemente.

— E foi assim que Exu se tornou o mensageiro de Olodumarê.

Na última palavra, piso na imagem final do orixá, com minhas pernas fracas. Nela, Exu está parado, olhando para o céu, as mãos em volta da boca como se contasse o que havia acontecido na terra naquele dia. Prendo a respiração e estico os dedos. A ponte se mantém parada. Olhando para a frente, eu avalio a distância entre a última imagem e a fenda criada pela retração da pedra. É grande o suficiente para precisar dar um salto enorme.

Dois sasabonsam surgem de trás das nuvens, mergulhando juntos no céu, mostrando as presas de ferro afiadas ao gritarem. Cortando o ar, eles se apressam até nós, com os olhos flamejantes como carvão.

— Precisaremos pular! — grito, e então, antes de pensar a respeito, eu me jogo para a frente, caindo na plataforma adiante.

Virando-me para ver os outros, observo Kola pegar Issa e se agachar perto da fenda. Ele paira pelo ar, aterrissando em segurança, e eu o enlaço com meus braços brevemente, me permitindo sentir o toque suave do aroma do sabão preto. Acaricio a cabeça de Issa enquanto ele desliza das costas de Kola, empunhando sua faca. Gentilmente, eu os empurro para trás de mim na pequena plataforma, dando espaço para os outros.

Os sasabonsam descem para a ponte em um turbilhão de garras e dentes enquanto Bem e Ifedayo ficam um de costas para o outro. Eles atacam e fogem das feras à medida que se mantêm em equilíbrio, mesmo quando a ponte começa a tremer sob eles e outra parte se retrai. Com os sasabonsam gritando e voando até eles, Ifedayo gira e atira a faca em uma das cavidades oculares da criatura.

Enquanto o sasabonsam grita, voando erraticamente na direção da floresta, eu analiso a ponte, me perguntando se apenas uma quantidade certa de pessoas pode atravessar de uma vez, ou se isso é apenas outra armadilha. De qualquer forma, a passagem está se quebrando.

— Vamos! — grito, acenando com mãos frenéticas enquanto Kola e Issa observam o céu ao redor, com os braços tremendo, expressões cansadas e cobertos por suor. — Ifedayo! — chamo, dando um passo para trás quando ele começa a correr, dando impulso na plataforma. — Agora!

Com as mãos esticadas e as pernas empurradas para a frente, ele aterrissa na beira da plataforma, onde Kola o puxa em segurança.

Bem grita furiosamente enquanto brande a espada, cortando a garganta do outro sasabonsam quando a criatura tenta o capturar. A fera mergulha no mar abaixo, seus gritos esganiçados são silenciados pelas ondas. Ele se vira para nós, com o peito pesado e coberto pelo sangue preto das criaturas assim como o seu vermelho, e vejo compreensão em seus olhos quando outra parte da ponte recua.

Bem não vai conseguir.

— Volta! — grito de uma forma que minha voz parece vir rasgando do fundo de mim. Se ele conseguir voltar para a primeira plataforma, estará mais seguro.

Bem se vira e volta para o fim da ponte, arrastando sua perna esquerda, os machucados o deixando mais lento.

— Mais rápido! — Issa grita enquanto vemos os segmentos deslizando um sob o outro e a ponte ficando menor a cada segundo.

Um dos dois sasabonsam restantes grita de novo e corta o céu, voando até Bem, que corre para a margem.

— Não — sussurro, apertando o punho da minha adaga, incapaz de fazer qualquer coisa além de assistir.

Bem tenta correr mais rápido, sua espada cintilando quando ele abaixa a cabeça, focado em chegar ao fim da ponte. O sasabonsam o alcança assim que ele toca o chão, rolando para que a criatura passe por cima dele, balançando a espada para cima e cortando sua barriga peluda. Sangrando e gritando, a criatura voa girando para longe. Alívio me inunda quando Bem se senta, seguro do outro lado da ponte, ainda empunhando a espada. O outro sasabonsam vê isso e abre a boca para emitir um grito de raiva, girando e se virando para voar em nossa direção.

— Ele está vindo! — grito, com meus dedos deslizando por minha adaga quando tento batê-la contra as portas de bronze atrás de nós.

Elas não cedem e grito, frustrada, me virando de novo para o sasabonsam quando ele passa por cima da ponte.

— Tente ferir as asas, e eu miro no coração — Kola diz, ficando entre mim e Ifedayo.

O sasabonsam abre a boca e guincha mais uma vez ao voar até nós, suas asas pesadas batendo alto na noite. E então, ele está sobre nós, e eu esfaqueio uma asa enquanto Ifedayo ataca a outra. É difícil acertar um golpe quando a criatura rebate com as longas garras, cortando meu ombro. Vejo tudo escuro diante dos meus olhos com a queimação que sinto e arfo, colocando a mão sobre a ferida. Kola ergue a espada, mas a criatura avança e morde seu braço, os dentes cortando os músculos, chegando até o osso. Kola berra enquanto sangue escorre por sua mão e sua espada recai sobre a plataforma de pedra.

Os olhos dourados de Issa se acendem em ferocidade e ele pula para cima, bradando sua pequena faca e cortando as bochechas do sasabonsam. A criatura berra, seu hálito é a mistura de podre com o odor ferroso do sangue humano. Ele solta o braço de Kola, mas, antes que Issa consiga dar outro golpe, o sasabonsam pula, agarrando o ombro e o peito do yumbo com seus dentes serrados.

— Kola... — Issa grita com a voz esganiçada e sangue pingando do canto de sua boca.

Ele estica os braços para nós, mas antes que possamos segurar, a criatura aperta mais a mandíbula no seu corpo pequeno e o pedido de ajuda do yumbo é encurtado. Os dentes do sasabonsam perfuram com facilidade as costelas delicadas de Issa, o crepitar é nítido quando o ar é preenchido pelo cheiro de sangue fresco. Quase que imediatamente, vejo o brilho da alma de Issa, um prateado bonito e delicado que sobe em espirais da ruína do seu peito.

Desespero me perpassa. Berrando e repleta de uma raiva angustiante, eu miro no pescoço da criatura, mas o sasabonsam se afasta e paira no céu noturno marcado por estrelas com o corpo sem vida do yumbo na boca.

CAPÍTULO 24

A pedra é áspera sob minhas mãos e joelhos enquanto a ponte e o céu giram. Fico com ânsia de vômito, e bílis sobe a minha garganta até que eu a engula de volta. Sinto mãos em minhas costas, mas não consigo me mexer. Ainda não.

Issa.

O pequeno Issa.

Meu estômago convulsa, e eu permito que coloque para fora o que comi mais cedo.

— Simi. Simi? — É Ifedayo que está falando, e eu limpo a boca, virando a cabeça, ainda zonza. — Os sasabonsam vão voltar. Levante, precisamos entrar.

Eu me ergo, ficando agachada enquanto Kola pega sua espada e segura meu braço. Lágrimas escorrem pelas bochechas dele, mas seus olhos são firmes e ele empunha a espada com força.

— Kola — começo, mas ele meneia a cabeça e continua me segurando ao virar para as portas de bronze que brilham suavemente no luar.

— Não vou deixar mais ninguém morrer. — Os olhos de Kola cintilam, e ele pisca rapidamente. Meu coração se enche de dor. — Ifedayo está certo, precisamos entrar.

— Mas Issa...

— Está morto — Ifedayo interrompe. — E nós também estaremos se não sairmos desta plataforma.

Assinto e limpo o rosto. Com a ponte atrás de nós, eu encaro os painéis polidos das portas, repletos de efígies de Exu. Em uma, ele está segurando uma sandália e sorrindo com astúcia; na outra, ele observa uma aldeia e aponta.

— Eu não consegui abrir antes. — Minhas palavras saem secas.

Não podemos ter feito todo esse caminho para sermos interrompidos por uma porta trancada.

— Deve haver outra forma de abrir — Ifedayo diz, analisando os painéis, com uma das mãos na faca e a outra estendida, a palma pressionada com gentileza contra a porta.

Passo meus olhos pelos painéis. A imagem maior se estende por ambas as portas e mostra Exu em cima de uma encruzilhada enorme. O orixá é senhor de todos os caminhos, e isso é representado com ele bem no centro, com a cabeça jogada para trás no meio de um riso. Passo as pontas dos dedos pela sua imagem em relevo e pelos caminhos que vão para leste e oeste, deslizando uma das mãos para cada lado. Diferente do resto dos painéis de bronze, essa parte parece mais fria. Deve haver um motivo para ser diferente. Mantendo as palmas na faixa de trajetos de metal, eu empurro gentilmente, prendendo a respiração.

Nada acontece.

— E se tentarmos pressionar todos os caminhos, não só o da esquerda e o da direita? — Kola diz com a voz falhando. Eu me viro e ele seca o suor das sobrancelhas. — Vale a tentativa, não?

Isso faz sentido, penso. Todos os caminhos são escolhas na vida.

— Eu vou empurrar leste e oeste — digo, virando para colocar as mãos nas mesmas estradas. — Você pressiona norte e sul. — Kola fica parado ao meu lado e eu respiro fundo. — No três. Um. Dois. *Três*.

Empurramos juntos, com as mãos contra a parte mais fria das portas de bronze, e ouvimos um crepitar alto quando os painéis se abrem, revelando um facho de luz.

Eu termino de abrir as portas, semicerrando os olhos quando o brilho branco passa pela grande abertura. Nós caminhamos para uma luz tão intensa que sou forçada a parar, erguendo as mãos até a testa quando dou um passo no chão cintilante. Depois das sombras indistintas da noite, o corredor de pigmento perolado se contorce à nossa frente, ondulando como serpentes brilhantes, quase demais para minha vista. Pisco algumas vezes, aos poucos me acostumando com a claridade, enquanto Kola empurra as portas para se fecharem atrás de nós com um forte estrondo. A luz do corredor mostra as marcas claras de luto no rosto de Kola, e quando vou em sua direção, seus joelhos fraquejam e ele desliza para o chão, com a espada caindo ao seu lado.

— Kola!

Apresso os passos, agachando na frente dele, e ele deixa a cabeça cair nas suas mãos grandes, um choro estrangulado escapando pelas fendas entre seus dedos.

— Eu deveria ter feito algo. Deveria ter protegido ele. Eu prometi. — Os ombros de Kola balançam enquanto meus dedos pairam sobre eles. Sua voz está carregada de lágrimas e angústia. — Eu prometi, Simi.

Lentamente, desço as mãos até que elas toquem seus ombros. O sofrimento de Kola é silencioso à medida que assola seu corpo com ondas de tremor. Eu não digo nada, deslizando meus dedos até a curva de seu pescoço e trazendo seu rosto para o meu peito. Ele fica tenso de primeira, antes de tirar as mãos do rosto e enlaçá-las em minha cintura, me abraçando apertado. Meu corpo treme junto com o dele, mas eu não choro, dando um pouco da minha força para ele.

— Nós vamos encontrar os gêmeos e os anéis — sussurro em seu ouvido, com a voz firme e determinada. — E depois vamos lamentar juntos, do jeito apropriado. Como Issa merece.

Kola fica imóvel ao ouvir minhas palavras e assente contra meu corpo. Por um momento, nós continuamos abraçados, o luto pesado entre nós. E depois Kola me solta, colocando-se de pé e secando o rosto. Com uma fungada alta, ele pega sua espada e mexe os ombros.

— Você está certa. — Ele assente, os olhos cheios da mesma determinação que sinto. — Vamos lá.

Eu guio o caminho, deixando meus dedos deslizarem pelas paredes, que lampejam com camadas de luz refletidas no mármore e no ouro branco, assim como as arandelas, com chamas sobrenaturais de marfim.

— Tem algo errado — Ifedayo murmura.

O corredor se estende à nossa frente, sem janelas, apenas uma abertura no final. Ao meu lado, posso ouvir Ifedayo preparando mais de suas facas, o som das lâminas sendo retiradas da bainha e o pequeno ruído inconfundível de metal contra couro.

Ifedayo está certo. Existe uma pressão no ar que se parece com aquela que sinto em meu peito. Kola olha para mim e eu giro o pulso, fazendo a lâmina da minha adaga brilhar na claridade. Eu tomo a dianteira e, devagar, nós caminhamos até o fim do corredor, os passos silenciosos contra o chão frio de mármore. As colunas estão espaçadas igualmente, decoradas com todos os orixás. Xangô paira no topo com Oiá ao seu lado. Mais adiante, consigo ver as ondas que representam o oceano, com Iemanjá flutuando sobre elas enquanto Olocum espreita embaixo. Eu olho para as imagens de muitos outros à medida que passamos, deslizando os dedos pelo braço de um orixá que se parece com Exu com dois rostos. Algo na representação me incomoda, um sentimento que aumenta quando chegamos ao fim do corredor.

As portas duplas a que chegamos são de um citrino laranja e amarelo. Ifedayo se arrasta na frente, colocando a mão na maçaneta de cristal. Ele põe os dedos sobre os lábios ao abrir e empurrar as portas. Entrando vagarosamente pela abertura, ele gesticula para que o sigamos. A sala em que entramos deve ter a largura do palácio inteiro, mas está vazia exceto pelo trono no centro. Ele foi esculpido da madeira mais escura de mogno; consigo distinguir asas de corvos, extensões sinuosas de cobras e mandíbulas de um coiote. O assento e os descansos de braços estão cobertos por uma seda flamejante que brilha na luz.

— Consegue ver alguém? — Kola pergunta, esgueirando-se para ficar parcialmente na minha frente.

— Não, mas isso não quer dizer que ele não esteja aqui.

Eu contorno Kola, caminhando para o trono no meio da sala.

— Simi! — Kola sibila. — O que está fazendo? Não...

— O que quer, criação de Iemanjá?

As palavras vinham de lugar nenhum e de todos os lugares. Kola eleva a espada, olhando para os lados.

— Diga o quer.

Viro a cabeça ao redor, procurando por Exu, mas o orixá não está à vista.

— Diga o que quer — Ifedayo diz novamente, caminhando na direção do trono com a voz agora mais grossa.

***

Quase em um movimento, nós viramos e encaramos Ifedayo boquiabertos, vendo que a túnica, antes apertada em sua cintura, havia se transformado em espirais de rubi e obsidiana. Agora ele paira diante de nós, ainda mais alto do que antes, seus membros mais musculosos e compridos. Um colar de rubis bulbosas e pérolas negras está pendurado no meio de seu peito, e ônix brutas balançam na ponta de cada trança, longas o suficiente para tocar no seus ombros, agora ainda mais largos. Até seu rosto está diferente, não mais abatido, bochechas mais arredondadas, lábios mais carnudos. Ele vira de costas para nós, com os músculos escuros flexionados, e anda devagar até o trono, onde senta, inclinando-se para a frente e me encarando.

— Vamos, Mami Wata... fale. — Ifedayo sorri, mostrando todos os dentes de um jeito presunçoso. — Achei que tivesse algo a dizer.

— Ifedayo? — Kola pergunta, sua expressão contorcida em confusão.

A raiva me faz ajeitar a postura quando, enfim, percebo.

— Exu — consigo dizer, com a voz tensa.

Ifedayo olha para mim e sorri, agora com os dentes mais afiados, suas pontas encostando nos lábios de cima. A curva de seu sorriso me dá vontade de estapeá-lo, mas aperto minhas mãos em punhos em vez disso. Eu me lembro de quando conversei com ele no navio, de suas respostas vagas. Até mesmo seu arrastar de perna faz sentido agora, um pé no mundo humano e o outro em Olodumarê. Eu trinco os dentes, tentando aliviar a pressão no meu peito, enquanto ele continua a me analisar, os olhos pretos com fragmentos prateados. Eu deveria ter percebido. Eu deveria saber.

— Mas nenhum de vocês adivinhou! — Exu se gaba, recostando-se no trono em triunfo.

Kola encara a pessoa que o pai confiou para tomar conta dele, a pessoa com quem tem navegado, que está sentado no trono diante dele. O espanto e a mágoa no rosto de Kola apenas me deixam mais brava.

— Por quê? — disparo, apertando meus punhos. — Qual o sentido de tudo isso?

O riso de Exu é interrompido de forma tão abrupta que o silêncio repentino ecoa pela sala.

— Tome cuidado com o tom, peixinha. — Ele se inclina para a frente, os músculos de seus braços tensos e os olhos cintilando ao me encarar. — Você pode se achar esperta por chegar até aqui, mas sei sobre essa sua pequena jornada desde que embarcou no navio de Abayomi. Xangô me contou sobre a joia em seu pescoço. Você pensou ter escondido bem o suficiente, não pensou? Peixinha tola. — Exu ri. — Ouvi boatos de que você salvou um humano. Precisa buscar o perdão? Bem, os anéis são a única forma.

A tempestade. Eu estava certa.

— Eu não precisei acompanhar mais nada depois que descobri com quem você estava. — Exu olha com malícia para Kola. — Esse daí iria fazer qualquer coisa que pudesse para voltar para casa, para seu irmão e sua irmã. Mas era tarde demais, não era? Que pena.

Kola se aproxima de mim, com a mão no punho da espada e o maxilar trincado com força.

— Onde eles estão?

— Vocês viraram aliados e tanto — Exu sussurra, sorrindo de novo e ignorando a pergunta de Kola, mas desta vez sua voz está repleta de frieza. — Muita coisa mudou desde que você o tirou do mar. Mas uma aliada é tudo o que você é? — Ele dá um tapa na coxa e ergue a mão para a testa, jogando as tranças para trás. — Claro. Que pergunta tola. Porque sabemos que isso é tudo o que você pode ser. Não é verdade, Simidele?

Eu não digo nada, mas sinto Kola avançando, querendo que o orixá continue. Meu sangue esquenta, mas me sinto gelar quando tiro o olhar do orixá e o jogo para as costas tensas de Kola.

— Afinal de contas, você não é humana, não importa como se pareça no momento. Não agora, pelo menos. — Exu se reclina, com as pernas esticadas sob a túnica opulenta. — Nunca mais. Não consegue sequer andar por algumas horas antes que seu pé traia seu estado nada natural. E se você não é humana… — ele gesticula para Kola e depois de novo para mim —, vocês dois nunca vão poder ser mais do que… aliados. Caso contrário, o que acontece?

Abro a boca e a fecho de novo quando Kola olha para mim. Minhas unhas afundam nas palmas e lágrimas queimam meus olhos. Eu devia ter falado para ele antes. Os ombros de Kola ficam rijos e quero acariciá-los, aliviar a tensão e explicar o que o orixá está dizendo. Minhas mãos pairam sobre as cicatrizes nas costas de Kola, mas não o toco.

— Vamos, peixinha. Não vai dizer para Adekola o que aconteceria? — Exu inclina a cabeça para o lado, jogando o olhar de mim para Kola. — Simidele é proibida. Já que ela não é mais humana, se fizer algo sobre seu amor por um humano, ela se torna nada mais do que espuma no mar.

Kola continua parado na minha frente e não se vira. Eu me inclino para a frente para, enfim, tocar seu braço, e ele desliza a mão para trás, apertando meus dedos brevemente antes de soltar. Até mesmo aquele toque acalma algo em mim. Exu olha do rosto de Kola para o meu, e percebo que ele fica sério pela reação que não recebe. Tentando parecer indiferente, ele pega sua adaga de ônix e começa a passar em suas unhas, com a cabeça baixa e as tranças balançando.

Suas palavras colocaram mais raiva sobre a já odiosa presença que queima meu peito. Pelas cicatrizes de Iemanjá, por Yinka... por Issa. E agora isso. Respirando com dificuldade, eu me imagino usando a adaga para cortar o peito e o rosto de Exu repetidas vezes. Já que ele gosta tanto de vermelho e preto, eu o decoraria com o carmim de seu sangue.

— Onde estão os gêmeos? — A voz de Kola soa forçada, os ombros ainda tensos.

Exu para de rir e ergue a mão, as unhas pontudas de um jeito perverso.

— Taiwo e Kehinde estão seguros.

— E os anéis? — Tento me acalmar e focar nas crianças. — Onde estão?

O orixá para, erguendo a faca e esticando os dedos. Ele suspira e depois coloca a arma sobre o colo.

— Eu admito que subestimei a garota. Ela escondeu o dela em algum lugar no caminho até aqui e ainda não me contou. É por esse motivo que fui até Okô, mas todos lá foram inúteis. Tinha esperança de que um de vocês soubesse de algo, mas parece que não. — Exu franze a testa. — Podem pensar mal de mim, mas eu não queria recorrer a outros meios. Embora agora isso seja o mais provável.

Kola dispara adiante.

— Onde eles estão?

Exu se coloca de pé em um movimento rápido, a lâmina escura em sua mão.

— Não tente demandar coisas de mim, Adekola.

— Fale agora — Kola grunhe. — Issa morreu por isso. Yinka está… — Ele para, respirando pesado antes de continuar: — Por suas trapaças e jogos. Você anseia por poder, mas para quê? A que custo?

— Olodumarê despejou poderes pela Terra como se não fosse *nada* — Exu dispara, nos encarando. — Nada. Deixando os orixás se revirarem na terra para coletar o que conseguissem. Como isso é justo? E aqueles que usam os poderes, se deleitam na adoração dos humanos, fazendo nada mais do que estabelecer sua posição como orixá, concedendo favores e dando bênçãos aqui e ali. Enquanto isso, eu impedi os ajogun de destruírem a humanidade e relato tudo o que acontece na Terra para Olodumarê. — Seu peito parece pesado, se mexendo com raiva. — E enquanto estou fazendo isso, os humanos ficam fora de si. Não vou permitir isso!

Perto de mim, Kola ajeita a postura, os músculos tensos ao apertar o punho da espada.

— Onde estão os gêmeos? — ele pergunta de novo, com a voz baixa.

— Você chegar até aqui é algo bom. — Exu ergue as sobrancelhas, com um sorriso zombeteiro no rosto. — Talvez Kehinde fique mais disposta a responder minha pergunta se isso significar a segurança do irmão.

O orixá desce sua adaga comprida em um arco preciso, que Kola bloqueia com sua lâmina, mas a força do ataque o empurra para trás.

— Não! — eu grito quando Kola tenta atacar de novo, balançando a espada, porém Exu o chuta na barriga.

Tento empurrar minha adaga na direção da garganta de Exu, mas o orixá se vira para me espetar com sua faca.

— Isso não era necessário — Exu diz enquanto eu recuo, fugindo de sua faca, me movendo com Kola para chegarmos mais perto do trono. — Mas eu sempre aprecio um pouco de entretenimento.

O orixá dispara contra nós, a cabeça abaixada de leve, tranças balançando a cada passo e olhos cintilando com lampejos prateados. Kola estica a mão livre para mim. Ele segura a parte de trás da minha cabeça, pressionando a testa contra a minha por menos de um segundo antes de se afastar. Quando abro os olhos, encontro seus olhos castanhos, sua respiração suave contra meus lábios. Consigo ver sua pele franzida pela ferida em sua testa quando ele tenta sorrir.

— Encontre-os.

Kola me solta e corre na direção de Exu, a espada erguida no alto, a lâmina girando e colidindo com a do orixá. Exu pressiona a arma contra o garoto, forçando-o a ficar de joelhos, mas Kola golpeia o punho para o alto, na barriga rígida do orixá, e rola para o lado antes de colocar-se de pé. Exu grunhe, e até eu estou surpresa com a força e rapidez sobrenatural de Kola. Movendo-se para o centro da sala, ele limpa o rosto com uma das mãos e vira a cabeça para mim, apontando para a porta do lado oposto ao qual entramos.

— Vai — Kola sibila, atacando Exu com sua espada e se afastando em um giro antes que o orixá retalie. — Encontre os gêmeos.

O orixá usa esse momento de distração para golpear, abaixando sua lâmina escura na lateral do corpo de Kola, marcando com uma linha de sangue os sulcos de suas costelas. Eu hesito quando Kola grita, mas ele permanece de pé, aprontando a própria arma.

— Vai, Simi — Kola implora, com sangue escorrendo entre os dedos. — Salve-os.

CAPÍTULO 25

Eu atravesso a sala correndo enquanto os rugidos de Exu e o tilintar das lâminas ecoam ao meu redor. Sinto a pressão da pulsação nos ouvidos ao abrir a porta que dava para uma escada em espiral. Degraus pretos como corvos serpenteiam para cima, mas as paredes são do mesmo cristal luminoso do corredor e brilham o suficiente para que eu enxergue. Respirando com dificuldade agora, eu subo, sem me importar que cada passo é como andar em brasa quente, com a ferida em meu ombro latejando. O cheiro de sal logo me alcança e o ar fica mais frio à medida que subo. As voltas na escada parecem nunca terminar, e preciso parar, com o peito queimando. Curvando-me para a frente, eu abraço minha barriga, arfando e chorando. Penso em Kola ainda lá embaixo, lutando contra Exu.

Os gêmeos.

Forçando-me a ficar de pé, continuo subindo, procurando ouvir algum barulho, mas tudo que consigo ouvir é o descompasso da minha própria respiração pesada, até que, enfim, chego a uma passagem em forma de arco que dá para o céu. Ou é isso o que parece. Essa sala é metade do tamanho daquela do trono lá embaixo, mas é aberta para o céu, fazendo-a parecer maior. Eu me esgueiro até a beira, olhando para as ondas agitadas e uma extensão de rochas e mar. Ouço um choro baixo atrás de mim e me viro rápido, empunhando a adaga.

Atrás de mim, está uma jaula feita de um citrino grosso. O cristal amarelo cintila, jogando uma luz pálida nas duas formas agachadas contra as barras da jaula. Os gêmeos têm o mesmo tom de pele marrom-avermelhado de Kola e usam túnicas azul-royal esfarrapadas. Eles parecem tão pequenos, não mais do que oito ou nove anos de idade. Eu cambaleio até eles, apertando as mãos em punhos ao vê-los em uma jaula.

— Taiwo, Kehinde. — A garotinha puxa o irmão para trás de si, me olhando feio. Ela tem um pedaço de rocha nas mãos que segura como uma adaga. — Seu irmão me mandou. Ele está lá embaixo.

— Kola está aqui? — Taiwo corre para as barras, seus olhos castanhos como os do irmão, grandes no rosto com formato de coração do menino.

— Taiwo, volte aqui — avisa a irmã ao se juntar a ele, a rocha ainda apontada para mim. Disparando os olhos na direção da porta, ela pergunta: — Por que ele não está com você?

— Ele está na sala do trono. — Respiro fundo, tentando acalmar minha voz. — Kola me mandou na frente para ajudar vocês.

Eu deslizo as mãos pelas barras de cristal, com os dedos trêmulos.

— Tem uma fechadura — Kehinde diz, apontando para o meio da jaula.

Escorrego de novo meus dedos até encontrar o mecanismo escondido no cristal. Envolvo as barras com os dedos e puxo, sibilando com raiva e frustração.

— Sabe onde está a chave?

— Está com Exu — Taiwo responde. — Ele não vai nos deixar sair até que Kehinde conte onde escondeu o anel dela.

— Ele não pode tirar de nós se não permitirmos. O babalaô disse que ninguém pode. — Kehinde levanta a mão direita, mostrando o dedo vazio. — E ele não pode pedir permissão, ou me enganar, se o anel não estiver comigo.

Eu sorrio com sua esperteza e ela repuxa um pouco os lábios, com os olhos brilhando ferozmente. Dando um passo para trás, eu olho em volta na plataforma. Se não tem chave, talvez eu consiga usar algo para quebrar a fechadura. Mas a sala está vazia, o chão de pedra se estendendo até a beira, onde o mar se agita sem parar lá embaixo.

Então, eu ouço o tinir de uma lâmina e passos pesados. Minha pulsação cessa e, assim, sinto minha raiva se espalhar. Seguro a adaga na minha frente, envolvendo as duas mãos no punho para mantê-la firme, um grito surgindo em minha garganta quando a porta se escancara. Kola aparece na entrada de arco. Ele oscila em nossa frente, e uma coroa de sangue escorre em seu rosto, deslizando por seus olhos e cobrindo seus lábios com o carmim pegajoso.

— Ẹ̀gbọ́n ọkùnrin! — Taiwo grita, enquanto a boca de Kehinde treme ao ver o irmão.

Kola cambaleia para a frente, sua espada tilintando no chão quando ele cai. Eu corro até ele, com os gêmeos choramingando atrás de mim quando tento segurar a cabeça de Kola, impedindo-a de bater no chão de pedra. Tem cortes profundos em seu ombro e na lateral do corpo. O sangue dele é quente quando tento limpar seu rosto.

— Ele está vindo — Kola sussurra ao esticar a mão fechada para mim. Seus dedos se abrem para revelar um cristal pesado de seis pontas. A chave. — Peguei isso de Exu. É...?

— Sim — respondo, tentando sorrir confiante em meio às lágrimas que ameaçam escorrer.

— Depressa.

Kola aperta meus dedos quando pego a chave. Eu assinto e gentilmente abaixo sua cabeça até o chão. Ele me observa, com a mão coberta por sangue apertando a espada.

Eu me viro para os gêmeos e seco as lágrimas que continuam caindo. A chave está pegajosa com sangue e suor, e eu a aperto com força; suas pontas afiadas afundam na minha mão. As barras da jaula tremem e brilham através das minhas lágrimas, e eu as vasculho, tentando achar a fechadura de novo. Kehinde se aproxima e aponta onde está, seus olhos indo para Kola.

— Não se preocupe — digo ao empurrar o hexágono contra a fechadura, girando-o até encaixar e se conectar com a coluna de cristal dentro do mecanismo. — Ele está vivo.

Mas medo serpenteia por mim, difícil de combater quando penso em Exu subindo pelas escadas.

Retorço a chave de novo até que um estalo alto ressoa e as barras descem para o chão escuro de pedra. Os gêmeos correm direto para o irmão, que abre os braços, piscando para afastar as lágrimas que escorrem por suas bochechas sujas de sangue. Embrenhando-se ao lado dele, Taiwo chora enquanto Kehinde coloca a mãozinha na sua bochecha, com a testa franzida.

— Está tudo bem, pequenos — Kola murmura, mas consigo ver seu esforço para formar as palavras, o vermelho brilhante no canto de sua boca. O olhar dele recai no anel no dedo de Taiwo e depois na mão de Kehinde. — Onde está seu anel?

A garotinha aperta a marca do anel no dedo, esfregando o dedo na pele vazia.

— Kehinde, eu perguntei onde está seu anel. — Kola se senta, os olhos lampejando. O sangue cobre suas costelas, pingando no chão de pedra. — Me fale. Rápido, antes que Exu chegue aqui.

Taiwo recua, encolhendo-se um pouco ao ouvir o tom cortante do irmão mais velho, mas a irmã se coloca de pé abruptamente, encarando Kola. Ela abre a boca para falar, e é então que ouvimos. O raspar de pés pela escada e uma lâmina arranhando a pedra.

Eu olho em volta da sala aberta para o céu. Não há saída além da porta que dá para a escada ou o mar agitado sob nós. Meu coração se aperta, meu peito pesa. A única opção que nos resta é lutar. Eu me viro para a entrada, com a adaga empunhada, preparada.

— Kehinde. — A voz de Kola é quase um grunhido agora. — Onde está? Me diz agora, antes que Exu chegue.

Eu me viro e vejo os gêmeos agachados contra a parede, os olhos brilhando com lágrimas e os lábios tremendo. Com os braços enlaçando um ao outro, eles parecem ainda mais jovens.

— Kola...

— Quieta, Simidele! — Kola coloca-se de pé, com o olhar frio e em um tom mais escuro de castanho do que estou acostumada. — O anel. Preciso saber onde está.

Eu recuo, chocada e confusa. Os passos na escada se aproximam. Medo desliza por minhas veias, imediato e congelante.

— Kola, precisamos garantir que os gêmeos fiquem seguros para...

Mas eu não termino o que estava dizendo, porque a entrada de repente é tomada por pele negra, sangue e um olhar que eu reconheceria em qualquer lugar.

— Kola? — Sem acreditar, dou um passo doloroso em sua direção.

— Simi — ele responde, a luz familiar em seus olhos tremulando sob o luar quando seu olhar se prende ao meu. O Kola de verdade está escorado na entrada, com o peito pesado e ofegante, a mão apertando a ferida na lateral do corpo. Ele sibila: — Fique longe deles.

Volto o olhar para trás, já sabendo o que vou encontrar. Em vez dos pequenos cachos, agora ali estão as tranças longas, um rosto mais redondo e uma altura maior. Exu está parado no meio da sala, os olhos brilhando de raiva, os rubis em seu colar combinando com o sangue que conjurou para se disfarçar de Kola.

Exu. Fingindo de novo. Como pude ser tão ingênua? Engulo em seco a sensação de estupidez e me aproximo de Kola. Sangue esvai da mão que ele usa para segurar a lateral do corpo, espirrando no chão em gotículas escarlate. Como ele sequer conseguiu subir as escadas?

— Eu disse que ele não é confiável — Kehinde sussurra furiosamente ao abraçar Taiwo com força.

— Pare com essa bobagem e me diga onde está o anel — o orixá grita para a garota, levantando sua lâmina de obsidiana e se aproximando das crianças.

Kola quase se torna um borrão ao atravessar a sala correndo, colocando-se entre o orixá e os gêmeos. Segurando a espada com as duas mãos, ele retorce os lábios.

— Você não vai machucá-los. Não vou permitir.

Exu para e pende a cabeça para o lado, as tranças roçando nos rubis cintilantes de seu colar.

— Tudo que quero são os anéis.

— Eu posso dar o meu — Taiwo sussurra para Kehinde. — Se ele for nos deixar em paz.

— Não! Ele não vai se contentar com um. — Kehinde puxa o irmão para mais perto quando Exu se aproxima. — Já conversamos sobre isso.

— Saia da frente, garoto.

Kola não responde, mas se lança para a frente mais rápido do que posso captar, cortando o peito de Exu, fazendo o corte com sangue vívido na luz da grande lua. O orixá grita, surpreso, e fúria retorce sua boca. Com as narinas infladas, ele abaixa a espada em um arco até a cabeça de Kola, mas o garoto desvia no último momento, girando para o lado. Antes de poder erguer a arma de novo, Exu cerra o punho e acerta o nariz de Kola. Ele afunda no chão, o cheiro de sangue fresco se mistura ao da maresia.

— Isso não precisa ser dessa forma — o orixá diz, chutando a espada para longe. — Mas eu terei o que quero, o que deveria ser meu.

— Não! — grito, me afastando de Exu para me jogar sobre Kola. Ergo a cabeça dele com cuidado, acariciando seus cachos e procurando por algum sinal de que ele pelo menos ainda está vivo, e choramingo: — Kola...

Seus olhos estão fechados, a boca, frouxa. Coloco a mão em seu peito, a pele ainda quente ao toque, e sinto um movimento quase imperceptível de seus pulmões. Alívio me percorre.

— Venham! — grito para os gêmeos. — Depressa!

O orixá observa do centro da sala, analisando a imagem desmantelada de Kola, e depois minhas mãos trêmulas quando me agacho diante do garoto, empunhando minha adaga.

As crianças correm pela beira da sala até mim, seus olhos arregalados ao verem o irmão. Eu os coloco na dobra de uma rocha oca, com as mãos tremendo ao olhar de relance para Exu. Ele caminha lentamente até nós, parando para ajeitar sua túnica. Ele sabe que não temos para onde ir.

— Fiquem bem perto da parede — ordeno.

— Não tem sentido em lutar contra mim — ele diz, mas eu me afasto, acertando o ar com um golpe esperançoso.

Exu ri novamente e abre um sorriso enorme para mim.

Sinto o desespero tentando invadir minha mente, mas não cheguei tão longe para desistir agora. Deslizo para trás, tentando arrastar Kola comigo. Sua cabeça está caída para o lado e seus olhos giram, a parte branca brilhando na sala. Taiwo começa a chorar e Kehinde murmura algo para ele, o medo preso em sua voz. Kola tosse e faz uma careta, e consigo ver o avermelhado do sangue seco em sua túnica e o vermelho vibrante das gotas recentes em sua pele. *Eu não os deixarei morrer*, penso, furiosa. Meu coração acelera, e a raiva que me penetra parece querer quebrar os ossos do meu peito.

— Muito bem, Mami Wata. Para uma criatura do mar, você se move surpreendentemente bem na terra.

Eu não digo nada. Exu passa por nós, indo para a beira da plataforma. Enquanto ele espia o mar, olho para a porta aberta. Poderíamos correr, penso, se Kola não estivesse ferido.

Exu vira, me encarando com seus olhos pretos.

— Os orixás são diferentes, todos com várias formas de poderes que pegaram quando Olodumarê os despejou. — Ele se inclina para perto de mim. — Você sabe o que eu recebi?

— Você é o Senhor das Encruzilhadas, supervisionando os caminhos da vida. — Eu aperto meus dedos na arma para impedir que minhas mãos tremam. — Um mensageiro. Você é a forma que os seres humanos têm de se comunicar com Olodumarê e deveria repassar suas orações. Mas você também é um trapaceiro que se diverte zombando das pessoas e dos orixás para seu próprio entretenimento, não importa o que isso custe. — Eu engulo em seco. — E você se tornou ambicioso.

— Por que eu deveria me contentar em ser um porta-voz? Um palhaço? Em manter o equilíbrio entre os ajogun e os orixás? Preciso de mais do que isso. Mais do que repassar as necessidades e desejos dos homens. Mais do que barganhar com os antideuses. Quero ser poderoso, forte. Nossas terras nunca sobreviverão sem um orixá como eu. — Exu se aproxima de onde estou, sua boca curvada para baixo ao grunhir: — Veja o que está acontecendo com a Terra. Os orixás não têm liberdade de verdade para usar aquilo que lhes foi dado, para o que foram criados. — Ele olha para os gêmeos e seus lábios se retorcem de novo para um sorriso. — Para governar. Para serem adorados. Para darmos recompensas se assim quisermos e para disciplinar aqueles que merecem punição.

— Você ainda não se igualaria a Olodumarê.

— Está errada. Os anéis vão garantir que eu possa influenciar por completo os humanos e os orixás. — Ele abre os braços, as palmas das mãos viradas para a lua. — Todos teriam que fazer o que eu mandasse. O que poderia ser mais poderoso do que isso?

— Mas o que você faria com isso? — sibilo. — O que fez com seu próprio poder até agora, Exu? — Mantenho a postura ereta. — O que você fez além de causar sofrimento, jogar um amigo contra outro, enganar as pessoas para o seu divertimento? Iemanjá segue as pessoas capturadas na nossa terra. Ela abençoa as almas daqueles que morrem no mar, e eu vi Xangô e Oiá destruindo navios dos òyìnbó que carregavam escravizados. Você pelo menos ainda leva as mensagens dos humanos a Olodumarê? Você diz que eles não escutam, mas você ao menos *fala*? Você maldiz o Deus Supremo e age como se os outros orixás não se importassem, mas Olodumarê sabe o que está acontecendo?

— Nem todas as mensagens são dignas de serem ouvidas ou relatadas.

Algo em seu tom de voz me faz estacar, e me lembro de como Olocum disse que Exu não estava levando seus apelos a Olodumarê.

— Você sequer repassou a mensagem de redenção de Iemanjá?

Exu estaca, e eu sei neste momento que estou certa. Ele não o fez. Quantas outras parcelas de novidades e orações ele deixou de levar ao Deus Supremo?

— Por que ela foi capaz de criar as Mami Wata? Por que ela deveria ter as safiras e a força de fazer isso, e não eu? — Exu estica as mãos, elevando-as na direção das estrelas. — Além do mais, não foi mentira. Olodumarê não estava contente por ter sido desobedecido.

— Olodumarê não precisava machucá-la. — Paro de falar, engolindo o choro e pensando nas bochechas da orixá e no medo que ela tem da ira do Deus Supremo. — Marcá-la.

— Iemanjá precisava aprender o lugar dela — Exu diz, sua voz com peso de ameaça. — Não que Olodumarê tivesse dito ou feito o que era realmente preciso. Além do mais, olhe a arrogância dela sobre os anéis. Ela sempre soube quem os tinha e nunca me contou. Precisei encontrá-los sozinho.

Meu olhar encontra os olhos frios e totalmente prateados dele, que abre um sorriso.

— Você fez aquilo com ela por inveja? Não foi ordem de Olodumarê, foi? — A revelação recai sobre mim. — Ele nunca mandou você machucar Iemanjá.

— Olodumarê queria que eu a lembrasse do decreto, mas não detalhou como. — Exu deu de ombros, suas tranças balançando.

Aperto minha mandíbula.

— Não se trata de poder, mas de proteção! Para orixás e humanos!

— Eu vou protegê-los. Quando todos se curvarem diante de mim em vez de Olodumarê. Eu nunca os abandonarei.

Penso em Iemanjá, Xangô e Oiá e em seus atos altruístas. Penso sobre ter tirado Kola do mar.

— Mas você já fez isso. — Minhas palavras estão embebidas em lamento e arrependimento. — Por causa da sua inveja e seu desejo por mais poder, você abandonou a humanidade e os orixás.

— Você acha que sabe as respostas, mas você não é nada. — O sorriso de Exu desaparece, atacado por sua raiva, e, no entanto, ele volta a sorrir. — Não continue tentando me questionar ou me testar, Simidele. — Ele levanta o queixo para Kehinde. — Você vai me contar onde estão os anéis e me dará os dois.

— Não. — A garotinha treme, mas meneia a cabeça. — Sei que você não os usará do jeito certo.

— Eu disse: você nunca os terá.

Kola se levanta do chão e fica agachado, pegando sua espada. Com os membros tremendo, ele estica o corpo para ficar de pé ao meu lado. O sangue ainda cobre sua cabeça, mas ele mantém a postura firme.

O orixá balança a mão, o olhar fixo atrás de nós onde estão os gêmeos, que tentam se pressionar em uma fenda na parede. Kola usa o resto de sua energia para se jogar para a frente, investindo a espada contra a barriga de Exu. O orixá se move mais rápido do que um piscar de olhos, saindo da frente da lâmina e arrancando a arma das mãos de Kola com um soco, golpeando o garoto tão forte que sua mandíbula estala. A espada de Kola cai no chão de pedra, brilhando sob o luar enquanto Exu o segura pelo pescoço e o levanta. O orixá joga a cabeça para trás em um riso que corta o ar. Com um movimento de seu pulso, ele atira Kola contra a parede próxima aos gêmeos.

— Não! — grito quando Kola se retrai, contorcido em um ângulo estranho e ainda mais ensanguentado.

— Ainda vão dizer não agora? — Exu ruge para os gêmeos. — Vou arrancar a pele do corpo dele, remover seus ossos enquanto ainda está vivo, se não me derem os anéis.

Taiwo dá um passo à frente, girando o anel de obsidiana de novo e de novo no dedo, enquanto Kehinde começa a chorar, abrindo a boca para falar. O sorriso de Exu se estende, e eu disparo contra ele, minha adaga empunhada. A lâmina de Iemanjá brilha quando a desço, mirando no coração do orixá. Exu dá um passo para a esquerda, agarrando meu pulso. O orixá aperta o osso bem acima da articulação, me fazendo gritar.

— Uma pele tão macia. — Exu se inclina para colocar o rosto na direção do meu. — Aposto que você tem gosto de sal.

Ele fecha os olhos e inala, apertando ainda mais a mão que me segura, me prendendo e enlaçando minha cintura com o braço, me apertando contra si. Nós oscilamos na beira da plataforma, um vento cortante balança tranças e cachos pelo meu rosto.

— Simidele — ele cantarola. — Por que luta contra mim quando poderia me ajudar? Sabia que eu poderia te deixar completa? Te transformar em *humana* novamente?

Fico tensa enquanto Exu pressiona os lábios na minha orelha.

— Você gostaria disso, não é? Ficar com... ele.

— Kola... — sussurro, meu olhar indo para o garoto inconsciente no chão.

— Eu vi como vocês eram, a forma que ele olhava para você. — A respiração de Exu faz cócegas na pele da minha nuca. — Sei o que sente por ele. A sede que tem por seu amor.

O orixá viu tudo quando estava como Ifedayo. Eu me encolho ao lembrar como o simples toque de Kola fazia meu coração acelerar, os olhares que me permito dar, o toque de seus dedos no meu rosto toda vez que ele ia conferir o mapa em meu cabelo. Me sinto quente, um calor que se espalha pelo meu peito e sobe ainda mais quando penso em Exu testemunhando tudo isso.

Viro minha cabeça o suficiente para ver a suave pele marrom-avermelhada do pé de Kola, com as solas pálidas, e me lembro de quando o encontrei no mar. Eu o salvei e ele me salvou. Exu não vai macular nada disso.

O orixá sorri, mostrando todos os dentes.

— Ele ainda está vivo. Mas por pouco. — Exu se mexe, e eu o sinto pegar um dos cachos que escapou de minhas tranças. — Imagina o que você poderia ter tido. Sem profundezas geladas. Sem tubarões de olhos escuros, com as barrigas brancas misturadas com o sangue na água. Uma vida. Juntos. Esqueça o que Iemanjá te disse, eu poderia fazer isso acontecer.

Eu me lembro do calor do sol indo até meus ossos, da terra sob meus pés. E de Kola comigo, o deslizar de sua pele, o sabor de seu sorriso e a forma que seus olhos se enrugam ao rir. Eu não me sentirei mais envergonhada. Não por salvá-lo e definitivamente não por amá-lo. Mas o que Exu está dizendo é possível? Por um momento, hesito. Eu poderia virar humana de novo?

Encaro os olhos pretos com manchas prateadas de Exu e me forço a lembrar do que ele é capaz: prometer às pessoas o que elas mais desejam e distorcer seus pedidos para seu próprio poder e prazer. Ele não se importa, não de verdade. Se há uma forma de eu voltar a ser humana, encontrarei sozinha.

— Eu sirvo a Iemanjá. — Respiro fundo, tentando recuar. — E nunca te ajudaria.

Exu gargalha, expondo seu pescoço.

— Como desejar, Simidele. — Ele estica a mão, segurando meu pescoço e puxando-me para mais perto. — Os gêmeos vão me dizer qualquer coisa que eu quiser agora que você me trouxe o irmão deles.

Suor escorre por meu rosto e pescoço, ensopando minha túnica enquanto Exu sorri para mim, apertando suavemente. Eu luto contra seus dedos grossos apertando minha pele. Escuridão começa a se esgueirar nos cantos da minha visão quando aparecem estrelas cintilantes.

— Espere! — esguicho, forçando as palavras para fora. Eu inspiro profundamente quando o orixá afrouxa os dedos por um momento. — E se eu dissesse que sei onde está o anel? — Arranco as palavras da minha garganta rouca. — Kehinde não sabe de verdade, mas eu sei.

— O que quer dizer? — A lua se liberta das nuvens, pairando sobre nós e cobrindo a sala com sua luz fraca. O rosto de Exu se ilumina de um lado, e o outro mergulha em escuridão. Ele se inclina para a frente, seus lábios a centímetros dos meus ao grunhir: — Onde ele está?

— Kehinde o jogou no mar. Ela não pode te dizer onde exatamente o anel está, não importa o que faça. Eu sei onde ele caiu, com quem está.

Exu olha para a garotinha, que está com a cabeça de Kola sobre as pernas.

— Isso é verdade?

Kehinde assente, os olhos brilhando ao abraçar o irmão.

— Eu deixei cair na parte mais profunda quando nos trouxe para cá.

— Eu conto a você — digo. — Contanto que resolva meu enigma.

Percebo a surpresa no olhar do orixá antes de sua risada ecoar pela sala.

— Por que está rindo? — pergunto, afastando meu pescoço de sua mão. Ele me permite, mas segura forte o meu braço. — Você quer o anel e eu sei onde está. Ou é porque você não acha que consegue resolver meu enigma? Está com medo de que eu possa trapacear?

Exu ajeita a postura e franze as sobrancelhas ao me encarar.

— Eu sou Exu, o maior trapaceiro de todos. Não há enigma que eu não consiga desvendar. — Seus dedos no meu braço se afrouxam quando ele para de falar, meu corpo ainda na beirada. — Muito bem, Simidele. — Sua boca é uma curva firme. — Certo, vamos fazer o seu joguinho.

Eu sabia que ele não conseguiria resistir. Penso nos padrões que se repetem através das culturas de nossas terras. As tranças que decoram nossos cabelos, os modelos de nossas roupas, os caminhos e as casas de nossas cidades. Todas parecidas, mas em tamanhos diferentes, repetindo-se de novo e de novo. Passando a língua por meus lábios secos, eu inclino a cabeça para olhar para Exu.

— Eu existo para ser descoberto, mas não completamente explorado. — Inspiro com dificuldade mais uma vez. — Estou sempre mudando, mesmo que nascendo do mesmo jeito. Alguns dizem que meu único destino é Olodumarê. — Encaro Exu, sentindo a força das minhas palavras. — Quem sou eu?

— Esse é o enigma que acha que pode usar para me enganar? — Exu ri na minha cara, e eu estremeço com seu hálito fétido. Ele se mexe, os pés perto da beira da plataforma. — Eu viajei pelo mundo, Mami Wata. Vi oceanos gelados com suas pontadas congelantes, os navios despedaçados na profundeza fria. Eu vi copas de árvores em florestas tão vastas quanto os oceanos. Mapeei estrelas no céu e absorvi mais conhecimento do que a maioria dos homens pode sequer sonhar. — O orixá me puxa para perto, seus lábios quase tocando os meus. — Você não pode me enganar.

— Então responda. Ou você não sabe? — provoco.

Exu estreita os olhos ao me encarar.

— Eu sei mais do que você poderia. Mas vou te entreter. Jogos são o que dão graça para isso. — Ele sorri, apertando os dedos no meu braço mais uma vez. — Os maiores matemáticos desta terra passaram todos os seus conhecimentos para mim, e é aí que está sua resposta. Nosso mundo é cheio de padrões repetidos que descobrimos na natureza e que criamos. — O mar ruge atrás dele, e eu permito que isso me instigue. — Embora os formatos possam mudar, à medida que se repete, tudo se mantém igual. É o motivo pelo qual o povo desta terra faz cidades do jeito que faz, o motivo pelo qual usam certas formas em suas artes, seus cabelos. Os padrões da vida estão em todo lugar e nunca terminam. E por causa disso, há apenas um caminho que leva a Olodumarê.

— E qual é sua resposta? — insisto, minha pulsação intensa e o coração martelando mais uma vez.

— Eu sou infinito — Exu diz, com um sorriso presunçoso cravado na sua pele escura como a meia-noite. — E nunca terei um fim.

Ele joga a cabeça para trás, mirando sua risada intensa para o céu noturno. E é então que eu ajo, me jogando para a frente, enlaçando meus braços em seu pescoço grosso e empurrando-o para além da beira da plataforma, para o abismo onde o mar espera.

CAPÍTULO 26

Estou do lado de fora da balaustrada, me segurando no navio com as pontas dos dedos, os pés pendurados na curva da lateral da embarcação. O sol está nascendo em um estouro de dourado e cor-de-rosa, queimando ao longo da linha do horizonte. Fecho os olhos brevemente, sentindo o frio do vento da manhã balançar meu cabelo como nuvens pretas que se erguem em meu rosto.

Os òyìnbó chegam até mim, mas eles têm cautela desta vez, marcados com o sangue vermelho que feri em suas peles. Sei o que eles fizeram com os outros. A doença e a punição. Jogando-os ao mar, onde são levados ao fundo pela correnteza e pelos grilhões.

Como se não fôssemos nada.

Solto um grunhido, me esgueirando para longe das mãos deles, e faço uma oração a Iemanjá ao abrir os braços para as ondas embaixo de mim. A luz cintila na espuma branca, o mar me convida.

Eles não têm a chance de me lançar ao oceano.

Eu pulo.

A água rebate ao meu redor, com bolhas subindo enquanto afundo sob o navio, pensando no meu retorno a Olodumarê. A água preenche minha boca, minhas narinas, entrando em meus pulmões. Bato as pernas na escuridão azul da profundeza. Não consigo impedir o surgimento do medo que mais uma vez ameaça tomar conta de mim.

Em vez disso, penso em Iemanjá. No amor dela por nós, seus filhos.

Existem boatos de que ela nos segue.

A captura.

A venda.

A tomada.

Que ela chora por nós, e suas lágrimas acrescentam sal ao mar enquanto ela murmura uma oração de consolo. Alguns estão certos de que ela quebrará o navio e nos libertará, enquanto outros pedem sua bênção.

Não tenho certeza de no que acredito, mas sei que estar embaixo do navio é melhor do que estar dentro dele. Quando a última lufada de ar deixa meus pulmões, eu pisco, vendo um lampejo de algo que cintila, mesmo tão fundo no mar. A correnteza muda ao meu redor enquanto procuro de novo, vendo as escamas que brilham no azul. Um lampejo turquesa e índigo. Pele escura e cachos pretos. O brilho leitoso das pérolas e do ouro branco.

Iemanjá.

Estou fraca demais para fazer outra coisa a não ser arregalar os olhos quando ela nada até mim, minha visão ficando escura, o prateado em seu olhar combinando com as estrelas que queimam e explodem ao meu olhar.

Minha orixá ancestral. Presente no meu nascimento e agora na minha morte.

Meu coração pulsa fraco quando Iemanjá me segura contra si, sussurrando que sempre estivera lá. Sua pele parece quente no mar frio quando ela me conta sobre uma tarefa, um chamado, e me dá uma escolha. Não preciso pensar a respeito, porque eu faria qualquer coisa por ela. Assinto, e a escuridão se espalha na minha visão.

E então meu peito fica limpo. Não preciso respirar. Em vez disso, a pele das minhas pernas formiga à medida que escamas nascem nela, na mesma cor do céu rosado ao amanhecer. A dor me perpassa, me fazendo gritar na água com os dedos retorcidos em garras ao me segurar em Iemanjá. Ela sussurra palavras de amor, força e coragem para mim, e eu escuto. Os ossos dos meus membros estalam, minhas coxas e panturrilhas se fundindo em uma cauda fina na água escura.

Quando tudo acaba, Iemanjá coloca um colar dourado no meu pescoço. Uma safira está pendurada na corrente, na cor do mar e do céu em um dia perfeito. A orixá murmura sobre a forma de abençoar a alma daqueles cuja morte o mar esconde. Sobre o fardo, mas também sobre a alegria, que é cuidar da jornada deles para Olodumarê.

O mar e suas ondas se dobram e me seguram.

Eu sou Simidele, "me siga até em casa".

No momento em que caímos, com meus dedos ancorados na pele de Exu, quem eu fui e quem eu sou pulsa por minha mente.

Eu o levarei para casa comigo. Minha casa, o mar, que o engolirá por inteiro.

Sou mais do que lembranças.

Eu sou mais.

O rugido do orixá apenas me faz apertá-lo ainda mais forte. O grito de Exu se mistura com o assovio ávido do vento enquanto caímos além das lascas de pedras pretas sob a luz da lua.

Quando colidimos com as ondas, o frio rouba meu ar até que as escamas se formam, pernas se fundindo em uma cauda que é poderosa, sua barbatana dourada dividindo a água. Meu braço raspa na beira serrada do recife, mas a ferida se cura antes que eu sangre. Exu não tem tanta sorte, e ele é atingido por outra rocha quando vejo o brilho alarmado em seus olhos. Ele luta para se livrar das minhas mãos e eu o solto, aceitando minha transformação e me preenchendo com a força que o mar sempre me traz.

Exu se vira, tentando me atacar, mas sua lâmina é mais lenta na pressão da água, e eu rio, desviando com facilidade da afiada obsidiana e afastando-a da mão dele com minha cauda. Ele ruge de novo e estaca, sua boca se enchendo de água e indo para seus pulmões. Eu me lanço para a frente e seguro seu tornozelo, mergulhando e deixando o céu da meia-noite para trás. Exu se retorce e envolve as mãos no meu pescoço, apertando minha pele fria. Apesar da pressão na minha garganta, eu sorrio, arrastando-o ainda mais para a parte mais escura do mar. O orixá franze a testa, seus olhos pretos presos em mim enquanto me enforca. Nossos corpos se arrastam pelo leito de rochas, levantando arcos de lodo que formam nuvens pálidas ao redor. Eu levanto as mãos até os dedos dele, mas não tento afastar, tocando-o suavemente ao ver triunfo em seu olhar. Estrelas cintilam em minha visão e somem como os sóis mortos nos céus muito acima de nós. Consigo inclinar meus lábios apesar da dor e tiro minhas mãos das dele, erguendo-as na água, com as palmas para cima. Pisco lentamente.

Venham. Se enrolem. Venham.

As enguias sobem dos bolsões da rocha com suas peles escuras. Exu não as percebe erguendo-se na água até que começam a serpentear seus corpos em arcos sinuosos pelos pulsos dele, longas barbatanas finas contra sua pele. Ele solta meu pescoço.

Mordam.

A boca do orixá se abre disforme quando as enguias trincam os dentes em suas mãos, cortando sua pele com pontas tão afiadas quanto facas. Livre, eu volto a nadar, assistindo enquanto mais enguias se flexionam na água, envolvendo os corpos em volta de suas pernas e braços. Exu se debate, um lampejo de pânico em seus olhos.

De um canto apertado em meu cabelo, pego a pérola negra dada a mim, seu revestimento macio acetinado, com magia pulsando na escuridão iridescente de sua camada externa. Soltando-a, eu a deixo repousar no fundo do mar e nado até Exu. Minha satisfação aumenta, ficando ainda maior quando penso no que ele fez com os gêmeos, com Kola.

Kola. Minha mente volta para seu corpo destruído no chão ao lado de seu irmão e sua irmã.

Sei que apenas outro orixá é capaz de prender Exu, mas isso não me impede. Mostrando os dentes, eu disparo até ele e seguro seu rosto, mantendo-o preso enquanto libero a lâmina dourada da minha adaga. Visualizo as cicatrizes profundas que Exu causou em Iemanjá, usando Olodumarê como desculpa.

Três cortes profundos em cada bochecha.

Uma manifestação física de sua cobiça e ânsia por poder.

Há vingança e violência no meu sangue quando abaixo a lâmina. O dourado da adaga brilha na água, e Exu grita quando corto sua maçã do rosto, um corte profundo de cada lado. A dor dele é um bálsamo para minha fúria, mas isso não é o suficiente. Quando me afasto, sangue gira e se embola quase como fitas entre nós, enquanto o orixá consegue afastar as enguias do seu braço direito. Agarrando as criaturas em sua pele, ele liberta seu outro braço e se vira não para mim, mas para a superfície, ansiando por ar e pela lua. Eu o deixo se debater para cima, nadando pela trilha do seu próprio sangue, seguindo até ver que sua cabeça romperá as ondas, então seguro um tornozelo, puxando-o com toda força, arrastando o orixá de volta para o mundo do qual tinha escapado.

Exu não grita novamente. Seu peito se enche para sugar o ar que falta enquanto eu o puxo de volta para baixo; suas mãos grandes esticadas para a superfície e suas tranças finas flutuam na água. Com uma força sobre-humana, ele alcança meu pescoço mais uma vez, os dedões apertando na parte macia da minha garganta. O orixá não ouve o tilintar das correntes nem vê o lampejo dourado que brilha na água quando uma sombra surge atrás dele. Apenas eu vejo as pérolas negras cintilando, os elos grossos das correntes que duram mais de um milênio. Sorrio através da água tingida de sangue.

Olocum se esgueira por trás de Exu, sua cauda sinuosa se contorcendo na profundeza e as correntes presas em seus punhos enormes. Meu cabelo ondula com a correnteza, as tranças flutuam para cima e na frente do meu rosto. O olhar dele se prende ao meu, e sou capaz de balançar um pouco a cabeça quando o orixá abaixa as correntes em um arco de ouro, enrolando-a em volta do pescoço de Exu. Com um puxão, Olocum traz o orixá para trás, envolvendo mais da corrente no corpo rígido que prendeu.

— Por todas as vezes que não repassou minhas mensagens. — A voz encorpada de Olocum pulsa pela profundeza. Exu tenta girar na água, mas Olocum aperta mais forte, prendendo o orixá onde ele está. — E por todas as vezes que tentou me enganar para conseguir o poder do mar, me ameaçando com punições quando eu não cedia. — Ele envolve mais da corrente no pescoço de Exu. — E por Iemanjá. Quando você podia ter intercedido a Olodumarê por ela, mas em vez disso aplicou uma punição vinda de seu próprio descontentamento.

Livre de Exu, eu nado ao redor dele; o júbilo torna meus movimentos mais graciosos.

— Você veio — digo para Olocum quando ele se debruça sobre Exu, duas vezes maior e com sua capa de pérolas balançando na água.

Olocum assente e estende uma das mãos, mantendo a corrente presa bem forte com a outra. A pérola negra que soltei na água repousa na palma dele.

— Você me convocou. — Ele sibila algo no ouvido de Exu. O orixá arfa, parando de lutar por ar, conseguindo respirar na água e olhando para mim, cheio de maldade. — Vou prendê-lo no fundo do oceano até que Olodumarê ache apropriado.

— E o anel? — pergunto quando Olocum se aproxima.

O orixá prometeu ajudar, assim como tinha prometido me dar o anel que tinha encontrado, mas nunca me mostrara, e agora uma pontada de dúvida se forma em mim.

Ele se inclina para a frente, com sal, lodo e o gelado das profundezas em seu hálito ao dizer:

— Aqui.

Um círculo escuro de obsidiana é depositado na palma da minha mão. Eu aperto meus dedos em volta do anel, tremendo de alívio e nadando para trás quando Exu tenta me atacar. Seus olhos estão arregalados, incandescentes com uma raiva gélida.

Eu me impulsiono para longe de seu alcance, e meu coração bate forte no peito, pulsando pela pressão das profundezas e pela barganha que fiz com Olocum. Eu me viro para Exu agora. A cauda de Olocum serpenteia pelas pernas do orixá, e seus olhos brilham com um prateado entre o preto. As correntes grossas de ouro estão em volta do corpo de Exu, prendendo seus braços e mantendo-o no lugar enquanto Olocum segura forte os elos. Seus músculos lampejam e a pele treme pela tensão e pela força.

— Vou manter minha promessa.

Faço reverência a Olocum, com a mão que segura o anel em um punho no meu peito, apertando-a contra meu coração.

Olocum assente e sorri, seus dentes são grandes marfins pontudos.

— Tem certeza? — ele pergunta ao se preparar para arrastar Exu ainda mais fundo consigo.

Tristeza se esgueira por minhas veias, mas eu a mantenho enterrada dentro de mim.

— Sim — respondo baixinho antes de me virar e me impulsionar na direção do luar que espalha sua luz pelas ondas. — Assim será feito.

***

A orla está repleta de rochas e ondas repentinas que ameaçam me puxar de volta para o mar. Tremendo, eu me arrasto para a terra, arqueando as costas quando meu corpo se transforma mais uma vez, os ossos se alinhando sob a luz suave da lua. Um arco rústico leva ao fim da escada em espiral preta, uma extensão daquela que subi antes. Meus pés oscilam em cada degrau à medida que inspiro com dificuldade por minha garganta destruída. Parando, ergo a mão até a pele machucada. Eu deveria ter esperado mais tempo para a água curar, mas só conseguia pensar em Kola.

Kola.

Lembrar de suas feridas me incentiva a subir, me arrastando pela escada, tentando ignorar a dor nos meus pés e no meu coração. Manchas de sangue marcam a parede quanto mais eu subo, e ver isso me deixa tonta.

— Simi! — Kehinde exclama quando cambaleio para dentro da sala.

Ela pula do lado do irmão e corre até mim, suas mãos pequenas deslizando em volta do meu corpo em um abraço.

Meus olhos vão até Kola. Pele escura e lábios macios. Cachos pretos apertados. As palmas pálidas viradas para o céu. Sangue e hematomas cobrindo seu corpo, um peito que sobe e desce em pequenos movimentos.

— Kola — murmuro.

Ele consegue virar a cabeça, apenas parte de suas pupilas aparece. Caindo de joelhos, seguro sua mão frouxa entre as minhas, as lágrimas escorrendo livremente agora. Tem sangue ao seu lado. Muito. Está sobre suas costelas e ensopando a bandagem improvisada feita de sua túnica. Eu levanto as mãos; elas também estão cobertas de sangue, linhas vermelho-escuras traçando minhas palmas.

— Kola — sussurro de novo, me inclinando para sentir seu cheiro.

Dizer o nome dele não impede que o calor suma de seus olhos. Não impede que seu sorriso fraco desapareça.

Eu não digo mais nada. Não consigo. O rosto de Kola está parado e suave. Seus olhos estão fechados, suas mãos, ainda abertas, e o peito não se mexe. Olho para os dedos dele e me lembro de quando ele colocou alface selvagem nas solas dos meus pés. A delicadeza em seu toque.

Colocando a cabeça de Kola em minhas pernas, levanto o rosto para o céu escuro, engolindo o lamento crescente dentro de mim. Passo a mão por seus cachos e, com uma pressão delicada, toco seus olhos, sentindo seus cílios macios em minha pele.

E então eu a vejo. A alma de Kola. Um brilho prateado permeado por ouro puro. Ela sobe em espirais de seu corpo, flutuando no ar da noite sobre o peito dele.

CAPÍTULO 27

— Não.

Eu balanço a cabeça, sem querer vê-la, mesmo sendo pura e bonita, exatamente como Kola.

Ergo as mãos na direção da alma, como se quisesse segurá-la, segurar Kola, mas sei que não posso contê-la apenas com minha pele. Eu podia colocar sua essência na safira do meu colar e deixá-lo ali, para que estivesse sempre comigo. Mas sei que não o farei, não seria certo.

Ele será abençoado por Iemanjá e retornará ao lar.

Respiro fundo, hesitante, e seco as lágrimas, esticando as mãos para a espiral brilhante de sua alma. Quando as pontas dos meus dedos tocam as manchas douradas, fecho os olhos, envolvida na imagem de Kola.

Ele está sentado no colo do pai na cerimônia de nomeação dos seus irmãos, uma semana depois de nascerem. Kola parece orgulhoso por ter ajudado o pai a escolher os nomes dos bebês: Taiwo, "aquele que primeiro aproveitou o mundo", e Kehinde, "aquela que chega depois do outro". E então ele está em um barco dado pelo pai. É maior do que qualquer outro que ele já tenha velejado, mas Kola não está preocupado. Sua expressão é nítida, um sorriso enorme, suas bochechas altas no sol quente. Bem e Yinka estão com ele e os três riem, inclinados na brisa forte do mar. Sorrio, mas a última lembrança me faz prender a respiração e para meu coração. Estou parada diante de Kola no convés, minhas sobrancelhas franzidas depois da transformação, mas, para ele, elas passam coragem. Sei que, naquele momento, eu temi que os outros fossem ter medo de mim, das minhas escamas, do meu cabelo molhado e embaraçado por nadar nas profundezas, mas, aos olhos dele, eu sou bem mais do que isso.

Mais do que Mami Wata.

Mais do que só uma garota.

— Não — sussurro, tentando segurar sua alma quando as imagens começam a desaparecer, sentindo o amor nelas fluir por minha mente.

A safira no meu colar brilha, sua claridade é nítida no escuro. Eu preciso fazer a oração para coletar a alma dele, mas hesito, querendo ficar com suas memórias, sentir sua alegria, mantê-lo comigo. E, então, sinto o material duro do anel na minha outra mão. Eu abro os dedos. O círculo de obsidiana está quente na minha palma. As palavras do babalaô voltam para mim. Um poder acentuado. A abundância e a vida que os gêmeos compartilharam em Okô, as terras e a saúde do povo.

— Kehinde, vem aqui — chamo a garotinha para perto, pegando sua mão direita com a minha. O anel desliza para o dedo dela, cabendo perfeitamente. — Está sentindo? Sabe como usar?

Quando Kehinde olha para mim, eu vejo o prateado que agora salpica seus olhos.

— Vou tentar. Vamos tentar.

Ela se vira, e Taiwo faz o mesmo, os dois indo até o irmão, abaixando-se um de cada lado. As duas crianças colocam as mãos no peito de Kola, com os anéis pretos brilhando entre os dedos, e fecham os olhos.

A alma de Kola continua pairando, brilhante e linda.

— Fique — sussurro, lançando os olhos entre seu rosto e sua alma. — Viva.

Começo a sussurrar partes de orações, lembranças e minhas próprias esperanças.

Meus braços em volta de seu corpo na água enquanto tubarões nos cercavam.

Sua crença em mim.

Os lábios dos gêmeos se movem, mas não consigo ouvir o que estão dizendo. Suas mãos pequenas estão estiradas sobre o peito dele, os dedos se encostam e os anéis têm um brilho dourado que pulsa a cada palavra.

A sensação de seus dedos deslizando em minhas bochechas, inclinando minha cabeça para poder examinar meu cabelo.

O toque suave de suas mãos ao conferir meus pés.

A safira fica mais quente contra meu pescoço e, à medida que me inclino para a frente, seu brilho azul-claro se espalha sobre o rosto de Kola. Sua alma se agita.

Você está abençoado.

Volte.

A essência de Kola se move lentamente até o corpo dele. Girando e serpenteando, ela volta para seu peito.

Os gêmeos param e ficam em silêncio quando o corpo de Kola se move uma vez, duas vezes sob o toque deles. O brilho da joia desaparece, e prendo a respiração, analisando o rosto de Kola, o contorno de suas bochechas e seus lábios abertos. Por favor, penso ao me inclinar para a frente.

Volte para nós.

Kola não se move. Seu peito está parado. Coloco a mão no rosto dele, passando os dedos suavemente por seus lábios, piscando e deixando minhas lágrimas caírem na pele dele.

Volte para mim.

Eu me abaixo e coloco a cabeça em seu peito, sentindo o frio do mar, do vento e da perda. Choro, com a boca retorcida pressionada contra sua pele, quando seu pulmão se enche. Uma vez e depois de novo. A respiração entra em seu corpo. Afastando-me dele, vejo os dedos de Kola flexionando, e então ele arfa, abrindo seus olhos flamejantes.

***

Respiro fundo o ar da manhã, grata pelo sol que está nascendo, lançando sua cor sobre o mar, iluminando um azul que espelha o perfeito céu sem nuvens.

Ainda estamos na sala no topo do palácio de Exu. Kola descansa entre Kehinde e Taiwo, sua força voltando. Cada um dos gêmeos me passa um anel. Ninguém diz nada.

Minha jornada sempre foi guiada para este momento, e agora tem uma pequena parte de mim que deseja não estar aqui. Eu olho rapidamente para Kola. Seu olhar castanho encontra o meu, e o reclinar de sua cabeça, o pequeno sorriso que ele me oferece, me ajuda a ajeitar os ombros. O que eu fiz, salvá-lo, veio do meu coração, de não ser capaz de ficar aguardando e vendo uma pessoa morrer. Olodumarê vai entender, sei disso.

Torço para isso.

Tremendo, deslizo os anéis para que eles fiquem no quarto dedo de cada mão. Eles param bem abaixo dos nós escuros dos meus dedos, brilhando e absorvendo os primeiros raios de sol. A abertura da sala faz com que eu me sinta mais perto do céu, um lugar propício para convocar Olodumarê. Caminho para ficar na beira da plataforma, a pedra fria sob meus pés, e sinto os anéis quando eles espalham um calor pelo meu corpo. Busco em minha mente a oração que Iemanjá me ensinou. Ergo meu rosto para o sol nascente e as palavras se derramam da minha boca.

— *Mo pè yín Olodumare. Jọ̀wọ́, gbọ́ àdúrà mi, wo ìwúlò mi láti dáhùn ìpè mi.* — Paro por um momento, com os olhos semicerrados contra a claridade da manhã, antes de repetir:
— Eu te convoco, Olodumarê. Por favor, ouça minha oração, veja minha necessidade e responda ao meu chamado.

Os anéis ficam mais quentes. Quando olho para meus dedos esticados, vejo que agora eles estão com círculos dourados, ficando mais brilhantes até que a luz desaparece com minhas mãos, engolindo meus braços e me envolvendo. E, então, não há céu ou terra, esquerda ou direita, nada além de uma claridade ofuscante. O amor flui por mim, se esvaindo em um sorriso que sei que estaria ali se pudesse ver meu corpo.

— Me perdoe — sussurro. — Por salvar Kola. Por quebrar o decreto.

As palavras são simples, mas são tudo o que tenho, acompanhadas de um tremor e uma esperança vacilante que cresce a cada momento.

Uma vibração repentina de energia serpenteia ao redor, emergindo em minha mente e me preenchendo de uma paz arrebatadora. Não há uma voz respondendo, nenhuma palavra para explicar, mas nada disso é necessário.

Foi mostrado para mim.

Imagens inundam minha mente. Eu pequena, coletando batatas-doces no mercado, ajudando minha mãe a cozinhá-las. Meu pai senta comigo, usando o jogo de Ayòayò para me ajudar a calcular. A história da criação é contada pela minha mãe, usando sua túnica coberta por estrelas. A sensação de seus corpos me pressionando de cada lado enquanto adormeço os ouvindo conversar.

O amor deles por mim e o meu por eles me preenche, passando por cima do tempo que fiquei no navio, com correntes pesadas e o cheiro de miséria e dor entalado no fundo da minha garganta. Olodumarê me mostra imagens daqueles que retornaram, para o lar e para a paz. Aqueles que fizeram o caminho sozinhos e outros que foram abençoados e guiados por Mami Wata. Vejo eu mesma. Arrastando Kola pelo mar, olhos desesperados, o coração cheio de justiça. A gratidão de Olodumarê agora me envolve, misturando-se com a bênção e o perdão que procuro.

Por tudo que Iemanjá e as Mami Wata fizeram.

Por tudo que eu fiz.

Quando a claridade desaparece, abro os olhos e encaro o novo dia, respirando fundo e sentindo meu peito mais leve. A raiva se foi, substituída pela paz confortável que repousa dentro de mim.

— Simi?

Eu me viro para Kola com um sorriso aberto em meus lábios. Por um momento, sou incapaz de falar, mas ele vê a luz no meu olhar e o dele faz o mesmo. Ao seu lado, Kehinde e Taiwo sorriem, e quando caminho até eles, estendo uma das mãos para cada um. Eles tiram os anéis dos meus dedos e colocam nos deles, o lugar ao qual eles pertencem.

— Está feito — sussurro, meu fascínio preso nas palavras simples.

— O que aconteceu? Com Exu? — Kola pergunta. — Ele está...?

— Preso. Por Olocum, no fundo do mar.

— Como? Quer dizer, como conseguiu fazê-lo ajudar?

Eu penso sobre quais palavras usar a seguir. Incapaz ou talvez apenas sem disposição de falar além do que preciso, mantenho meu tom de voz, não permitindo que ele mude.

— Eu menti. Me desculpe — acrescento depressa. — Eu encontrei Olocum quando fui procurá-lo. De primeira, achei que ele poderia me contar algo que ajudaria, algo que nos daria vantagem. — Coloco as mãos nos meus joelhos. — Olocum estava furioso. Ele disse que Exu se recusava a levar suas mensagens a Olodumarê. Eu pedi sua ajuda e ele concordou.

— Mas o que ele quis em troca?

A testa de Kola está franzida quando ele se senta devagar, estremecendo, embora seu corpo esteja se curando mais rápido com a ajuda dos gêmeos.

— Ele me entregou uma pérola como uma forma de convocá-lo, mas me mandou não contar para ninguém. — Fujo da pergunta, passando os olhos pela sala em vez de olhar para Kola. — Disse que eu não podia confiar em ninguém.

— E ele estava certo — Kola diz quando deixo meu olhar recair sobre ele brevemente. — Imagina se você nos conta sobre esse plano quando Ifedayo estava conosco.

Eu estremeço e esfrego a pele fria dos meus braços.

— Nós concordamos que eu o convocaria quando estivesse com Exu no mar, que ele o acorrentaria e o prenderia.

Quem sabe o que Exu deixou de dizer a Olodumarê, ou... — Paro de falar, tremendo ao pensar em Iemanjá. — O que Exu fez em nome do Deus Supremo. Olocum vai libertá-lo para Olodumarê, que lidará com ele como achar apropriado.

— E Olocum? O que ele quis em troca? — Kola insiste, seus olhos brilhando.

O jeito que ele me olha parte meu coração. Eu quero me sentar com ele, entrelaçar nossos dedos, me inclinar para o seu calor, para o seu conforto.

Mas sei que não posso.

— Eu prometi ajudá-lo.

— O quê? — Kola pergunta, e uma pontada de pânico surge em seus olhos. Ele se coloca de pé, sibilando de dor. — Como?

Kola para na minha frente, e eu encaro o castanho nítido do seu olhar. A marca de nascença sobre sua sobrancelha quase não aparece no meio de sua testa franzida. Eu estico a mão e a toco suavemente.

— Exu estava certo quando disse que nós nunca poderemos ficar juntos. Eu sinto muito, eu devia ter te contado antes. — Paro de falar e respiro fundo. — Mas, pelo menos, dessa forma, você está seguro. Os gêmeos também, e Okô.

— Simi, o que você fez?

Kola desliza as mãos por meus braços, me puxando para perto quando não respondo.

Eu não falo por um momento, observando a forma de sua boca e os ângulos de suas bochechas, contendo tudo em minhas lembranças.

— Me conte — Kola ordena, com a voz falhando.

Eu me afasto dele, e seus dedos me apertam com força por um momento antes de me soltar. O espaço entre nós já parece demais, mas eu recuo mais, indo para a beira da plataforma, olhando as ondas cobertas por espuma branca. A água embaixo de nós se agita contra a base do rochedo escuro; no entanto, mais ao longe, ela está calma. Enganando. Ondas enormes sobem e caem sob o sol da manhã, sua luz suave pinta a superfície. Eu me viro para encarar Kola, o sol nascendo atrás de mim, espalhando seu brilho de um novo dia.

— Eu concordei em ajudar Olocum a lutar contra a solidão que ele encara, a carregar o fardo junto com ele. — Sustento o olhar de Kola, erguendo o queixo. — Eu prometi fazer da Terra dos Mortos o meu lar.

Os olhos de Kola se arregalam, e ele vem em minha direção quando dou um passo para trás, as solas dos pés queimando contra a pedra fria.

— Você está partindo — ele afirma, parando.

Perto o suficiente para que eu o toque.

Não é uma pergunta, mas sei que ele espera uma resposta.

— Eu sou do mar. Você sabe disso. — Quero deixar minha voz mais suave, mas não o faço. — E essa é a única forma. Sem Olocum, não teríamos conseguido prender Exu.

— Podíamos ter tentado…

Meneio a cabeça.

— Não. — Foi difícil o suficiente fazer o sacrifício que fiz. — Não havia escolha.

Ficamos em silêncio por um momento. Um músculo treme no maxilar de Kola, e quero tocá-lo, abrandar sua raiva, mas me impeço. Ele passa a mão pelo rosto e depois respira fundo, deixando os ombros caírem.

— Servir a Olocum será uma honra — digo, mas as palavras soam vazias até para os meus ouvidos.

Quando Kola vira para mim, seu olhar está preenchido por lágrimas. Virando-me de novo para as ondas agitadas, não pisco, não quero chorar. Ele estica a mão para mim quando me viro, mas eu o encaro com os punhos apertados e ele para, deixando sua mão pairar entre nós. Quero pedir a Kola que não torne isso mais difícil. Que não há nada que eu amaria mais do que ficar com ele.

Mas não somos iguais.

Nunca poderemos ser.

As palavras ficam presas em minha garganta, então meneio a cabeça, encarando o sol da manhã. Torço para que Kola não me toque, porque se ele o fizer, posso não ser capaz de partir. Mantenho minha atenção na água, as ondas cobertas por espuma branca que surgem na orla. Uma lágrima escorre quando cambaleio na beira da plataforma.

— Simi, espere…

Eu fecho os olhos quando os dedos de Kola acariciam minha lombar, e então me permito pender para a frente em um mergulho. Enquanto disparo pelo ar carregado de sal, deixo o resto de minhas lágrimas caírem e, quando abro os olhos, vejo o mar frio, e ele leva tudo embora.

NOTA DA AUTORA

Quando eu tinha seis anos, meu livro favorito era *A Pequena Sereia*, do Hans Christian Andersen. Eu era obcecada pelo palácio no fundo do oceano, pela mágica e o mistério do mundo da pequena sereia. Eu me lembro de ler o livro de novo e de novo, examinando cada ilustração e me convencendo de que era tudo real. E embora eu nunca tenha me visto naquela história, também queria ser uma pequena sereia.

Representatividade importa. Não dá para escapar do fato de que leitores se engajam em histórias nas quais se veem. Eu presenciei isso como mãe, como professora e na minha experiência pessoal como leitora, e depois, como escritora, isso é um foco importante em qualquer história que conto. Em 2017, comecei a pesquisar sobre sereias negras e instantaneamente me apaixonei. Logo cruzei caminhos com Mami Wata (Mãe d'Água). Comumente considerada uma entidade única, o nome já foi aplicado a diversos espíritos e entidades africanos da água. Escolhi me concentrar em Iemanjá, na maioria das vezes descrita como uma mulher negra com uma cauda de peixe, que é uma entidade iorubá do Culto de Ifá e vista como a mãe de todos, dando à luz aos mares do mundo.

O livro se passa no meio do século XV, quando os portugueses começaram a capturar e depois comprar pessoas do Oeste da África e as levarem para a Europa e as ilhas colonizadas. Diziam que Iemanjá seguiu o primeiro povo que foi levado do oeste africano e escravizado. Isso continuou com a expansão do comércio transatlântico de escravos, e as histórias sobre Iemanjá se espalharam pela diáspora africana.

Além do papel de Iemanjá no Culto de Ifá, existem histórias sobre o consolo que ela dava aos africanos enquanto estavam nos navios negreiros. Alguns dizem que Iemanjá despedaçava os barcos, enquanto outros dizem que ela levava de volta ao lar as almas daqueles que morriam. Este último conceito foi o que me inspirou. E se ela criasse sete Mami Wata para ajudá-la a abençoar as almas daqueles que morriam no mar? E se uma delas fosse uma adolescente que conseguisse salvar uma vida? Simidele (um nome que significa "me siga até em casa") nasceu.

A mitologia africana é vital para esta história. Aprender sobre fadas senegalesas, a versão africana de um unicórnio, os transmorfos bultungin do Império de Canem-Bornu, e o monstro do rio Ninki Nanka apenas aumentaram minha motivação. Deuses negros, deusas, sereias e outras criaturas tão mortais quanto magníficas… e tudo com origem africana. Criar uma história misturando isso e a história do oeste africano se tornou uma paixão obsessiva.

A história dos negros não começa com a escravidão. Um aspecto importante desta história para mim é a descrição positiva do antigo conhecimento, cultura e história da África, o que é muitas vezes apresentado de maneira ardilosa e incorreta como primitiva. Um exemplo que aumentou minha obsessão foi o uso consciente e deliberado de fractais (padrões repetidos) em estilos de penteados, arte, roupa e arquitetura pelo continente. Ron Eglash, um etno-matemático, propôs que, quando os europeus se depararam com esses exemplos, acharam que eles eram caóticos, logo, primitivos. Não passou pela cabeça deles que os africanos podiam estar usando matemática que os europeus ainda não tinham descoberto, sugerindo que o conhecimento africano sobre o conceito de infinito era conhecido bem antes de ser "descoberto" pelos matemáticos europeus centenas de anos mais tarde. Fascinada e empoderada, eu soube que precisava acrescentar o máximo que podia desses detalhes.

Este livro é a mistura de história, mito e ficção. Ele retrata uma versão alternativa de sereias e suas origens, mas também toca em um tempo obscuro da história, em que resistência, coragem e esperteza eram aparentes. Para mim, escrever este livro permitiu contar a história de personagens negros de impérios antigos, demonstrando seus poderes e grandeza. Me incentivou a aprender mais sobre o país do meu pai, dos meus ancestrais e das civilizações do oeste africano. Me apresentou figuras poderosas de divindades que se parecem comigo e ampliou meu conhecimento sobre a história da África. Torço para que a história desperte o interesse de leitores em descobrir mais também. Que a compreensão e empatia deles cresça, e que fiquem maravilhados e fascinados com a magnitude da história, cultura e lendas africanas.

AGRADECIMENTOS

***O segredo do oceano* me cativou desde o começo,** e sou muito grata por outros terem sentido o mesmo. Agradeço ao apoio de amigos e família, à comunidade #DVpit, ao Twitter e aos primeiros leitores.

Obrigada à minha família, que falou sobre o enredo de *O segredo do oceano* sem parar, mesmo com todos os debates terminando em discussões. Ao meu filho mais velho, que ficou especialmente interessado nas cenas de luta.

Agradeço às crianças do meu quarto ano de 2017-18 pelo apoio e incentivo. Em especial a Daniel, Daniel G. e Oliver, que passaram os fins de semana pesquisando sobre criaturas marinhas e o Oeste da África, assim como me fizeram perguntas sem parar que me mantiveram pensativa e inspirada.

Obrigada a Nigel, que me deixou usar seu Wi-Fi na sala de funcionários quando meus dados acabaram e o #DVpit estava a todo vapor! Obrigada por também ler ilimitados rascunhos e por me apoiar desde o começo. Penny, que me ajudou com os trabalhos no nosso tempo de faculdade e que encorajou minha voz narrativa desde que tínhamos dezenove anos.

Obrigada a Clare, Tricia e Fran. Vocês me mantiveram sã com o encorajamento e torcida.

Obrigada a Charlene e Siana, por proporcionarem um espaço seguro e solidário quando se trata de compartilhar nossas obras.

Obrigada a Efosa Oviawe, que assumiu a tarefa de garantir que eu prove todos os pratos nigerianos que ele ama, e a Abayomi Odubanjo, que me ajudou com os nomes iorubás. Um agradecimento enorme a Ogunlade Ifamuyiwa, que com o conhecimento extenso sobre o Culto de Ifá e orixás deu a *O segredo do oceano* mais profundidade. Espero que seu templo goste de ler o livro!

Obrigada ao time Yorùbáizm, por traduzir o idioma iorubá em *O segredo do oceano*.

Obrigada a Beth Phelan, por criar e organizar o #DVpit no Twitter. Sua campanha por vozes diversas no mercado editorial é fenomenal. Sem essa plataforma, eu não teria me conectado com minha agente maravilhosa. A Brittney Morris, que leu meu *pitch* no Twitter e me estimulou muito. Obrigada a Tomi Adeyemi, que tirou um tempo para me aconselhar sobre mandar submissões para agentes e os passos seguintes.

Obrigada a Jodi, que não só é uma superagente, mas uma pessoa maravilhosa e inteligente. Fico constantemente fascinada com você.

Às minhas editoras, Chelsea Eberly, Tricia Lin e Carmen McCullough, que trabalharam incansavelmente para ajudar *O segredo do oceano* a ser o que é e que responderam a cada pergunta que posso imaginar. Sou muito grata por tudo o que aprendi com vocês.

Obrigada a todo mundo na Random House que apoiou meu livro desde o comecinho, incluindo Michelle Nagler, Caroline Abbey, Mallory Loehr, Jasmine Hodge, Barbara Marcus, Regina Flath, Ken Crossland, Janet Foley, Alison Kolani, Tracy Heydweiller, John Adamo, Lili Feinberg e Dominique Cimina. Sou grata por todo o apoio e trabalho duro de vocês.

Finalmente, obrigada aos leitores, por manterem as histórias vivas.

Este livro, composto na fonte Fairfield,
foi impresso em papel Avena 70 g/m² na gráfica Edigráfica.
Rio de Janeiro, Brasil, novembro de 2021.